芦花公園

食べると死ぬ花

Flores mortiferi si eduntur

新潮社

食べると死ぬ花　目次

装画　畠山モグ

食べると死ぬ花

大歳の棺

「あらあ、上品なお味」

これはつまり、味が薄いということ。

「そんな遠慮せんと、塩も砂糖もなんぼでも使《つこ》てええのよ？　お母さんは倹約家やったんやろか。こないだも、上品な恰好してはったもんねえ」

これはつまり、私の家と母が貧乏くさいということ。

「それとなあ、やっぱり、一花《いちか》、すこし言葉遅いと思うんよ。診《み》てもらった方がええんと違います？」

私は夫をじっと見つめる。彼の目には何も映っていない。私の作っただし巻き卵が、彼の口を通って胃に投げ捨てられる。

「雄一《ゆういち》がこんくらいん時は、そらもう喋《しゃべ》って喋って、家ん中賑《にぎ》やかやったもんやけど……ねえ、雄一もそう思わへん？」

「……」

少しでも体にいいものを、というささやかな気遣いで炊いた五穀米も、咀嚼《そしゃく》されることはない。夫の膨れた腹が窮屈そうに上下する。それでお終いだ。

私は、この男を雄一だとは思っていない。私の結婚した雄一は、知的で、白アスパラガスみたいに清潔感があって、気弱なところもあるが優しい男だ。豚みたいな呼吸をし、子供の悪口を言われても黙っているような男ではない。知らない間に違うものにすり替わってしまったのだ。便宜上「夫」と呼ぶだけで、これは何か知らない生き物だ。

「なあ？　そう思うよなあ？　美咲《みさき》さん、一花はやっぱり」

「早く出かけないと遅れちゃうんじゃない？」

少し不自然だったかもしれない。夫がいつも家を出る時間まではあと十分もある。

「……」

夫は汚らしい音を立てて大根の味噌汁を飲み干し、立ち上がった。整頓された衣装ケースに何のためらいもなく手を突っ込み、靴下を摑んでいる。

夫は聞こえるか聞こえないかくらいの声で行ってきます、と言い、私とも、一花とも目を合わさずに出かけていく。

私がぐちゃぐちゃになった衣装ケースを眺めていると、夫の母親、公子《きみこ》が大きくため息をつく。どうしたんですか？　とか、そういう私の反応を待っていることは分かっている。だから、私は何も言わない。

「そうやって年寄りの説教やー言うて無視しよるけどなあ」

公子は夫と話すときと比べ、私と話すときは、声のトーンが一段階低い。

「無視なんかしてませんよ」

努めて明るく言うが、自分で言っておいてどうかと思うくらい声が震えている。それに、公子の声を聞くと、どうしても関西の訛《なまり》が伝染《うつ》る。関西圏の人間にとって、その地域の出身でない者に方言を使われるのは、耐えがたいほど腹立たしいのだと、街頭インタビューで答えている人を見たことがある。アイデンティティーを馬鹿にされたように感じるのだと。ましてや公子は、結婚して、関東に住むようになってからの方が長いのに、頑なに方言を使い続けているような人間なのだ。

案の定、公子を怒らせてしまった。もともと細い目をさらにとがらせて、私をねめつけている。

「無視しとるやないの。あんまり馬鹿にせんとってよ」

馬鹿にしてるんですよー。

あなたのことなんて完全に馬鹿のクソババアだと思ってるんですよー。

そう言えたらどんなに楽なことだろう。それくらい強い性格だったら、どんなに。

「馬鹿になんてしてないですよ」

私は口の端を力いっぱい持ち上げて笑顔を作る。口角が緊張してぶるぶると震える。

公子はそれを見て、鼻で笑った。

「年寄りやから馬鹿にしとるんよね。ああ、怖い怖い。あんなあ、そやって年寄り扱いするけど、美咲さんはインスタなんてやらへんやろ?」

「そうですね」

公子は生意気にも、最新型のスマホを所有している。

「ここ見て。この人。藤本《ふじもと》先生。小児精神科医の偉い先生なんやって。アメリカの大学出てはるんよ」

真っ黒に日焼けした、筋肉質の男性が白衣を着て微笑んでいる。プロフィールには公子が言ったようにアメリカの大学を卒業していること、持っている資格や受賞した賞、プロデュースしている食品――とにかく色々なことがずらりと列挙されている。サーフボードを持った筋骨隆々の裸体もまた本人だろう。趣味はサーフィン。なるほど。自分のことが大好きで堪《たま》らないのは分かった。

「すごい先生なんですね」

「そうなんよ」

公子は私の言葉を遮《さえぎ》って大声を出した。ずぶの素人に、医師の良し悪しがなぜ分かるのだろう。このずらりと並んだ文字列に圧倒されているだけのくせに。

公子は私の反応など見もしないで続ける。

「ほら、ここ。ここに書いてあるやろ」

公子は白い地に赤く「お子様の様子が気になるお母さんへ」と書いてある画像をタップする。いかにも害のなさそうな、ニコニコ顔の家族のイラストがおぞましい。

『自閉症スペクトラムのお子様は、20人～50人に1人の割合でいらっしゃいます。早いうちからきちんと対応しないと、お友達と上手くつき合えなかったり、学校の先生から誤解されたりして、ひとりぼっちになってしまうことも……。そういうお子様は、自傷・引きこもりなど、自分を傷つけてしまったり、あるいは、それが外に向いて、よその人を傷つけてしまったりすることもあります。でも、それはお子様のせいではないのです。お子様ひとりひとりの特性に合った支援を！　当クリニックはお母さんを全力でサポートします！』

手が震える。思わずスマホを床に叩き付けたくなって、すんでのところで止める。

濃いダマスクローズの香りがした。公子の口臭だ。

公子が私の顔を見つめている。

「な？　早いうちがええんやて。いつまでもそんままやったら困りますやろ」

「別に一花は喋りますから」

平静を装おうとしても無理だった。鼻の奥が殴られたみたいにつんとして、視界が涙でゆがんでいく。私は涙がこぼれないように早口で繰り返す。

「一花は喋りますから」

「まあ、認めたくないやろうけどね」

「もう、出かけなきゃいけないので」

私はテーブルの上の食器を片付ける。公子は手伝うわけでもなく、真横に張り付いて話し続ける。

「家のことをやるんは嫁の仕事で、当たり前なんやからね」

足元のスイッチを蹴ると、蛇口からザーと水が流れるようになっている。料理が大好きな私のために、雄一がオーダーしてくれた特別仕様のキッチンだ。しかし、ザーという水の音で公子の声が消えるわけもない。そもそも、公子の扱いが雑なせいで、何回か蹴らないと作動しなくなった。

ガンガンガン、三回目でやっと出る。

「嫌や、そうやってものに当たっとるわけ？　こわいなあ一花」

公子に声をかけられても一花は黙ってだし巻き卵を咀嚼している。ゆっくりゆっくり咀嚼して、口の端からは涎《よだれ》が垂れている。

「違いますよ、最近反応が鈍くって」

「そうなん？　美咲さんと同じやね」

公子は夫がいないと、攻撃性を隠しもしなくなる。

「アルバイトやなんや知らんけど、その間一花を見とるんは私ですよ」

どうしてそのアルバイトをしなくてはならないのか公子は考えたことがあるのだろうか。大きく鉢が開いた頭に見合ったサイズの脳みそが詰まっていたら、こんなことは絶対に言えないはずだ。

「ありがとうございます」

水の音で消えてしまうくらい小さな声で私は言う。

「お礼言うくらいやったら、一花のこともっと真剣に考えてほしいもんやけどね」

「ええ」

私は洗顔と共に涙を洗い流し、歯を磨く。もうすぐにでも出かけられる。公子が家に来てからお化粧なんてやめてしまった。

「一花のこと一番そばで見とるんは、私なんやからね。病院のこと、考えといて」

私は行ってきますも言わず、家を飛び出す。

そもそも。そもそも、どうしてこんなことになったのか。

発端は、馬場義之《ばばよしゆき》が死んだことだ。

馬場義之は、私の義父だ。

義之は典型的な「昭和の男」だった。

ポジティブな面を言えば、バイタリティにあふれた働き者。

ネガティブな面は枚挙に遑《いとま》がない。図々しく、デリカシーがなく、粗野で下品。それに、女を人間だと思っていない。もっと言えば、長男以外の男も、人間だと思っていなかったと思う。夫の実家で行われる親戚の集まりで、義之が笑顔を見せるのは夫にだけだった。

そのような有様なので、夫の姉である桜子《さくらこ》さんにも、弟である雄二《ゆうじ》くんと雄三《ゆうぞう》くんにも、ひどく嫌われていた。

さらに悲しいことに、唯一愛情を注いでいたはずの夫さえも彼を愛していない。義之は横浜に一軒家を建て、三人の男児を大学まで卒業させたが、身内の誰も彼を尊敬していなかった。

ともあれ、義之は元気だった。長年勤めていた大手金融機関を退職してからは、知り合いのツテで人材派遣会社の役員をやっていた。人間、五十を超えたらどこかしら体に不調が出るものだが、義之は肩こりすら経験したことがないと豪語していた。

だから、死ぬなんて誰も思わなかったのだ。

義之は、しこたま飲んだ帰り道、ばたりと倒れてそのまま帰らぬ人となった。脳梗塞《のうこうそく》だったという。

誰からも愛されてはいなかったが、彼は確かに大事な人だった。

まず、判明したのが雄三くんの借金だ。雄三くんはカフェを経営していた。移動販売車までやっていると聞いたので、順調なものだと思い込んでいたが、資金繰りに随分困っていたらしい。毎月何十万か、義之から支援されていたが、それでも全く足りなかったようだ。本当に見たこともないくらいの額の借金が残っていた。雄三くんには奥さんと、まだ幼い子供が二人いた。とりあえず、横浜の家を売ることになった。それに雄三くんと公子に分配された遺産と、公子の貯金をすべて足しても、まだ足りなかった。

私が他人事として眺めていられたのはそこまでだった。

横浜の家がなくなった結果、公子が住む場所がなくなったからだ。

雄二くんは、シンガポールで働いていた。それを理由に彼は実母との同居を拒否した。桜子さんは夫と二人暮らしだが、義両親との同居話も持ち上がっていて、引き取ることは難しいと言う。

雄三くんは自分の不始末でこのような事態を招いたにもかかわらず、

「いちにいが引き取るのが筋だろ」

と堂々とのたまった。

「それは雄三くんが言うことなのかな……」

何も言わない夫に代わって私が言うと、

「いや、俺もそう思う」

雄二くんが口を挟む。見ると、桜子さんも頷《うなず》いていた。

「美咲さんは知らなかったでしょうけどね、私たちは本当、どんだけ苦労してきたことか。いちにいはね、一人だけ、なんでもやらせてもらってたんだから。お母さんの面倒くらい見ないと」

桜子さんは夫にとっては姉にあたるはずだ。でも、彼女は夫のことを「いちにい」と兄のように呼ぶ。それだけで、彼女の言葉には説得力があった。つまり、普段から、本当に優遇されていたのだろう、夫だけが。

私は夫の顔を見つめた。何を反論するでもなく、お茶をすすっていた。

「とにかく、みんないっぱいいっぱいなんだよ。母さんもまだ施設に入るような年じゃないしな。そういうことでいいよな、いちにい。美咲さんもよろしくお願いします」

夫はただ、黙っていた。そこで「そうだな、母さんの面倒くらい俺が見るよ」くらい言ってくれていたら、彼は今も雄一のままだったかもしれない。

公子は私たちと同居することになった。

家に来てすぐのとき、公子は大人しかった。哀れなくらい萎縮して見えた。私は心から彼女に同情していた。夫の実家での彼女は、常に義之の横暴な注文に応え、忙しく働き、文句ひとつ言わず耐えていたように見えた。おそらく長年、そのようにふるまっていたせいで、義之が死んだ今となってもびくびくしているのだ。そう思って私は、

「お義母《かあ》さん、もうここはお義母さんの家でもあるんですから、なんでも自由になさってくださいね」

そう言った。公子は目を潤ませて「おおきに」と言った。ほとんど話してこなかった義母と、わずかに信頼関係が築けたような気がした。

そうではなかった。あれは、ただ犬のように、家族内の序列を見極めていたに過ぎなかったのだ。あのとき、あんなことを言うべきではなかったのだ。犬の躾《しつけ》と同じで、舐《な》められてはいけなかったのだ。

彼女は瞬《また》く間に増長した。最初は、味噌汁の味付けだった。

ひと月くらいたったころ、公子が毎朝味噌汁だけ残していることに気づいた。単純に汁物が苦手なのだ、と解釈した私は、公子のぶんだけ少なめによそうようにした。それでも毎朝味噌汁は残ったが、勿体《もったい》ないな、とは思うものの特に気にすることもなかった。一花の子育てもあって、余計なことに気を回している暇はない。

そう、確か夜だ。四人で食卓を囲み、いただきます、と手を合わせたときだった。公子が大きくため息をつく。私は腰痛でもひどいのかと思って、

「クッションいりますか?」

そんなことを聞いた。これもまた、余計な一言だったと今は思う。完全に無視すればよかったのだ。

「私、高血圧なんやけど」

「ええ」

「ええ、やなくて」

公子はどこに取っておいたのか、朝残した味噌汁のお椀をテーブルに叩き付ける。跳ねた味噌汁が数滴、花柄のテーブルクロスにぷっくりと丸を作った。

「ちょっとは健康的な食生活いうんを心がけてくれません? お出汁《だし》は何を使てるの? こんなしょっからいの、よう飲めん」

私は少し吹き出してしまった。あまりにも、芝居がかっていると言えるほど、公子の口調はおおげさで、語気が強かったから、冗談だと思ったのだ。私ははいはいだとか、すいませぇんだとか、笑い混じりに答えた。

「なに笑《わろ》てますの」

公子は冷たく吐き捨てた。

「私が具合悪いんが、面白いの?」

「別に、そんなつもりじゃ」

「ほなどういうつもりなん? だいたい、なんで気付かへんのよ。毎日毎日一緒に食事してて」

公子は薄い唇を歪めて、

「ああ、それとも、はよう出て行ってほしいですー、って言いたいの？　気付かんかったんはこっちっちゅうわけですか？」

「そんなこと……」

「ほんま怖いわ」

私がそのあとどのように言い繕っても、公子は怖い怖いと繰り返すだけだった。また、今となっては当たり前の光景だが、夫が私のことを無視したのもこのときが初めてだったように思う。夫は、自分の娘の口に食事を運び、同時に自分の母親の機嫌を取る自分の妻を視界に入れながら、黙ってアジフライを咀嚼していた。

とにかく、そのとき宥《なだ》めすかして、公子の言う通り昆布から出汁を取り、三千円もする味噌を使うようになったのが決定的だったのだと思う。公子の中で私は最下層の人間になってしまった。

料理への文句はほんの序章に過ぎなかった。公子は私の服装から、交友関係から、親兄弟のことまで、すべてにネガティブな評価を下すようになった。私は比較的我慢強い性格だったので、悪口くらいなら許容できた。耐えられなかったのは、公子の金遣いの荒さだ。

公子は外食が好きだった。週に一回、千円くらいなら私だって文句は言わない。しかし、ほぼ毎日数千円のランチを外で済ませてきたり、何かというと出前を取るとなると話は別だ。

さらに、気が付くと新しい服を着ている。それは一体どうしたのかと聞くと、

「人のことばっかり見て、ほんまにいやらしい。私は、こっちに友達もおらんし、楽しみもないんよ。年寄りのちょっとの楽しみにまでケチつけて。きちんと子育てしとったら、人のこと気にしとる暇なんてないと思いますけど」

こんなことを言う。その「楽しみ」の原資は一体どこから来ているのか公子が知らなかったとは思えない。一花はまだ幼く、子供は成長に従ってお金がかかる。親として、お金を理由に子供の将

来の選択肢を減らすようなことはしたくない。そういう気持ちで貯めたお金を、何も持たない、将来のない公子が湯水のように使っていく。公子に私の名義で作ったクレジットカードを渡した結果がこれだ。カード会社から連絡が来てしまったほどだ。

しかし既に私は「もう少し節約してください」と言えるような精神状態ではなかった。そう言って公子を諌《いさ》めるより、公子に言い返されることの方が苦痛だった。

そういうわけで、私は働くことになった。医療事務の資格を持っていたため、就職で困ることはなかった。

いや、これはあくまで「義母の金遣いの荒さを補塡するために外で働かなくてはいけなくなった」という表向きの理由に過ぎないのかもしれない。本当は、私も外に出ることを望んでいたのだ。

白状しよう。

私は一花のことを疎《うと》ましく思っている。ひょっとすると、公子よりも。

一花は、私が理解できる言葉を話さない。もう二歳になろうかというのに、パパもママも言わない。

喜怒哀楽を察するのにさえ苦労する。きっと、何らかの言葉ではあるのだと思う。でも、日本語ではない。どうしていいか分からない。

一花が一歳半のころ母に相談すると、

「何か話すならいいんじゃない？　それに、一花は天才だし。ほら、アインシュタインなんて三歳まで一言も話さなかったっていうじゃないの」

と言われた。しかしアインシュタインはアインシュタインで、一花は一花だ。それに、アインシュタインだってもし今の時代に生まれていたら、確実に診断名がつく。自閉スペクトラム症。社会性、コミュニケーション能力に乏しく、周囲の人と交流することが難しい。

公子が尊敬する藤本先生のインスタなど見なくても、私は十分に理解していた。一花はフツウとは違う。

私は一花のことを考えたくない。一花が今後どうなっていくのか考える勇気がない。

だから、公子に一花の話をされると涙が出てしまう。公子の言うことは、少なくとも一花に関することは全く間違っていない。それを知ってか知らずか、最近の公子の嫌味はほとんど一花のことだ。

いっそ、公子が一花を藤本先生でもなんでも、病院に診せに行ってくれればいいのに、と強く思う。しかし、公子は一花を心配しているわけではなく、ただ私への攻撃材料として使っているにすぎないのだから、そんなことは起こらない。公子が面倒を見ると言いながら、毎日ランチをしに外出しているのは知っている。もちろん、一花は連れて行かないので、二歳にしてひとりぼっちで留守番しているということになる。しかし、一花は泣きも喚《わめ》きもしていない。見守りカメラをリビングに設置しているから一花の様子はいつでも確認できるのだ。一花は一人でずっと絵を描いている。

一花の絵もまた、フツウではない。題材はまちまちだ。花だったり、動物だったり、風景だったりする。しかしどれも一様に、毒々しく生々しい。二歳の少女がクレヨンで描いているなんて、誰も信じないだろう。

一花が描いた、目が潰れるほど鮮やかな色遣いの花の絵を見るだけで吐き気を催してしまう私にとって、仕事は一服の清涼剤ではあった。勤め先の小さなクリニックを経営しているのは陽気な女医で、毎日「今日もありがとうございました」と言って小分けのお菓子をくれる。私は、自分では絶対に買うことのないような、高級な焼き菓子を頬張りながら帰宅する。勤め先には公子のようなクソババアも、一花のような何を言っているか分からない子供もいない。

コンビニの窓ガラスに映る白分の顔を見てゾッとする。ひどい顔。純粋に怒った顔であるならまだしも、良くない感情が詰め込まれたような醜《みにく》い表情。自分の顔にすら腹が立って、悲しくなる。

コンビニの壁掛け時計を確認すると、始業時間まで一時間もあった。

どこかで時間を潰そう、と思い立って、コンビニのイートインスペースと、喫茶店を見比べる。

たまには贅沢《ぜいたく》してもいいよね。

そんな風に思って、私は喫茶店に入り、トイレの側の薄暗い席に座って、「店長オススメ」と手書き看板にイラストがあった飲み物を注文する。

しばらくすると女性の店員がホイップクリームの乗ったカップを運んでくる。キャラメルの香りがして、それだけで少し癒された。

店内はまばらに人がいるだけで、その人たちは何やら持ち込んだパソコンで仕事をしている。キーボードのカチカチという音が響くだけの、とても静かな店内だ。

涙が出そうになった。この空間は私を傷付けない。ふう、と深呼吸をして、店内の空気を吸い込んだ時だった。

「おはようございます」

なぜか正面に男が座っている。三十代、いや、二十代後半かもしれない。タレントみたいに綺麗な男。綺麗すぎて、違和感すら覚える。まるで、彼だけがこの世界から浮き上がっているような。

「とても良い朝だと思いませんか?」

私は思わず頷いてしまう。見知らぬ男が、広い店内で空いている座席もたくさんある中、なぜかわざわざ私の前に座ってくる。こんな異常な状況にあっても、私には目の前の男が危険な人間だとは思えなかった。それどころか、輝いてすらいるように見える。

「こんな朝がずっと続くといいのに」

男は足を組み替えながらそう言った。

「お辛《つら》そうだ」

男はじっと私の目を見る。虹彩の色が薄く、間接照明の光を受けてきらきらしている様子は星のようだ。

「つ、らく、なんて」

「隠さなくていいんですよ」

店内にはゆったりした曲調のジャズがかかっている。ビジネスマンたちは相変わらず、熱心にパソコンに向き合っている。店員はカウンターに一人いるだけだ。誰もかれも、自分の目の前のことに集中している。

「誰も僕たちのことは見ていない」

頬が濡れるのを感じた。泣いていることに気づいたのは少し後のことだった。

男は相変わらず笑顔で——というか、もともと口角が上がっている顔なのだろう。その表情のまま、私を見守っている。心臓が跳ねる。何かよく分からない衝動が、むくむくと体の奥底から湧き上がってくる。

私は決壊したダムのように話しはじめた。

夫のこと、公子のこと、そして何より、一花のことを。

一花の絵の話に差し掛かった時、男が指先でテーブルを三回叩いた。

魔法が解けたかのように体がずしりと重くなった。顔面が熱を帯びているのが分かる。

私は、初対面の若い男に、何もかも赤裸々に話し過ぎた。なぜこんなことをしてしまったのか分からない。目の前の男の見た目が良かったから、という理由なら、なおさらみっともなく、恥ずかしい。

「ごめんなさい、初対面の方に、こんな……どうしてこんなこと話してしまったのか……」

「いいえ、本当はもっと伺いたいのですが、お時間ではないかな、と思いまして」

腕時計を見ると、確かにそろそろ出ないと仕事に間に合わない時間になっていた。

「あっ……本当だ。すみません、こんな、長々と……」

男は、ハハハ、と声をあげて笑った。少し尖《とが》った犬歯が覗《のぞ》く。それもまた、魅力的だった。

「では、貴重なお話を伺ったお礼に、お会計は僕が持ちましょう」

「そんな！」

伝票を持って立ち上がる彼に飲み物のお金を渡そうとするが、こんなときに限って鞄の中から財布が出てこない。

「いいんですよ。今度また、この喫茶店にいらしてください。そしてお話の続きを聞かせてくださいね」

立ち去る男の後ろ姿に、

「あの、お名前は」

男は顔だけ振り向いた。

「ニコです。ニコちゃんって呼んでもいいですよ」

それだけ言って、彼《ニコ》は行ってしまった。

私はしばし、男のいた空間を眺めた。

荷物をまとめながらあたりをきょろきょろと見回すが、やはりまばらにいる客はこちらのことには無関心だった。

あんなに綺麗な男がいたのだから、目で追う者がいてもよさそうだが――と、また、そんなことを考えてしまった自分が恥ずかしくなる。

私は反省しつつも、確信していた。きっとまた私は家を早く出て、この喫茶店に来てしまうだろう。美しい、ニコに会うために。

*

アルバイトを終えて帰宅すると、家の中がぐちゃぐちゃになっていた。

洗濯物が散乱し、椅子が蹴倒されている。床も壁も、出かける前とは色が変わっている。おぞましい色の赤い花。この絵は。

「これ、一体」

どうしたんですか、と言う前に、公子が猛然と近付いてくる。ただでさえ小さい黒目が、もうほとんど見えなくなるくらい目を吊り上げている。

「どうもこうもないやろ！　電話かけても無視して！」

公子は足を踏み鳴らした。

「私なんべん言うた？　早く病院連れていってってなんべん言うたかしら？　私のこと年寄りやからって馬鹿にして、無視したからや！　そやから、こんな」

「一花は、どこですか」

公子が大騒ぎすればするほど、逆にびっくりするくらい気持ちが醒《さ》めていく。

「あんた、人の気持ち分からんの？　少しは申し訳ないとか思わへんの？　面倒を見とるんは」

公子の声を意識から消す。そう決めただけで、唾を飛ばして喚き散らしている彼女の言葉が右耳から左耳へ通り過ぎていく。

私は公子を避けて、ふすまを開ける。

よくも人の気持ちが分からないなどと言えたものだ。

公子は全く気にもしていないようだが、公子が来たから、一花はふすまで仕切られただけの場所で過ごすことになってしまったのだ。一花のために用意した部屋は、公子が堂々と使っている。

一花は薄暗がりの中、一心不乱に手を動かしていた。もうほとんどクレヨンを使い切ってしまったようで、指で直接描いているようにも見える。

「一花」

そう呼ぶと、一花はぴたりと動きを止めた。

ゆっくりと顔をこちらに向ける。その動作すら、不気味に感じられる。しかし、私は母親だ。この子を産んだのは、私だ。

「一花」

もう一度呼びかけると、一花は急に破顔した。

「ぷえれ」

これだ。

一花はこちらが何を話しても、こうして意味不明な言葉で返してくるのだ。「あー」とか「うー」のような喃語《なんご》ならまだ良い。

「びるぼなす」

全く何を言っているか分からないのに、まるで私と会話しているかのような顔をして一花は笑っている。いや、恐らくは、本当に私と会話しようとしているのだ。私が理解できないだけだ。それが、余計に私を傷付ける。

きっと、この話を周りにしたら、私の母のように「一花は天才だ」などと言うだろう。画力は誰の目にも歴然と高く、取る行動は到底理解できない。二歳にして、だ。

でも、天才である必要なんてない。私はフツウの女の子が良かった。甘えん坊で、私のことをママと呼ぶ、稚拙《ちせつ》な棒人間しか描けない、フツウの女の子が良かった。

私は一花に近寄って行って、腕を引っ張り、強引に立たせる。

一花は私を見上げ、また「ぷえれ」と言った。

「謝りなさい」

一花は私を見て、心底幸せそうに微笑んでいる。手を繋いでくれたとでも思ったんだろうか。

「あやまりなさいよ」

一花は笑いながら身をよじって私の手をふりほどこうとする。私はその手を握り締める。

「あやまりなさい！」

あやまりなさい、と私は繰り返す。一花ははしゃぎ、声をあげて笑う。公子が入ってくる。何か喚き散らしているが、聞かない。私は一花に話している。一花にあやまりなさいと言っている。生まれてきたことを私に詫びてほしい。ごめんなさいと言って、その謎の言葉が通じる異界に帰ってほしい。私はあやまりなさいと繰り返す。

思い切り手を振り上げる。痛みがあれば、これは、私の気持ちを理解するだろうか。これが泣けば、私もこれの言葉を理解することができるだろうか。

振り下ろす直前に、腕は優しく摑まれた。

「ちょっとちょっと、お母さん」

全く聞いたことがない潑剌《はつらつ》とした声で我に返る。

振り返ると、同世代くらいの男性と、年若い女の子が私の方を心配そうに見ている。青い制服。警察官だ。

「大丈夫ですか？　泣いてるじゃないですか。こっちに座りましょう。お話聞きますよ」

男性警察官は、ソファーに座るよう促してくる。どこまでも優しい口調だった。一花ではなく、私を心配している。本心から。それが、泣き出したくなるくらい嬉しかった。しかし、一瞬生まれた喜びの感情も、警察官たちの背後を見て一瞬で消えてしまった。

夫が立っていた。こっちに視線は向けているのに、何の感情も読めない。動揺すらしていないようだ。

「雄一が通報したんよ、あんたがそんなんやから」

公子がしゃしゃり出てきて、心優しい警察官たちに、勝手なことをベラベラベラベラ話している。ダマスクローズの香りが鼻を衝《つ》く。

「ほんまに、恥ずかしゅうて。お姉さんも、これから子育てとかすることもあるやろうけど、こんなふうにならんように気を付けんとねえ」

若い女の子の警察官は、可哀想なほど戸惑っている。若い女性に対して明らかに問題のある発言だが、相手は一般人だし、年寄りだから、強く否定も肯定もしたくないのだろう。もう公子には腹も立たない。クソババアとして、どんどん嫌われればいい。

そんなことより、夫だ。

警察に通報したこと自体信じられない。私に声をかける気はなかったのだろうか。警察と一緒になって、私を諌めるようなことを言っているならまだいい。夫は、何も言わない。泥のように濁《にご》った目で、私を観察している。

ニコの瞳を思い出した。光を反射して、輝いていた。

ニコに会いたい。

私は手をついて警察に謝った。

「民事不介入って本当なんですよ。この、親子関係相談所とかいうところの連絡先を渡して、帰っちゃいました。ご主人とよく話し合って、ですって。そんなこと、できるわけないのにね」

ニコは口を挟むことなく、私の話を聞いてくれる。この話をしたのは三回目かもしれない。けれど、「もう聞きました」なんて言わない。

＊

ニコとは、あれから、仕事がある日は必ず、始業前に喫茶店でおしゃべりをしている。

線の細い見た目に反して、運送業をやっているという。「運送業というと佐川急便のお兄さんのような、日焼けした筋骨隆々の肉体を持つ人間のイメージしかない」と言うと、

「僕の運ぶものは特別な荷物ですからね」

そう言って笑う彼は、透き通るような白い肌をしている。

本名は知らない。私も聞かない。仕事だって嘘かもしれない。

ただ、私はそんなことはどうでもよかった。

ニコは私を否定しない。クソババアではない。言葉も通じる。動くだけの泥ではない。

恋愛ではない。この年になって、家庭もあって、そんな浮ついた気持ちなど持たない。第一、彼と私の間に、愛欲とか肉欲とかそういう生々しい感情が存在してほしくない。

ニコは私にとって美しい宝石だ。見ているだけでいい。一緒にいるだけで、自分が特別なものだと感じられる。

「美咲さんは、本当に頑張ってこられたんですね」

私は頷いた。

そうだ、私は頑張ってきた。完璧な妻でも、母親でもない。でも、できる限りのことをやってきた。今もやっている。

「頑張っている人には、必ず良いことが起こるものです」

こんな陳腐なセリフ、ふつう言われたら何を適当なことを、と腹が立ってしまうだろう。しかし、ニコには全く腹が立たない。ニコは本心からそう信じているのが分かるからだ。

「そうかもしれないですね。本当に……でも、早く起こってくれないかなあ。もう、疲れちゃって」

「もしかしたら、もう予兆は傍にあるかもしれませんよ」

ニコは尖った犬歯を輝かせて言った。

「気付いていないだけです、きっと」

そうなのかなあ、という曖昧《あいまい》な相槌《あいづち》と裏腹に、私の心臓は跳ね上がった。

ニコは、もしかして、自分こそが私にとっての良いことである、と暗に主張しているのではないだろうか。

もしそういうことなら、もし、傍にある良いことの予兆というのが、ニコのことなら。

ニコは若い。それに、美しい。一方私は、どこへ行っても「おばさん」と呼ばれるような見た目だ。実年齢以上に老け込んでいることも自覚している。私とニコが並んで話す光景は、一体どう見えているのだろう。良くて年の離れた姉弟とか、お金で若い男を買っている年増女。悪ければ、親子にだって見えているかもしれない。

でも、それでも。

こんなふうに言ってくれているのなら、望みはあるかもしれない。ニコは、私と一緒にいたいと思っているのかもしれない。

家庭がありながら、他の男性に浮ついた気持ちをもって接することは恥ずかしいことだと思っている。

愛欲や肉欲とは全く関わらない、美術品と鑑賞者のような関係でありたいとも思っている。それが清らかで美しいのだと理解している。

でも、相手はニコだ。

どんなに恥ずかしくても、みじめでみっともなくても、倫理的に許されなくても、汚くても、ニコと一緒にいられるなら、私はすべて捨ててしまうことができる。

「そろそろお時間では？」

ニコは指で三回机を叩いた。

「そうですね、なんか、ニコちゃんと話していると、時間が経つのが早くて」

そう言いながら私は荷物をまとめ、財布を取り出す。二回目以降、私はもちろん、自分のぶんは自分で払っている。最初の時のお金も返そうとしたのだが、ニコが固辞するので、それだけは未だ借りを作ったままだけれど。

「僕もですよ」

ニコは微笑みながら席を立つ。細身のスラックスが長い脚によく似合っている。

店を出ると、また会いましょう、と言ってから、振り返りもせず去って行く。私の体はまた、ずしりと重くなる。ニコは話が終わるといつもそっけない。

先ほどまでの高揚感は嘘のように消えてしまった。体を引きずるようにして仕事に向かう。

下らない。一人で盛り上がって、馬鹿みたい。

この、夢から醒めたような、崖から突き落とされたような絶望。喫茶店の前でニコと別れるたびに感じている。

それでもきっと私は、またここに来てしまう。

幸福な時間を求めてしまう。

＊

夫が警察を呼んだあの日から、公子の当たりはますますキツい。

勝手に隣の部屋の住人に謝りに行って、私が虐待親で、警察を呼んだ、などと話していたことも知っている。

「大変ですよね、同居って……」

隣に住む中年の女性は、眉を顰《ひそ》めて「虐待なんてしていないの分かってますから」と言った。それでも、好奇心は隠せていない。私は水ようかんを渡す。何も話さなかった。

本当に馬鹿なクソババアだ。もちろん私の名誉も失墜するかもしれないが、身内の恥を赤裸々に外に晒すような人間もまた、まともではないと評価されるのに。馬鹿だから、ということもあるだろうが、私が自分の息子の妻である、一応は身内である、という自覚も全くないのだろう。

一花は相変わらずだ。怒鳴りつけた私を恨むこともなく、異界の言葉を話し、天才的な絵画を量産している。

砂壁に描かれた毒々しい花は、どんな手段を講じても消えなかった。むしろ、滲んだせいで、そのおぞましさは強調され、部屋の空気を異様なものにしている。

私はホームセンターで購入した壁紙を上に貼り付けた。

しかし、そんなことをしても無駄だ。あのうす皮一枚隔てた向こうには異界が広がっている。

「一花、どうしてこんなのになっちゃったんだろうね」

一花は私の言葉に反応して、

「ぷえれ　り　びるぼなす」

「なんて言ってるの」

やはり一花の言っていることは分からない。確実に、何か意味を持つ言葉であるはずなのに。惨めだ。馬鹿にされているような気分になる。

「びるぼなす」

「分かんないよ」

一花は鉛筆を使って、見事に陰影の付いた星を描いている。

クレヨンは取り上げたのに。忌々《いまいま》しい。

散乱したコピー用紙をまとめていると、ふすまの開く音がした。

「ちょっとあんた」

あの時以来、公子の中で私の格付けはさらに下がったらしい。もう名前を呼ばれることもない。

「なんや気付くことあらへんの」

公子は細い目で私をねめつけている。

私はできるだけ感情のこもらない声で、

「すみません、教えてくださらないと分からないです」

公子はわざとらしくため息をつく。

一体何度、こんな茶番めいたやり取りを繰り返さなければいけないのだろう。本人だって、うんざりしないのだろうか。それとも、そんな年齢でもないのに、既にボケが始まっているのだろうか。

「なんや忘れてるもんありませんか、って聞いとるんやけど」

「分かりません」

すると、公子はこちらに何かを放ってよこした。

引き寄せて見てみると、米の袋だ。

「これでもまだ気付かへんの？」

「ああ、お米、買い忘れてましたね……」

私は公子の買い物袋に目を向ける。どこかのブランドのエコバッグを五枚も持っているのに、公子はそれを使わず、毎回レジ袋を持って帰ってくる。大きいサイズだから、おそらく一枚五円。わざわざちょっと高いお惣菜《そうざい》を買う。

これも「ちょっとの楽しみ」？

お米やお酒やお醤油なんかの必需品は一回だって買ってきたことはない。

パック詰めされたエビフライとビーフシチューを見る。

何が高血圧？

そんなお惣菜、私の作ったものと比べて、段違いに塩分含有量が高いだろうに。

「お米、買ってきてくれなかったんですね」

私の口から、言葉がこぼれた。ほんの少しだけでも反撃してやりたかった。

「買えへんかったんよ！」

公子はヒステリックな声で言った。

「あんたがケチくさく五千円しかカードに入れんからよ！」

限度額いっぱいまで使ってしまうので、クレジットカードは夫に言って取り上げてもらった。公子は私の作ったプリペイドカードで買い物をしている。もちろん、私だけが払っているわけではなく、夫婦の財布から出してはいるのだが、それでも。

「五千円もあれば、お米は買えましたよね。お惣菜だって、必要ないはずです。家にあるものを食べたらいいじゃないですか。それを我慢すれば、買えましたよね」

　一度言葉に出すと止まらなかった。

「私だって精一杯やってるんです。一花だって、これからお金がかかりますし……もう少し、家族のために協力してくださらないと困ります」

「何を協力したらええの」

「何って、その……節約」

　私が答えると、大口を開けて公子が笑った。

「なんで家族やないモンに協力せんといかんの。アホちゃう」

　公子は声でだけ笑っている。

「あんたが朝何しとるか、知らないとでも思てんの」

　心がざわつく。なぜ、公子が。私は、朝家を出て、公子はいつも、朝は家にいるはずで。

　私の心を見透かしているかのように、公子は詰め寄ってくる。

「随分綺麗な男の子やねえ。日ぇトローンとさせて。あんたいくつなん？　歳考えや、みっともない。私からしたら、孫みたいな歳に見えたわ。あんたと並んでると、親子みたいやったで。そんな若い子ぉに、何を話すことがありますの？　いくら貢いだん？　ほんま、気色が悪いわ。恥ずかしい」

　公子は私の周りをぐるぐる歩き回る。一旦言葉を切ってから、思い出したように、

「あんた、そんなみてくれで、やらしい女やもんね」

　全身が総毛立つ。公子の言葉が背筋を虫のように這っている。

「知らないとでも思てたん」

　公子の太い指が、私の腕を握り締めた。

「なあ、ほんまに知らないと思てたん？　雄一やって、気付いてるよ。ていうか、見たら分かるやん。一花の顔なあ……」

ダマスクローズの香りで頭が割れるように痛い。

「おとうさんにそっくりやもん」

腕が痛い。頭が痛い。全身が痛い。

なんで。どうして。そればかりが頭に浮かんで、点滅する。

「ねえ、どやった？　おとうさんの。よかった？」

結婚してすぐのとき、雄一の実家でお風呂をいただいた。自慢のヒノキ風呂だと言っていた。実際とてもいい香りだった。こんな良いお風呂があるなんて、すごく裕福なおうちなんだと思った。

お義母さんの料理は美味しくて、たくさんあって、おなかがいっぱいだった。

すごく幸せな気持ちで、お風呂から上がった。

そしたら。

「あんた年上がいけるだけかと思てたけど、年下もええんやねえ。節操がないわねえ」

義之が全裸で立っていたのだ。

最初は、私が入っていることを知らなかったのかと思った。

だから、タオルで体を隠して、ごめんなさい、すぐに出ますから、と言った。

当然向こうも気まずい顔をして、出て行ってくれると思った。

「金の話ばっかりして、ひとのこと、泥棒みたいに言うけどなあ」

そうはならなかった。

隠さないで良い、と義之は言って、バスタオルを剝ぎ取った。やめてください、と言う前に、私の胸を鷲摑みにして、妊娠したらこれ以上大きくなるなんて楽しみだと言った。抵抗することなんてできなかった。義之の太くて毛だらけの指が全身をまさぐった。すのこが背に当たって痛かった。

私はそのまま――

「泥棒はあんたやないの」

「お米を買いに行かなくちゃ」

公子の腕を振りほどく。

「お米がないんですから、買わないといけません」

「逃げるな」

公子が私の髪を摑む。私は思い切り顔を振る。毛が何本か抜ける。頭皮が痛い。

それでも、私は走り出した。

公子が怒鳴っている。足が冷たい。冷え込む夜に、サンダルとワンピース一枚で出てきてしまったからこんなに寒いのだろうか。いや、違う。全身が凍えるように寒い。私は逃げる。蓋《ふた》をしていた記憶が溢《あふ》れて止まらない。それが私を体の芯から底冷えさせていく。寒い。歯の根が合わない。ガタガタ震える。腕が痛い。頭が痛い。全身が痛い。ガタガタ震える。どうして。私が悪いのかもしれない。あのあとも、断れなかったから。寒い。私は泥棒じゃない。でも、お義母さんの花嫁姿の写真がある部屋で。痛い。自慢の浴場と、雄一の使っていた部屋と、それに、町田のホテルでも。痛い。ガタガタ震える。酒臭かった。私は泥棒。分かっていた。一花が生まれたときから、分かっていた。足が冷たい。雄一ののっぺりした顔じゃない。太い眉毛と、二重の瞼《まぶた》。生まれないでほしかった。雄一はべっとりとした目で一花を見ていた。クレヨンで描いた赤い花。寒い。気持ちが悪い。生まれてきたならせめて、謝ってほしかった。私は泥棒。謝ってほしい。生まれたことを。寒い。死んで。

「どうされましたか？」

春が来たのかと思うような暖かさだった。でも、それは違った。私は、二つの腕に抱き留められていた。

「美咲さん、夜にこんな格好で外に出ては、危険ですよ」

ニコが立っていた。暗がりでもはっきり分かる、お星さまみたいな瞳。一体どうしてニコがここにいるのだろう。漆黒のスーツを着て、髪の毛をオールバックにまとめている。

「ニコちゃん、私、私……」

ニコは、私の頬に手を当てる。そして、ゆっくりと、大切なもののように撫でた。

「こんなに冷えて、可哀想に。実は、美咲さんにお会いしたいと思っていたんですよ」

ニコの声を聞いていると、掌の暖かさを感じていると、次第に気持ちが落ち着いてくる。パラパラと小雨が降っていることに気付いた。ニコは傘の柄を肩にかけている。よく見れば、ニコの後ろには何人か人が並んでいる。皆、一様に漆黒のスーツを着用している。

ニコが、ぱっと頬から手を放した。同時に、私も人の目が恥ずかしくなり、冷静になる。

「ごめんなさい、お仕事中……」

「いえ、違うんです。違わないんですけど……なんて言ったらいいのかな、説明って難しいな」

ニコはさりげなく傘を私の方に寄せて、濡れないようにしてくれている。

「美咲さんにお渡ししたいものがありまして。美咲さんを探していたんです」

この美しい男が、私なんかのために、寒い中、わざわざやってきてくれた。

有頂天になりながらも、頭のどこかで、「おかしい」という声が囁く。おかしい。ここに彼がいるのは、おかしいことなのだ。

「あの……でも、ニコちゃん、私がこの辺に住んでること、どうして……」

「言ってませんでしたっけ。僕の職場も近くにあるんですよ。歩いていれば、お会いすることもあるかなーって」

ニコの微笑みには屈託《くったく》がない。私は少しでも「ストーカー」などという単語を思い浮かべてしまったことを恥じた。だいたい、こんなおばさんに、ニコみたいな綺麗な子が執着するはずもない。

ニコの後ろに並ぶ人たちの様子を窺う。口を真一文字に結んで、目線は合わない。雨の中待たされているわけだから、少しは苛ついてもよさそうなのに、その様子もない。

「まずはこれを差し上げます。これはあくまでおまけですから」

ニコは私に黒い紙袋を渡してくる。受け取ると、地面に落としそうになった。ずしりと重い。中を見ると、『特選　魚沼産　コシヒカリ　5kg』と書いてある。

「どうして」

ニコは首をかしげる。

「美咲さん、『お米を買いに行かなくちゃ』って、結構な大声で呟いていらっしゃいましたよ。ちょうど持っていたので、差し上げます。ご迷惑なら持って帰りますが……」

「嬉しいですけど、こんな高いもの……ニコちゃんにはいつもお世話になっているし、おまけって……これより高いもの？　良いものまでくれるんでしょう？　そんな、こんなことまでしてもらうわけには……」

ニコは首を横に振った。

「いいえ、ぜひ、受け取ってください。今日が何の日か、分かりますか？」

何の日、と聞かれても分からない。私にとって今日は、いつもの、絶望の一日だ。

私が答えないのを見て、ニコは残念そうに呟いた。

「クリスマス・イブですよ」

そういえば、そうだったかもしれない。一か月以上前から、町はクリスマスツリーだの、星だのサンタだの、そんな装飾品で溢れていた。でも、私の心には何も響かなかった。クリスマスだからなんだというのか。一花にプレゼントを用意する必要はない。薄情だろうか？　でも仕方がない。一花は何も喜ばない。女の子だったら当たり前に喜ぶはずの、ぬいぐるみもお人形もリボンのついた靴もアニメのグッズも、大きなクリスマスケーキさえも。

「美咲さん、大丈夫ですか？」

「あっ……ごめんなさい、なんでもないの」

「そうですか……それでね、これが、僕からの、本当の、贈り物ですよ」

ニコが合図をすると、後ろに並ぶ男性の中でもひときわ大柄な者が、キャリーケースを手渡してきた。

何も変わったところのない黒い布製のキャリーケースだ。ただ、すごく大きい。持ち上げてみようとすると、ニコにやんわり制止される。

「とても重いものですから、引きずらないと腰を悪くしますよ」

私は少し上目遣いにニコの表情を窺った。笑顔を全く崩していない。

「これはね、オオトシノヒツギです」

ニコの言葉が耳を通り過ぎていく。彼の口から出た言葉はいつも甘くて、ずっと覚えておきたい。でも、全く聞き覚えのない言葉は、とても不気味に感じられた。

「オオトシノ……」

「棺です。棺桶ですね」

私はふたたび、ニコの顔を見た。今回はこっそりと窺うようなことはせず、じっと見詰める。どんな顔でこんなことを言っているのか、知りたかった。

ひつぎ。かんおけ。

人が亡くなったら入れるための入れ物。

このキャリーケースはとてもそんなふうには見えない。問題はこれがなんであるかではない。

これをそんな不吉なものに例えて、そしてそんな不吉なものを贈り物だと言うニコだ。

これは、オオトシの棺は、重いものだと言う。

「中身が気になりますか？　しかし、大したものではないですよ。見てもいいのですが、あまり意味がないと言いますか」

背筋にひやりとしたものを感じる。

ニコの、年齢の割に堂々たる振る舞い。こんな晩に、何人も引き連れて練り歩いている。しかも、全員真っ黒なスーツを着ている。

何より、この、不気味な――

「説明してもよろしいでしょうか」

「説明……」

私はバカみたいに、ニコが言ったことを繰り返す。

「はい。これは大歳の棺です。これを一晩、置いておいてください。どこにでも構いません。何もする必要はございません。ただ、家の中に置いておいてください」

私はニコの瞳を見つめる。美しくて、吸い込まれそうだ。吸い込まれてしまいたい。

だから、どうでもいいことだ。私はもう、察しがついている。

運送業。たしかに、運送業に分類されるのだろう。

ほぼ確信していた。この中身は、違法薬物だ。

ワイドショーで見たことがある。最近では、いかにも風な不良や、本職の暴力団ばかりが違法薬物の取引に関わっているわけではない、と。一見無害そうな大学生や、幼稚園の先生、そして、専業主婦などにも薬物は蔓延《まんえん》していて、中には末端の構成員のような仕事までしている人間もいるそうだ。

鼓動が速くなる。

棺というのは、きっと彼らの使う隠語だ。贈り物、というのも恐らく。

完璧なまでに美しい形の目。中に宇宙があるみたいだ。鼻も高いし唇の形もいいけれど、主張は強くなくて、瞳の美しさを引き立てている。

「分かった。預かります」

私は頷いた。彼の美しさに操られているわけではない。気持ちは、これ以上ないくらい落ち着いている。

最初から、ニコはこういうことに利用する目的で、私に近付いた。これは私にとって、最も納得のいく答えだった。

残念な気持ちがないと言ったら嘘になる。ドブみたいな家庭を捨てて、ニコとどこか遠くへ逃げる妄想をしたことも一度ではない。

でも、そんなことあり得ないと私だって分かっている。私では、ニコのような魅力的な人とは釣り合いが取れない。もう、浮ついた気持ちは持たない。

私はニコから安らぎを貰った。私の家にいる、家族というものが与えてくれなかったものをニコは与えてくれた。それに報いるだけだ。犯罪の片棒を担ぐことくらい、なんだというのか。お安い御用だ。

「大事に、置いておいてください」

街灯よりも眩《まぶ》しい笑顔でニコは言う。

「それでは、また」

ニコはくるりと方向を変えて去って行く。その後を等間隔に並んだスーツの集団が続いた。

ニコの後ろ姿を見ると胸が苦しくなる。喫茶店を出たときのニコを思い出す。やはり、最初から、仕事を手伝わせる目的で、何のとりえもない、疲れたおばさんに声をかけたのだ。それをしみじみ実感してしまう。

しかし私はもう決めたのだ。ニコの役に立つ。それ以外のことは考えるべきではない。

私はキャリーケースに米の袋を載せて引っ張る。キャスターの動きは滑らかで、重さは感じなかった。

マンションのエレベーターに乗ってから、はたと気付く。そういえば、家には公子がいるのだ。私は逃げてきてしまったから、公子はまだ怒っているだろう。怒っているどころか、怒りが倍増している可能性が高い。ニコのことで頭がいっぱいで、すっかり忘れてしまっていた。そう思うと少し可笑しくなって、ほんの少し気分がましになる。公子のことなど、私の中ではゴミみたいに小さなことなのだ。確実に何か言ってくるし、暴力だって振るわれるかもしれない。でも、私はきっと、何も感じない。暴力を振るわれたら逆に殴り倒してしまえばいい。私の方が若くて力もあるのだから。

「帰りました」

そう言っても返事はない。てっきり、どすどすと足を踏み鳴らして文句を言いに来るかと思ったのに。

うがいと手洗いを済ませてからリビングに入っても、公子の姿が見当たらない。

「帰りましたー」

もう少し声を大きくする。返事はなかった。それどころか、気配もない。

よく考えたら、この時間なのに夫が帰っていないのもおかしい。

私は少し考えて、一つの結論に至る。

おそらく、二人で今後の相談をしているのだろう。無理もない。もう私と公子は関係修復が期待できるような段階にない。それに、夫とも。知っていたのなら、もっと早く壊してくれればよかったのに、とすら思う。

二人でどこか別のところにいるとしたら、好都合だ。今日は疲れていて、体も冷えている。その上ごちゃごちゃとうるさいことを言われるなんて堪ったものではない。

誰も見ていないのをいいことに、私はキャリーケースを玄関からずるずると引きずり上げて、自室に運んだ。後で床を拭いたらいいだけのことだ。

キャリーケースを横倒しにすると、予想以上に大きい音がする。階下の住人に文句を言われないか心配だ。重いものですよ、とニコが言っていただけのことはある。

テレビでしか見たことのない、パケ詰めされた白い粉を思い浮かべる。この中身が私の想像する通りのものなら、これは、何百億円とか、そういう単位のものではないのだろうか。数グラムでも一万円以上するのだ。一介の主婦に、そんなものを預けるだろうか。

だとすると、もっと物理的に危険なものかもしれない。例えば、銃とか。

見てみたい、という欲求がわいてくる。

ニコは見ても意味はないと言ったけれど、見てはいけないとは言わなかった。

それに、もう預かった時点で私は関与してしまっている。見ても見なくても同じだ。だったら、見てもいいはずだ。

指紋が付くかもしれないので、ビニール手袋をつける。

そして、慎重にジッパーを下ろした。

石だった。

どう見ても、石だ。黒くて、大きくて、角が取れた石。軽くつついてみても、特に何も起こらない。

ほっとすると同時に、がっかりもしていた。薬物でも銃でもない。

「ででぃ」

振り返ると、一花がいた。

てっきり、夫と公子が連れて出て行ったのだと思っていた。いや、しかし、よく考えたらそんなわけはない。二人とも、一花のことを憎んでいるのだから。

そんなことすら慮《おもんぱか》れなかった私は、少し笑ってしまう。私は本当に一花のことが疎ましいのだ。愛していないのだ。

「ででぃ　てぃび　むねら」

一花は義之に似た大きな真ん丸の目で石を見つめている。

「何言ってるか分かんないんだってば」

「むねら」

「触らないでよ」

一花が小さな人差し指を伸ばしている。石を触ろうとしているのかと思い、払いのける。これはニコから預かった大事な贈り物で、こんな子供に触ってほしくない。

それでも一花は泣きも喚きもしないで、ただ石を指さし、むねら、と繰り返した。

「あなたの世界では、石のこと『むねら』っていうんだね」

本当に誰にも愛されていないのだ、この子は。

誰からも望まれていない。可哀想になるが、私だって愛せない。

本当に生まれてこなければよかったね、と呟いても、一花は反応しない。おもむろに立ち上がり、おぼつかない足取りで行ってしまった。恐らく、また絵でも描くつもりなのだろう。

もう一度石を見る。やはり何の変哲もない石だが、かなり大きい。それに、よく見ると形が整いすぎている。自然に削れたわけではなく、人が削り出したように思われる。お地蔵さんには見えないけれど、そのような感じの。

いろいろな考えが頭を過《よぎ》る。

預かった荷物には、見たところ違法性はない。本当に、純粋に贈り物《プレゼント》なのだろうか。そうすると、これはいよいよなんなのだろうか。

漬物石にしては、形に特徴がありすぎる。

一体、何を模したものなのだろう。何にでも見えるし、逆に何にも見えない。

ごろりと横になってみる。

そして、閃《ひらめ》いた。これは、猫だ。

耳や尻尾などはないが、確実にそうだ。猫が丸くなって寝ているところに似ている。

正体が分かると、少し気持ちが和んだ。

あの黒い服の集団が、猫の形の石を大仰に運んできたかと思うと、可愛い。

「おおとしの、ひつぎ」

声に出してみる。この不吉な名前だって、聞き間違いかもしれない。単なるキャリーケースに入った、猫の形の石。

つい笑ってしまう。彼は抜群に美しいけれど、プレゼントのセンスは悪いみたい。

それより、彼は「また」と言った。そのことが、たまらなく嬉しい。「また」があるのは、安心する。「また」会えるのだ。

気持ちが緩むと、眠くなってくる。私は落ちてくる瞼に抗うことはせず、帰ってきたままの姿で眠りに落ちた。

頬を軽く叩かれて目を覚ます。

一花だ。私の胸の上に乗っている。

慌てて起き上がってから気付く。何時でもいい。今日は土曜日なんだから。

欲を言えばもう少し寝ていたかったが、一花もおなかが減ったのだろう。もしかして、昨日の晩御飯も食べさせてもらえなかったのかもしれない。私は一花が餓死すればいいなんて思えない。そこまで鬼にはなれない。

「いま作るね」

「ふぇりくす」

「はいはい、早く作るね」

一花は立ち上がる私の服を引っ張った。何かを指さしている。

「なに、転ぶからやめてよ」

「ふぇりくす」

一体何なの、と一花の指さす方を見る。

「どうして」

公子がいる。キャリーケースの中に、公子が入っている。

公子は目を閉じて、腕を胸の前で組んでいる。どこにも隙間がない。キャリーケースに公子を入れたのではなく、公子をキャリーケースで覆ったみたいだ。

公子は動かない。

「お義母さん」

呼びかけてみても反応はない。

一花が公子をつついている。

「ふぇりーくす」

公子は起きない。起きるはずもない。

私はこの顔色を知っている。

祖母が亡くなった時と同じ色だ。

公子は死んでいる。

「どうして」

昨日は石だったのに。大きくて、黒い石だった。絶対にそうだった。冷たくて硬かった。

公子は死体になっても醜い。ぶよぶよとした肉塊。これを見間違えるはずがない。

「びるぼなす」

一花は公子の死体を叩いた。何度も何度も叩いた。

＊

「美咲さん、ありがとうね」

桜子さんが目を真っ赤に潤ませて言った。

「おうちのお味噌、母のために変えてくれたんですって？」

私は曖昧に頷く。

「母はちょっと……ちょっと、なところがあるから、美咲さんに辛く当たってたんじゃないかと思って……」

「いえ、そんなこと」

「母もね、父が死ぬまではあんなふうじゃなかったのよ。今だから言えるけど、DVとかあってね……そういうのの繰り返しで、だんだん、性格が悪くなって……父が死んだことで、解放されたっていうのかな。なんか、自分の時代が来た！　みたいな感じで、すごく我儘になっちゃって。でも、私にとってはやっぱり、母だから、いい思い出もあって……私も面倒を見れたらよかったんだけど……全部、言い訳に聞こえるよね」

桜子さんは聞いてもいないのにベラベラとよく話した。「そんなことないですよ」「大変でしたね」とでも言って欲しいのだろうか。桜子さんを含め、きょうだい全員が責務を放棄して、長男の嫁に自分の母親を押し付けた事実は消えないのに。

私がじっと見つめていると、桜子さんは気まずくなったのか、言葉を切ってぱっと目を逸らした。

「……とにかく、ありがとうね。母は、最期に美咲さんのところで過ごせて、幸せだったと思うわ」

私がそうでしょうか、と言うと、桜子さんはそうよぉ、と答えた。

アレがどうして、自然死ということになったのか、私には分からない。

黒くて大きいキャリーケースにぴったり入った老婆の死体。私がキャリーケースを運んでいるのだって、防犯カメラに映っていたはずだ。それなのに、公子は心臓発作で、眠るように死んだ、ということになった。

あの日、公子の死体を前に呆然とする私を尻目に、いつの間にか帰ってきていた夫は、

「ああ、死んでるな」

と短く言って、公子のかかりつけ医に電話をした。

夫はその後も、淡々とやるべきことを進めた。書類の手続きも、親族への連絡も、すべて夫がやった。

今だって、喪主としてきぱきと動いている。参列者に挨拶する様は、いつもの豚みたいな様子からは想像もできない。

「あっ、一花ちゃんが」

桜子さんが声を上げる。

一花が、ものすごい勢いで走り、外に出て行こうとしている。

失礼します、と言ってその後を追いかける。夫は変わったけれど、一花は変わらない。フツウとは程遠い。

人混みを縫って一花を追いかける。腕を捕まえた、と思ったとき、私は誰かにぶつかってしまった。

「ごめんなさい」

「いえ、大丈夫ですよ。小さいお子さんがいると、大変ですよね」

聞き覚えのある声に、顔を上げる。

「ニコ、ちゃん……」

ニコがいた。

「なんでこんなところにいるの？　あれはなんだったの？　どうして私を」

「失礼ですが、奥様」

ニコは眉毛をへの字にして困ったように微笑んだ。

「どなたかとお間違えでは？」

その笑顔には、何の嘘もなさそうだった。本当に困っている、そういう顔だ。

でも、間違えるはずがない。黒縁眼鏡をかけているけど、間違いなくニコだ。瞳の中に星が瞬いている人間なんて、ニコしかいない。

あの夜会ったときのことを思い出す。全身黒ずくめ――今日と同じだ。だから、きっとニコの本当の仕事は、葬儀屋のスタッフなのだろう。ここにいるのだから、間違いない。それならそれで構わない。どうして、私のことを知らないふりなどするのだろう。

それに、あのキャリーケースのこと。なぜ一晩のうちに、石が公子の死体に変わったのか。大歳神《オオトシノヒツギ》
数々の疑問を脳内で練っていると、

「あらぁ！　お兄さん、男前やねえ。久根《くね》さんって言うん？」

公子の姉だという老婆が突然割り込んでくる。目ざとく名札まで見つけて、ベタベタとニコの体を触っている。

ひとしきりニコの容姿を褒めたあと、私の方をちらりと一瞥《いちべつ》して、

「旦那働かして、嫁はふらふら別の男と遊んどるなんて、うっとこやったら郷《さと》に帰らされたもんやけどね」

陰湿で迂遠《うえん》な悪意のある言い回し。公子が生き返ったようでぞっとする。

「いえいえ、僕がお相手をしていただいたんですよ。子供が好きなので」

公子の姉は、一花とニコを交互に見て、意地悪な笑みを浮かべた。

「この子なあ……」

「失礼、あちら、呼んでおられるのでは？」

ニコが指さす方に、羽織袴姿の老人が数名いた。公子の姉に向かって、手招きしている。

「ほんまもう、なんなん」

苛ついた声を出して、公子の姉は去って行く。

一花は、いつの間にかニコの手を握っている。母親とさえコミュニケーションを取ろうとしないくせに、容姿の美しい男性がいるとこのような態度を取るものだろうか。子供のくせに、まともに言葉も話せないくせに、女を出していて忌々しい。

「びるぼなす!」

一花はニコをまっすぐ見つめて、嬉しそうに言う。

「ごめんなさい、この子、ちょっと」

「そうだね、今はね」

私の言葉を最後まで聞かずに、ニコは一花に向かって微笑んだ。

「この子の言うこと、分かるの?」

ニコは何も答えなかった。

「それでは奥様、失礼して、仕事に戻らせていただきます」

ニコはくるりと背を向ける。それで確信する。やはりこれはニコだ。人違いであるはずがない。ニコはいつも、私を置いて行ってしまう。私がどんなにがっかりしているか知りもしないで。私は諦めて、去って行くニコに頭を下げた。

「頑張っている人には、良いことがあると言ったでしょう」

顔を上げる。

もうニコはいない。

すべての良い贈り物、また、すべての完全な賜物は上から来るのであって、
光を造られた父から下るのです。
(ヤコブ 1:17)

選択の箱

人生の重要な選択を、全て誤った果てに今の自分があるのではないかと思う。

そんなことをぽつりと呟いたら、同僚の前田《まえだ》に、いつまでもガキみたいなこと言ってんなよ、俺らもうすぐ三十だぞ、と返される。

分かっている。そんなことは、呟いた雄三自身が一番よく分かっている。

前田は言いすぎたと思ったのか、嫁さんと子供が可哀想だ、と付け加えて、そのまま話題は半年前に独立した荻沼《おぎぬま》先輩の話に移行する。

荻沼の印象は、「嫌われるタイプの体育教師」だった。つまり、やたらと熱血な割に、ほとんど人望がないというような。

彼の使う「顔晴《がんば》る」だの「最幸《さいこう》」だのという、自己啓発のような、一般的なものとはかけ離れた単語の書き換えや、やたらに大きい声が苦手だった。苦手だったのは雄三だけではない。前田も、他の同僚も、彼のことを慕ってはいなかった。

仕事ができるという印象もない。どちらかというと、上司から苦言を呈されている場面を見たことの方が多い。

そんな彼だから、会社を辞めると言い出した時も誰も引き留めなかった。

「思い立ったらすぐ行動！」

とかなんとか言って、彼は辞表を叩きつけて、フロアの真ん中で大声で、辞めますと宣言した。

「起業します！」

あのとき部長の神尾《かみお》がなんと言ったのか雄三はよく覚えていない。

「はあ、頑張って」

だったような気がする。いずれにせよ、荻沼はきちんと引継ぎをしてから退職していったのだから、問題はない。どうせ失敗するだろうとか、泣きついてこられたらどうしようとか、そういう話が飲み会で二、三回出た程度で、半年経った今ではもう誰も覚えていないだろう。雄三も前田の口から名前が出るまで、すっかり忘れていた。

「それがさ、めちゃくちゃ成功してるらしい」

思わず聞き返すと、前田はスマートフォンの画面を顔に近付けてくる。

「ほら、見ろよ」

MUS、という青字のロゴマーク。どうやら、アクセサリーを販売しているネットショップのようだ。スクロールすると、YouTube でよく見るインフルエンサーの写真が表示されている。

「これを、荻沼さんが？」

前田は頷いた。

「すげえよな。テレビには出てないけど、結構ネットで広告出て来るよ。YouTube とかも。起業して三か月しか経ってないのに」

雄三は画面に目線を戻した。

見やすいサイト、有名人の広告、アクセサリーのデザインも洗練されているように見える。どうしても荻沼と結びつかなかった。

「羨ましいよなあ」

前田はそろそろ返せよ、と言ってスマートフォンを雄三の手からもぎ取った。

「どうやったんだろう」

「はあ？」

「だって、あの、荻沼さんだよな。どうやってこんな……」

「まあ金だろ、あと運」

前田は投げやりに即答した。

「荻沼さんの実家、田舎の土地ころがしで、めちゃくちゃ金持ってるらしい。実家が太いんだよな。まあ、持ってる人なんだよ、元から」

俺らは地道に仕事仕事、と言いながら、前田は自分のデスクに戻っていく。

持ってる人。

そんな言葉で片づけてしまうのは気に入らない、と雄三は思った。

気に入らない、と言うより、そんなふうに言ってしまっては、雄三や前田のような持っていない――つまり、特別には環境に恵まれておらず、運がさほど良いわけでもない場合、一生成功などできない、ということになってしまう。

確かに、荻沼は実家の力と運でこの成功を手に入れたのかもしれない。でも、それにしたって、何かきっかけがあるはずだ。

雄三は、会社を辞めて自力でビジネスをするようなバイタリティのある男ではない。父親のコネクションがあったとは言え、この会社に入社することができたときは嬉しく、さほど待遇の良い職場でもないのに一生勤めていられたらいい、とすら思っている。

成功したいという前向きな気持ちですらないかもしれない。雄三は、「成功」が転がり込んでくればいいのに、と毎日夢想している。だから、自分と同じような、特に才能もないのに成功している荻沼のことが気になるのだ。どのようにして荻沼の元に「成功」は転がり込んできたのだろう。

胸ポケットからスマートフォンを取り出すと、連絡先一覧に、荻沼の名前が残っている。

迷わず電話をかけた。

＊

荻沼に電話をかけると、あの鬱陶しいくらいの大声で、連絡してくれて嬉しいと何度も何度も伝えられた。どうも、退職後に個人的に声をかけてきたのは雄三が初めてのようだった。

普通、成功したら昔の知り合いが何だかんだとタカりに来てもおかしくないのに、そういったことさえないのは、やはり荻沼には全く人間的魅力がない、ということなのかもしれない。

雄三は二回、荻沼が住む県の居酒屋で話した。相変わらず気持ちの悪い言い回しをする男で、話も長くて要領を得なかったが、要約すると、笹井藤二《ささいとうじ》という人のセミナーに通い、起業のノウハウを教わったということらしい。笹井は研修コンサルタント、という肩書がついていて、都内を含め、全国で何度も起業セミナーを開催していた。

「俺はあの人のおかげで変われたんだ！」

そう熱く語る荻沼には口だけ同調した。雄三はやはり、荻沼のことはあまり信用できなかった。しかし、荻沼が笹井のセミナーに参加したこと、今現在事業が成功していること、この二つは現実のものだ。

雄三は荻沼に礼を言って、早速笹井の開催しているセミナーに申し込んだ。参加費用は五万円。さほど高給でもない雄三には痛い出費だった。しかし、参加してみなければ何も分からないだろう、そう思った。

結果として、雄三は、次も、その次も、またその次も、笹井の主催するセミナーに参加している。笹井や、笹井の登壇させた有名人数人の話を聞いたが、彼らの言葉は力強く、成功者としての説得力があった。雄三は、以前から興味のあった飲食店を開いてみようという気になった。

だが、登壇者たちが語るのは自分の成功体験と、起業するためのモチベーションなどで、成功する秘訣ではない。もし秘訣が知りたければ、セミナーの後に開催される懇親会に参加し、名刺を交換し、個人的に親交を深めるしかない。

それが何より難しかった。

大規模なセミナーでなくとも、登壇者の周りには懇親会のスタートと同時にわっと人が群がる。

雄三は抑圧的な父親に威圧されながら育った。背が高く筋肉質な体格の割に、おどおどとしているのはそれが原因かもしれない。そんな性格だから、ずっと男性にも女性にも見下されてきた。何よりも、自己主張することが苦手だった。何か意見を持とうとしても、父親の言葉が脳裏に浮かぶのだ。

「お前みたいなゴミが何をやっても同じだ、大人しく人の言うことを聞いておけ」

そうではない、と思いたいが、父の言うことは正しいと雄三は納得してしまっている。本当に、上手く行った例《ためし》がないのだ。たまに何かを選んだとき——それが些細なことでも、雄三は必ず間違った方を選んでしまう。例えばスーパーでレジに並べば、すいすい進む隣の列を眺めながら長時間待つことになったし、一事が万事そうだった。

だから人の言うことを聞いて、右に倣《なら》えで過ごしてばかりいる。

そんなふうに生きてきたから、主体的に動くことができない。

雄三は結局、成功者と親密になるどころか、まだ名刺交換すらできていない。隣に座った受講者と交換できれば御の字だ。しかし、セミナー受講者は雄三と同じような受け身の人が殆どで、何人と交換しようと有効な人脈を築けているとは思えない。

今回も、どうせ同じだ。

本日の登壇者は宮田 某《なにがし》という元サッカー選手で、引退後に開いたラーメン屋が大繁盛している。

雄三は一時期バレーボールに打ち込んでいたこともあり、スポーツマンらしい情熱溢れる言葉には非常に感銘を受けた。それに、飲食店の起業は、雄三の目指すところだ。

「皆さんの過去はゴミです！」

宮田の放った『ゴミ』という言葉に胸がざわつく。

「あなたの偏見や価値観は、あなたの過去からできているんです！　偏見や凝り固まった価値観を捨てて、あなた自身をアップデートするために、ゴミは捨てて行かなくてはいけません！」

過去はゴミ。そうかもしれない。宮田は、正しい。

ゴミという言葉で、父親に従うしかない自分の情けなさを思い出す。

雄三は確かに、現在に至るまでずっとゴミだ。しかし、何かきっかけさえあればもっとましな何かになれるかもしれない、という考えは常にある。きっかけがあれば過去の自分《ゴミ》を捨てられるかもしれないが、そのきっかけが摑めないのだ。

宮田は有名人だけあって、セミナーの参加者も普段より格段に多かった。大勢の人の波を見ながら、溜息を吐《つ》く。名刺の交換どころか、顔の認識ができるくらい近付くことすら難しいだろう。

ふう、と隣から溜息が聞こえた。もしかして、雄三と同じく、どうあっても宮田とお近付きになれない悲しみを感じている人がいるのかもしれない。仲間意識から、雄三は目線を隣に移した。

雄三は再び溜息を吐くことになった。今度は、疲労感や失望ではなく、感嘆から、だ。

周囲とは明らかに異質な美青年が座っていた。

顔立ちが整っている。でもきっと、顔立ちだけだったら、もっと綺麗な人間はいくらでもいるかもしれない。しかし、彼の姿は、渋谷のスクランブル交差点にいても見付けることができるだろう。オーラがある、というのはこういうことかもしれない。

周囲の誰もが、宮田に群がっていて、彼には全く注目していないのが奇妙に感じられた。

「あの、あなたも宮田さんに興味が……」

雄三が自発的に声をかけたのは奇跡だった。普段なら絶対にできない行為だ。

そして、口に出してから、なんと愚かな質問なのだろう、と気付く。

セミナーに参加しているのだから、宮田あるいは笹井の、業績なり人となりなどに興味があるのは当たり前だ。

「寒いですね」

美青年は雄三の質問を無視して、そう呟いた。

確かに、人の多さに気を取られて意識していなかったが、この会場はあまり空調が機能していない。外と同じように、吐く息が白く染まるかもしれない。

美青年は、前を向いたまま続けた。

「宮田という人にも、笹井という人にも、全く興味はないですね」

「えっ」

思わず声が大きくなる。

「寒いからこそ人間は集まるのかもしれませんが、全くの無駄ですね」

美青年は顔をゆっくりと雄三の方に向けて、口角を上げた。

「だって、全部同じですよ」

「同じ……？」

「ええ。あなたも何回か参加しているなら気付くはずですよ。皆言っていることは同じです。全部同じだ」

「そんなことは……ないんじゃないですか」

こうして人に反論するのもまた、普段の雄三なら絶対にやらない行為だった。

それでも、反論しないと、今までの経験や、何より注ぎ込んだ金が無駄だと認めることになってしまう。必死に続けた。

「毎回、色々な成功者がお話をしてくれていて……それぞれ、違った体験を持っているし……それに」

ははは、と美青年は笑った。尖った犬歯が覗く。

「あなた、お名前は？」

「馬場雄三です」

反論はしたものの、雄三は目の前の美青年を不快に思ったわけではない。むしろ、美しい容姿と堂々たる態度に、何か立派な功績のある人なのではないか、と期待と好感を抱いていた。

「雄三さん、何回くらい、このような講演会に参加されました？」

「そうですね……十回、よりは少ないくらいですかね」

「そうですか。そうなると、十万円は下らないですね。そのお金はどう捉えていますか？　経験？自己投資？」

美青年は名乗りもしないであけすけなことを聞いてくる。それでも、不思議と腹が立たない。ただ、彼の言わんとしていることが分かるだけに、恥ずかしくて頬が熱くなる。

そうだ、こんなもの、経験にも、自己投資にもならない。

十万円どころではない。交通費も含めると、三十一万円だ。

三十一万円をドブに捨てた。

美青年は直接的に指摘してきたわけではないが、そういうことだ。

ふと、会場が静かになる。

笹井が、会場の中央に用意された、簡易的な舞台の上に上がっている。恐らく、会の終了の挨拶をするつもりなのだろう。

「私の——」

笹井が口を開いたのとほぼ同時だった。

視界の端に何か黒いものが見えた。

それはタイムキーパーの女性を突き飛ばし、猛然と笹井の方に向かっていく。

スピーカーから頭が割れるような不快な音がした。少し遅れて、マイクが床に落ちる。

「死ね、笹井！」

襤褸《ぼろ》切《き》れのような服を着た男だった。

遠目からは顔立ちは分からない。しかし、薄汚れていて、醜く歪んでいることは分かる。

男は笹井に向かって拳を滅茶苦茶に振り回している。だが、その拳が笹井に届くことはなかった。駆けつけてきた屈強な体格の警備員二人に取り押さえられたのだ。

押さえつけられてなお、男は喚《わめ》き続けている。

「お前のせいで人生が滅茶苦茶だ！　何が『成功』だ！　何が『他の人とは違う』だ！　俺も、俺の家族も、お前の言葉にっ」

セミナー参加者の女性がけたたましい悲鳴を上げた。それを皮切りに会場がざわつき始める。

男の口は動き続けている。しかし、もう何一つ聞こえない。

男はずるずると会場の外へ引き摺られていった。

「まだ早いのではないでしょうか」

ざわめく会場をよそに、冷静な口調で美青年が呟いた。

「鏡を通して見るのはもう少し先で良いのに」

「なんですか？」

雄三が聞き返しても、美青年は前を向いたまま、答えなかった。彼の言葉は妙な不安感をかき立てる。意味が分からないからなのか、それとも、他の理由があるのかは分からない。

しばらくして会場のざわめきがようやく静まった。そのタイミングで、一度は舞台から姿を消していた笹井がまた現れる。

「いやあ、皆さん、すみません。たまにさっきみたいな、所謂《いわゆる》アンチというんですか？　ああいう人が現れるんです」

顔にも、声にも、一切の動揺は見られない。

「恐らく、これから大成功する皆さんにも、アンチは沢山出てくると思います。でも、アンチがいるっていうことはね」

笹井は一呼吸おいて、拳を高く振り上げた。

「私たちの意見が、マスに届いているということなんです！　賛同者ばかりでは、狭い世界のお山の大将のようなもの。大勢に届いているからこそです。成功した証拠ですよ！」

どこからともなく拍手が聞こえた。拍手は波のように会場全体に伝播《でんぱ》する。雄三もつられて拍手をした。

「さて、中断してしまったお話をしましょう。私の――」

次の瞬間、美青年が雄三の耳元に口を寄せて囁いた。

「コンサルティングには、一つだけ誰にも負けない強みがあります。それは、顧問契約が長く続くことです。一社の平均は、約十年です」

ぎょっとして体を反らせる。

「コンサルティングには、一つだけ誰にも負けない強みがあります。それは、顧問契約が長く続くことです。一社の平均は、約十年です。一番長いお付き合いのある会社はもう二十年になるかな」

笹井がそう言うと、会場の方々から、おお、と声が漏れた。

美青年も会場の声に同調しておお、と言っている。

雄三は彼から目が離せなかった。

「なんで……」

なぜ、一言一句違《たが》わず、笹井の発言を予測することができたのだ。思考がまとまらず、上手く言葉が出てこない。

鯉のように口をぱくぱくとさせる雄三をしばらく見た後、

「だって、どうせ同じことしか言わないから」

と美青年が短く言った。

*

「先ほどは名前も名乗らずすみません」

美青年は名刺を差し出してくる。

久根ニコライ、株式会社久根販売、古物商。電話番号と共にそれだけ書かれたシンプルな名刺だった。

ニコライ、と言う名前を見て、ああなるほど、彼には白人の血が入っているのかもしれない、と雄三は思う。高い鼻や、複雑な色の虹彩は、所謂「ハーフ」の特徴と言ってもいい。しかし、彼が美しいということ、ただならぬ雰囲気を持っているということに、その要素はあまり関係がない気がする。

「久根」販売、という企業名だから、恐らく彼は代表か、経営者の親族だ。よく見ると雄三より年若いかもしれない彼の堂々たる態度は、ここから来るものか、と妙に納得してしまった。

「いえ、こちらこそ……」

雄三もおずおずと名刺を差し出し、久根がそれを受け取った。

久根は名刺を丁寧に仕舞って、雄三に向かって微笑んだ。

いや、微笑んだのではない。元から、口角の上がった顔立ちなのだ。

見れば見るほど魅力的で、同性でもどきりとするような色気があった。

雄三は少し目を逸らして、頼んだカフェオレを一口飲んだ。

やはり、このようないかにも尋常ではない人間に、カフェの中で自分しか注目していないのは奇妙だった。

「あの……色々、伺いたいことは、あるんですけど」

「ええ。答えられることであればなんでも」

「ありがとうございます。あの……まず、久根さんは……ああいう、セミナー講師みたいな人たちは、皆言っていることが同じだから、聞いても無駄、みたいな、そういう感じのことを仰ってましたよね？」

「そこまでは言っていませんよ」

久根はソーサーを弄《もてあそ》びながら、まあでもそうですね、と言った。

「だったら、どうして、セミナーに参加しているんですか？」

「困った方を手助けできれば良いなと思っているので」

間髪を容れない即答だった。

「それは一体、どういう……」

「こういうセミナーに何回も参加している方って、何かやりたい、成し遂げたいというお気持ちは強いと思うんです。でも、一歩踏み出せないというか、そういう方々ですよね。そういう方々を、救ってあげたいと思っています」

「救うというのは……」

「ゴミの養分になることからですよ」

美しい声帯から出てくる言葉に絶句する。

ゴミ。

また、ゴミの話だ。

雄三の顔をちらりと見てから、久根は続けた。

「だって、ゴミでしょう。フワフワとした言葉で、自分たちの実体を誤魔化して。有名人の飲食店が成功するのは有名人だからですよ。それを何ですか、言葉の伝え方？　挙句、人の集まりやすい店名だの、人脈は筋肉だの、馬鹿馬鹿しい。ゴミというならば、笹井という人こそがそう呼ばれてしかるべきなのでは。プロジェクターの使い方とか、人の集まりやすい日にちとか、コンサルを名乗っていたけれど、肩書をセミナー開催係にでも変えた方がいい、そう思いませんか？」

そう聞かれても、雄三は何も答えられなかった。雄三にとっては、どれも説得力があると信じていた言葉たちだった。

「最もくだらないのは『皆さんの過去はゴミ』なんて言葉ですよ。過去がなければ今だってあるわけがないでしょう」

ただただ、深く傷ついた。同時に、救われたような気がした。

久根の言うことは何もかも正しい。加えて、セミナーの主催者や登壇者を責めているようでいて、久根は雄三を含めたセミナー受講者を責めているようにも受け取れた。

何かをやりたいだけで、その何かが何であるかも分からないし、自分で努力する気はない。具体的な努力は何もせず、成功者の話を聞き、追体験することを経験だと思い込んでいる。完全に事実だ。雄三はまさにそういう人間だった。

「実際……なんていうか、俺って、ゴミみたいなもんなんですよ。だから、過去はゴミって言われると、そうだなっていうか、納得するところも普通にあるっていうか」

「何を言っているんですか」

久根は少し顔を傾けて、

「あなたはゴミではないですよ。ゴミとは、ただ奪っていくだけのものを指します」

ゴミではない、と久根は言った。

ゴミとは、セミナー関係者や、父親のような存在を指すのであって、雄三のような弱い人間はゴミではない。ただ養分なだけだ。搾取されているだけだ。

気が付くと、テーブルの上にぽたり、ぽたりと涙が零《こぼ》れた。

「ああ、泣かないで」

久根は胸ポケットから上等そうなハンカチを取り出し、優しく雄三の目元を拭った。

「悔しいですよね。あんな詐欺師どもに三十万円以上取られたなんて」

悔しいのではない、と言おうとしても、言葉にならなかった。

「大丈夫ですよ。私は、まさに雄三さんのような方のためにいるので」

久根は雄三が落ち着くのを待って、アタッシェケースから小さな木製の箱を取り出した。

「寄木細工……とかですか？」

「はは、確かに似ていますね」

複雑な木目調の箱は、久根の手にすっぽりと収まるほど小さい。

「これはね、選択の箱です」

「選択の箱……？」

雄三がおうむ返しに言うと、久根はそうです、と頷いた。

「この箱を持って眠ると夢を見ます。夢に人生の分岐点が出てきます。全部で三回、選択を誤らなければ、あなたの人生はがらりと変わる。確実に良い方向に」

「ちょっと、ちょっと待ってください」

久根は小首をかしげて雄三を見つめた。

「何か？」

「急に、何の話ですか？　意味が分からない。選択の箱って……夢って……人生が変わる？　どういうことですか？　信じられるわけがない」

久根の話は、非現実的でとても信じられない。だが、久根の表情からは人を騙そうという悪意は窺えない。

むしろ、信じられないと言っている雄三がおかしいのではないか、とすら思ってしまう。何をしてもらったわけでもないのに、既に雄三は、久根にかなり心を許してしまっていた。

雄三は自分のおかしくなってしまった思考に抗おうと、必死にまくしたてた。

「そんなの、セミナーの人たちが言ってる、あなたはできるとか、変われるとか、そういうのと同じ……いやそれより胡散臭《うさんくさ》いですよ。あ、分かりました。久根さん、あなた俺を騙そうとしているんですね。霊感商法ですか？　随分優秀なんでしょうね。こんなに綺麗な顔をした人が、俺にだけ声をかけて……カフェに誘って来るなんて、おかしいと思ったんだ！」

雄三は席を立とうとする。

「何か勘違いされているようですね」

久根はハンカチで涙を拭った時と同じように、優しく雄三の頬を撫でた。

「説明が急で、分かりにくかったですね。すみません」

今日会ったばかりの男に、頬を撫でられている。異様な状況なのに、何故か心が落ち着いてくる。抱き着いてしまいたいくらいだが、この感情がどこから来るのか本当に分からない。

ゴミではない、と言ってもらえたからだろうか。久根は雄三を救う何者かである、そんな気がする。

ひんやりとした指先が頬に触れて心地好い。

雄三は一度浮かせた腰を、また椅子に降ろした。

「まず言っておきたいのですが、霊感商法ではありません。なぜなら、お金は頂かないので」

久根は雄三の頬から手を放し、長い指で箱の角を弄んだ。何か入っているのか、からからと音がする。

「確かに私は古物商ですし、久根販売は骨董品などを取り扱っていますが、これはそういったものではありません。私個人の持ち物で、あなたに差し上げます」

雄三が話そうとするのを遮って、

「落ち着きましたか？」

赤のような、灰色のような、青のような、見たこともない色の目だ。雄三よりずっと背も低く、華奢なのに、この目に見つめられると何かとてつもなく大きなものと対峙しているような気分になる。

それはセミナー関係者たちの強い言葉に圧倒されたり、父親に威圧されているときの気分とは全く違った。大きなものに包まれているような、安心感に近い。

雄三は惚《ほう》けた表情で久根の双眸《そうぼう》を見つめ返した。

「落ち着かれたようなので、もう一度説明しますね。この箱を持って眠ってください。そうするとあなたは夢の中で人生の分岐点に直面することになる。三回です。三回、正しい選択をすれば、あなたの人生は変わるでしょう」

久根は人差し指を立てた。

「注意事項があります。一度選択したら、やり直すことはできません。そして、その選択や、前の人生――現在ですね。現在雄三さんが生きているこの人生を振り返るのもやめた方が良いでしょう。選択の先に、未来はあるので……選択して、結果捨てることになったもののことを考えてしまったら、正しい選択は、著しく難しくなると思います」

久根は椅子にかかっていた上着を羽織り、席を立った。

アタッシェケースを持ち、そのまま雄三に背を向ける。

まさか言いたいだけ言って、帰るつもりなのか。

もっと久根から話を聞きたかった。話を聞かなくてもいい、ただ、一緒にいるだけでも。

「あの、久根さん……」

「勿論使うか使わないかは雄三さんの自由です。でも覚えておいて下さい。選択しなければ何も変わらない」

*

「選択の箱」は今のところ置物になっている。

雄三は久根の妙な雰囲気に呑まれ、何故か救われたような気にすらなって、そのまま大人しく箱を受け取った。しかし、帰って冷静になると、心底馬鹿馬鹿しいことを言われたものだ、と思う。

現実世界には奇跡も魔法もない。

久根は、見た目だけは素晴らしく良いが、完全に頭がおかしいか、デタラメを信じる人間の顔を見るのが好きな悪趣味な人間か、どちらかだ。

いっそ、久根の名刺に書かれた電話番号に電話して直接文句を言おうかとすら思ったが、やめておいた。雄三にはそんなことに使う体力は残されていない。

「ただいま」

どうせ返事など返ってこないが、雄三は小声でそう言って、靴を脱ぐ。

廊下に色々なものが置いてある。置いてあるというより、ただ散らかっているのだ。

子供が転んだら危ないから片付けておくようにと昨日言ったばかりなのに。

雄三は脱いだ靴下を洗濯籠に放り込み、手をおざなりに洗ってから寝室に向かう。元から小食な方だし、夕食が用意されていたとしてもあまり食べたくなかった。妻の花梨《かりん》が作るのは常に脂身の多い肉と葉物野菜をうま味調味料で炒めたものばかりで、雄三はいい加減うんざりしていた。

「へえ、随分お早いお帰りね」

寝室のドアを開けた途端、そう声をかけられる。

花梨が腕に、一歳になる息子の学人《まなと》を抱いて立っている。

花梨は、雄三がしてきた数々の間違った選択の一つだ。

薄暗がりで見ても、花梨の口元は皺が目立つ。肌艶《はだつや》も悪く、あちこちにシミができていた。

夢のように美しい久根を見た後だと、なおさら花梨の生々しい醜さが気になった。

まだ二十代だとは誰も信じないだろう。

そういえば、化粧をしているのを見たのなんて、一体いつのことだろうか。思い出せない。元々容姿が優れている女ではなかったが、それでも花梨のことを可愛いと思っていた時期もあった。職場の近くにあるカフェで元気に働く様子に好感を持ったから、アプローチを受け入れた。付き合い始めた頃は、いや、結婚してしばらくは、出会った頃のままの、溌剌《はつらつ》としていて、気遣いのできる、愛嬌のある女だった。

いつからこんなふうになってしまったのだろう。

「悪かったよ。でも、連絡はしただろ」

「確かにしたね。『今日は遅くなる』それだけ」

腫れぼったい奥二重の目で、睨むように見つめてくる。

雄三は思わず目を逸らした。全く可愛いと思えない。醜い。

今ではもう、花梨と寝床を共にするのも不愉快になってきている。学人を産んでからの花梨は黴のような、埃のような臭いがする。

「それで今日は何さんの何の話を聞いて来たの？」

「今日は……秋田県の食堂やってた人が……」

「なんでもいいよ」

バン、と大きな音を立てて花梨はドアを閉めた。

「おい、そんな音出したら……」

「なんだっていいよ。あなたがどこで、何してようと、どうだっていい。でもさ、これはなんなの？」

花梨は雄三の目の前に紙を突き付けてくる。

カードの利用明細だった。

「お前、勝手に」

「勝手なのはどっちだよ」

明細を床に投げ捨てて、

「あなた気付いてる？　今までいくら使ったのか。ふざけんなよ」

「俺の金、どう使ったって」

「あなたの金じゃないよ。家族の金なんだよ」

花梨の声は震えていた。口元に粘着質な笑みがこびりついている。花梨は大声で怒鳴り散らすことはない。でも、感情が高ぶると、こうして厭味ったらしく笑みを浮かべながら、ねちねちと雄三を責め立ててくる。

「明人《あきと》は来年小学校なんだよ？　ねえ、分かってる？」

「分かってるけど……」

「分かっててこれ？　じゃあ、本当に頭が悪いんだね」

花梨は雄三に顔を近付ける。また黴臭い臭いが雄三の鼻腔を衝いた。

「あなたさ、結婚するとき、えらそうに言ってたよね。絶対に苦労はさせないから、家庭に入ってくれって。小さい時は傍にお母さんがいないと子供が可哀想だって。あのさあ、子供一人成人させるのに最低でも三千万かかるんだよ。うちは二人だから六千万だね。で、苦労させないって、何？」

「じ、実際、苦労なんかさせてないだろ」

「ふうん、そう思うんだ」

花梨はこれ見よがしに溜息を吐いて、音がするくらいの勢いでベッドに腰かけた。

「だってそうだろ、実際……俺が外で働いて……」

「あなたが会社で働いてる間、私が家でダラダラしてると思ってるんだね」

「そんなこと言ってないだろ」

ついつい語気が荒くなってしまう。目の前の醜い女を衝動的に引《ひ》っ叩《ぱた》きたくなるのを抑えて雄三

は、

「お前たちのために、収入を増やせればいいなと思って色々勉強してるんだ。俺だって家が散らかってたり、食事がいつも肉野菜炒めでも文句言わないだろ。お互い不満もあるだろうけど」

「ふざけんな」

くぐもった音。花梨の喉から、獣の呼吸音に似た音が聞こえる。遅れて、目から大粒の涙が零れる。

「ふざけんな。ふざけんなよ。変な副業だのなんだの、そんなのより、食洗機買ってよ。休みに買い物付いてきてよ。明人と学人は可愛いよ。すっごく可愛い。でも、私、私さあ……気付いてる？　美容院なんて半年以上行ってないよ」

花梨は長く伸ばした髪を後ろで一つに結んでいる。雄三には正直、この髪が手入れされているのかどうかもよく分からない。どうでもいいのだ。

「肉野菜炒めなのもなんでだと思う？　手が回らないの。お金がないの。あなたが買い物に付き合ってくれたら、ちょっと遠いスーパーまで行って安いお魚もお野菜も買えるの。でも無理なんだよね？　雄三くんは、私たちのために、お勉強してるんだもんね？　私は、感謝して、ありがとうございます、幸せです、って、言わなきゃいけないんだよね？」

わああ、わああ、と泣き声がする。花梨の声で学人が目を覚ましてしまったのだ。

「一旦冷静になって、お互い頭冷やそう。俺、今日は」

「いい、あなたの体格でソファーは無理でしょ。私がソファーで寝る」

学人の頭を撫でながら、花梨は立ち上がった。

「本当に失敗だった。あなたと結婚したのは間違いだった。最初からやり直したい」

花梨は雄三の顔を全く見ないで、そのまま寝室を出て行った。

ふざけんな、ふざけんな、ふざけんな。

雄三も心の中で何回も繰り返す。失敗だと思っているのは雄三の方だ。

ほんの少しの好意から交際して、二年も付き合ったのだから責任を取れと言われて結婚して、挙句、黴臭い容姿の衰えた女と、その女との間にできた子供を養っている。

これを平凡な幸せと捉える人間も、もしかしたらいるかもしれない。地道に会社員をやって、妻と子供と暮らす人生を。でも雄三は違う。

こんなものは求めていなかった。こうなるはずではなかった。

すべての選択を誤った結果、こうなってしまった。

『選択しなければ何も変わらない』

久根の言葉を思い出す。

雄三はベッドライトの横に置いた箱を強く握りしめた。

*

ガシャン、という大きな音がして、雄三は目を覚ました。

「やめてえ、お父さん、堪忍してえ」

今度は、ドン、と鈍い音がする。

ああ、そうだ。目を覚ましたのではない。

母の公子が壁に叩きつけられて蹲《うずくま》っている。

「お前の躾が悪いから、こうなったんだ」

母の前に、父の義之が仁王立ちしている。

「玉遊びなんかで食えるのか？　食えないだろう。お前もあとあと感謝することになるんだ……なあ、何か言えよ。俺は何か間違ったことを言ってるか？」

父親が首をぐるりと回して雄三を見た。

「お前のせいでこうなってるんだろうが。母さんにも申し訳ないと思わないのか？」

体が硬直する。舌が石のようになって動かない。

思い出した。これは十五歳の雄三だ。バレーボールの選手として評価され、強豪校からスカウトが来た。でも、父親はスポーツなどくだらない、真っ当に勉強して真っ当な社会人になることこそ正しいのだと言って反対した。「お前の躾が悪いからこんなことを言い出すのだ」と母を怒鳴り、手ひどく痛めつけた。まさに、あのときだ。雄三は今、十五歳の体で、ここにいる。

つまり久根の言ったことは、本当だった。

「おい、ゴミ」

父親は雄三の額を足のつま先で小突く。母親は倒れたまま、涙を流している。

いつもこうだった。

この家では、父親と、一番上の兄の雄一以外には人権がない。行動も、発言さえも、全て制限され、少しでも逆らうと暴力が待っている。

『ゴミ』と言われて育った。

雄三が、一般的な成人男性より頭一つ大きい体格を持っているのに、自己主張が苦手で引っ込み思案な性格なのは義之のせいだ。幼い頃から自分の意見を全て圧殺されて生きてきたから、どうせ何をしても何も変わらないだろう、と刻み込まれている。ゴミであると言われても、それが正しいと受け入れるまでに、父親への服従が叩きこまれている。

『全部で三回、選択を誤らなければ、あなたの人生はがらりと変わる。確実に良い方向に』

久根の言葉を思い出す。

父親は何度も何度も足で雄三の額を小突いている。後ろでは母親が痛みで呻《うめ》いている。雄一と雄二は黙って食べ物を咀嚼している。

間違っている。

このような環境は間違っている。

雄三はゴミではない。

暴力を振るい、恐怖で家中を支配しているこの男はなんなのか。

家族がこんな目に遭っているのに、黙って食事を続けている者はなんなのか。

雄三はゴミではない。

ゴミは、彼らの方だ。

雄三は立ち上がった。

「なんだ、お前」

今の雄三の体は、成長の途中で薄い。しかし、上背《うわぜい》だけなら、もう父親よりずっと高い。見下ろすような形だ。だから立ち上がっただけで、父親は動揺して、わざとらしく凄んで見せたのだ。

「母さん殴るのやめろよ」

声は震えていた。でも、舌が動いた。体のこわばりが取れていく。

「お前、親に向かって……！」

選択しなければ何も変わらない、と久根は言った。その通りだ。

このまま何もしなければ、父親の言うことを聞いて、全寮制の高校に進学する。おどおどとした態度からいじめに遭い、そのせいでそこそこだった成績も急降下し、願書に名前を書けば入れるような私立大学に進学し、結局父親のコネクションで会社に入るのだ。

雄三はそれに納得してしまっていた。むしろ、父親の言うことを聞いたことによって、ゴミのような自分でも就職できたし、だからこそ結婚もできたと思い込んでいた。自分で何かを選べば、どうせ誤ってしまうのだと。父親に従っていれば、これ以上誤ることはないのだと。

違う。雄三は選択などしていない。

ただ流されていただけだ。

「正しい選択をするんだ」

雄三は譫言《うわごと》のように呟いた。

シャフトのひしゃげたゴルフクラブが視界に入る。

機嫌がひどく悪い時、父親はこれを使って床や壁を叩いた。

雄三はゴルフクラブに手を伸ばした。

*

「おーい、雄三」

肩を揺すられて目が覚める。

「やっと起きた。もう授業終わったぞ」

目の前に、筋肉質で丸顔の男が立っている。これは誰だっただろうか。

「必修なのに大丈夫か？　あ、一応言っとくけど、起こしたからな、何度も」

鴫沢《しぎさわ》。そうだ、鴫沢だ。大学の、同級生。

雄三は今、二十歳だ。

ちょうど五年、時が進んでいる。いや、元の雄三から考えると、戻っているのか？　分からない。

濁流のように記憶が流れ込んでくる。

雄三はあのとき、父親に向かってゴルフクラブを振り下ろした。当たりはしなかったものの、効果は十分で、以降父親が雄三や他の家族を暴力で支配するようなことはなくなった。

雄三はバレーの推薦で県外の高校に進学することができた。

強豪校だけあって目立った活躍はできなかったものの、楽しい日々を送っていた。

しかし、高校二年生のとき、わき見運転の車にはねられ、雄三は骨折した。日常生活に支障はないが、激しい運動はできない、そう言われて、バレーをやめることになった。

雄三にバレーに対する未練はない。続けていても、トッププレイヤーになれるほどの才能がないのは、早い段階から気付いていた。

雄三はその後、一念発起して勉強した。その結果、東京医科専門大学のスポーツ科学科に入学することができた。医学部よりは偏差値が低いが、前の人生の雄三からは考えられないくらい偏差値の高い学部だ。

雄三は指導者としてスポーツに関わる目標に向けて充実感を持っていた。

「あとでレジュメのメモ見せてくれよ」

そう言うと、鳴沢は食券一枚な、と言って笑った。

選択は三回。

恐らく雄三は一回目は正しい選択をした。

あと二回だ。

次からは、前の人生では全く経験しなかった人生の岐路だ。正しい方を選ばなくてはいけない。

鳴沢と共に廊下に出ると、視界の端に何か光るものが見えたような気がした。

「どうした?」

「いや……」

思わずそちらに目が吸い寄せられる。妙な胸騒ぎがした。

「ちょっと用事。先に行っててくれ」

食券はまた明日、と言うと、鴨沢は笑って頷いた。

鴨沢が去ると、廊下には誰もいなくなる。改めて注視すると、どうやら端に置いてある消火器の横が光っている。

近寄って行って拾いあげる。それはイヤリングだった。

「綺麗だな」

そう声が漏れてしまう。雄三には装飾品の良し悪しなど分からない。しかしそれでも、見とれてしまうような美しいダイアモンドが台座に嵌《はま》っている。

しばらく日光にかざしたりして見ていると、ばたばたと慌ただしい足音が聞こえてきた。

「どうしよう、どうしよう、どうしよう」

女の声だった。思わず柱の陰に身を隠してしまう。

声の主の影が見えた。

そっと覗いてすぐ、雄三はその女に目を奪われた。

目が覚めるような美人だった。

すらりとした長い脚、艶やかな長い黒髪。肌はぴかぴかと光っていて、薄化粧が映えている。

「どうしよう」

そう繰り返す度に、彼女の小鹿のように大きな瞳が不安げに揺れた。小刻みに震える唇も瑞々《みずみず》しい果物のようだった。

四方舞子《しほうまいこ》。

遠くからでも図抜けた美人だということは分かっていたが、近くで見ると、同じ人類だとは思えないくらいだ。

去年の東京医科専門大学のミスコン女王。しかし、ミスコン女王などという安っぽい称号は彼女に似合わないと思う。彼女は、雄三が見たことのある誰よりも美しい。

服装も流行りの服を着ているわけではなく、どちらかというと地味だ。そこが、彼女の育ちの良さを引き立てている。四方舞子は都内にある四方病院の院長令嬢で、正真正銘のお嬢様だった。

学業も優秀で、医学部二年生の中でもトップクラスの成績だと聞いたことがある。

本来なら、学部から何から全てが違う雄三が関わることのない女だ。

「どうしよう……」

しかし、雄三は直感的に分かってしまった。

これが恐らく、二回目だ。

さきほどから彼女は廊下を端から端までどうしよう、と言いながら歩き回っている。

今手元にあるダイアモンドのイヤリング。照らし合わせて考えると、答えが出る。

これは彼女の捜しているものだ。

彼女に声をかける。

それが二回目の、正しい選択だ。

「あの、こ、これ」

突然目の前に飛び出してきた雄三に、舞子は一瞬眉を顰《ひそ》めた。

しかし、すぐに笑顔になる。まるで花が咲いたようだ、と雄三は思った。

「もしかして、見つけてくれたの？　ありがとう……本当にありがとうございます。とても大事なものだったの。祖母の形見で」

＊

何かが焦げる匂いがして火を止める。

ソースの匂いだ。それと野菜、肉。焼きそばを作っている。

もう分かる。

雄三はまた、正しい方を選んだのだ。

雄三はイヤリングの一件で、舞子と親しくなった。ただの友人から恋人になるまで、ほとんど時間はかからなかった。

なんと、舞子も雄三に好意を持っていたのだ、と後に聞いた時は嬉しかった。

雄三は美男子というほどではなかったが、目尻の下がった優し気な面立ちをしているうえ、日本人離れした体格をしていたため、女性には好かれる方だった。それに気付いたのは、やはり正しい選択をしてからなのだが。とにかく、現在の雄三にはおどおどとしたところは微塵《みじん》もない。だから、何もかも格上の美女である舞子と一緒にいても、変に卑屈になったりするようなことはなかった。

結婚しましょう、と舞子から切り出されたとき、雄三はこの背格好に産んでくれた両親に感謝した。見た目が彼女の好みでなかったら、まさか舞子のような女が雄三などと結婚を考えるとは思えなかったからだ。

「逆・玉の輿」となった雄三だったが、世間一般の人間が想像するほど悠々自適で楽な道のりではなかった。育ってきた環境が違う、というのは大きな溝を生むのだ、と雄三はしみじみと実感することになった。

まず、四方家の両親の大反対に遭った。

四方家は遡れば藩医にたどり着く、代々医師の家系で、一人娘の舞子は大事な跡取りだった。当然夫も医師でなければならなかったし、既に何人か候補もいたようだった。

そこに医師でもなく、体格以外大したとりえもない雄三のような男が現れても、受け入れられないことは容易に想像ができた。

家柄、学力、容姿、経済力、交友関係、趣味、とにかくあらゆるものを、上流階級らしいオブラートに包んだ表現で批判される。

雄三の両親――というか、母親にも問題があった。母親の公子は、とにかく舞子のことが気に入らないようだった。

服装が地味だとか、器を倒してしまったとか、そんな些細なことをあげつらって厭味を言う。息子の婚約者に対してこういった態度を取る女性は少なくない、という認識は雄三にもあったが、いざ自分の母親が幼稚な意地悪をしているのを見ると神経がすり減ってゆく。

幾度となくそんなことがあり、雄三もいい加減うんざりして、身を引こうと思い始めたときだった。

舞子が妊娠したのだ。

雄三はきちんと避妊していたから、これが偶然起こったことなのか、舞子が意図してやったことなのかは分からない。

とにかく、雄三と舞子は結婚することになった。

雄三はアスレチックトレーナーとして働いていたが、結婚を機に辞めてくれ、と頼まれた。舞子は医師として、また経営者として、尋常ではない仕事量をこなしていた。

雄三が医師であれば、職業面で舞子をサポートすることができただろう。

しかし雄三はそうではない。

雄三は舞子の生活面を支えるため、専業主夫になった。

といっても、雄三はきちんと主夫業をこなしているわけではない。実質、雄三がすることは、ゴミ捨てと、自分の食べる料理を作ることだけだ。

まず、舞子は朝から晩まで忙しく、ゆっくりと食事を摂る時間はないようで、舞子の食事は作らなくていい。彼女は外食などで適当に済ませている。

肝心の子育ても――結婚前にできた長男の唯人《ゆいと》と、その二年後に生まれた拓人《たくと》。二人の子育てを雄三は一切やっていない。

はっきりと言葉に出して言われたわけではないが、四方家は、雄三のような男に「跡取りを育てる」ことは無理だと判断したようだった。

息子たちは、週の大半を四方家のお屋敷で過ごしていて、両親である雄三と舞子と顔を合わせることはほとんどない。

たまに帰って来ても、雄三のことを「おじさま」と呼ぶ。彼らにとって「お父さま」は舞子の父親で、「お母さま」は舞子の母親なのだ。

世間的に――いや、雄三本人も、このような家族の形はおかしいと思う。しかし、舞子も、舞子の両親も、全くおかしいと思っていないようだ。特に舞子は、喜んですらいる。

「雄三君って、いつまでもかっこいい」

そう言って、まるで学生時代の交際期間に戻ったかのように甘えてくる。舞子は雄三のことをいつまでもかっこいい――つまり、見た目が変わらないと言った。それは「恋は盲目」状態から来る譫言ではなく、実際にそうだった。今現在、雄三は前の人生とちょうど同じ年齢になったが、あの時よりも十歳ほど若く見える。舞子も同様に、学生時代の美貌が一切衰えていない。

舞子はそのことを自慢に思っているようだが、雄三は少し寂しいような情けないような気持ちだ。

自分たちは若く見えるのではなく、親としての責務を放棄しているから幼稚に見えるのではないか、と時折不安になった。

しかし、色々な問題を差し引いても、雄三は幸福であると言える。

都心の一軒家に住み、美人の妻と恋人のように過ごす。子育ての苦労も、責任もない。

妻は外で、雄三がどんなにがむしゃらに働いたところで手にはできないだろう金額を稼いでくる。

雄三はその間、働きもせず、家事もせず、だらだらと遊んでいればいい。

舞子がいない間の膨大な時間は、確かに退屈なこともある。まず雄三がしたのは、ジム通いだった。若々しいと評されるのは、ある程度鍛えてある、ということも大きいのかもしれないと思ったからだ。

そして、そこで雄三は新しい暇つぶしを見付けた。

ジムに通っている若い女に声をかける。嫌な顔をされたことはない。女は、雄三の優し気な面立ちに安心感を覚えるようだった。雄三はスポーツインストラクターとしての資格を持っているので、ボディメイキングのアドバイスなどもできた。そうしてジムで交流するだけの関係から、プライベートでも食事に行ったり映画に行ったりする。男女の関係に移行するのは実に簡単だった。

どの女も、容姿は舞子に遠く及ばない。外見だけでなく、内面も。

雄三が既婚者であると知りつつ寝ているのだから、貞操観念はなく、下品な女が多い。精神的に不安定で、ヒステリックな女ばかりだ。

しかし、そういう女たちとの交際は、外見も内面も完璧な妻には感じない、別種の魅力があった。

様々な女と遊んでから帰り、しばらく経つと舞子が帰宅する。雄三の毎日はその繰り返しだ。

自分のことを、金持ちに飼われている犬のようだと思う。

「本当に、雄三君がいてくれるだけで嬉しい」

舞子の横顔を見ながら思う。犬のよう、ではない。まさに犬だ。

なんの責任も果たさず、人間の好意を貪《むさぼ》り、人間の金で生かされている。

ずっと前——所謂『前の人生』での父親の発言が脳裏を過《よぎ》る。

『犬猫と変わらねえんだから、叩いて躾《しつ》けないと分からないだろうが』

あれは母を殴るときに言っていたのか、それとも雄三を殴るときに言っていたのか、はたまた別の誰かに向けてだったのか、覚えていない。

ただ思い出しただけだ。

雄三は本当に犬になってしまったな、と思った。そのことに不満も後ろめたさもない。

その日雄三は、美里智恵理《みさとちえり》の家に行った後、駅の辺りをぶらついていた。

智恵理は既婚者で、日中は一人で過ごしている。雄三と同じく、犬の生活を送っている女だ。

「雄三君、この辺はよく来るの？」

智恵理は雄三が交際している女の中では容姿が良い方だ。白い首がすらりと細長く、へし折ってしまいたい、と思わせるような色気がある。

顔立ちは卵に目鼻をつけたようで決して美人とは言えない。だが、彼女が昔高級クラブで働いていて、常に上位の売り上げを誇っていた、というのは嘘ではないと思った。

「智恵理さんと会う時だけだよ」

「そう」

智恵理は上体を起こして、けだるげに髪をまとめた。

「駅の横の階段を下って少し行ったところに『サクレ』というケーキ屋さんがあるの。季節のフルーツタルトが抜群に美味しいのよ。買って帰ってあげたら美人の奥さん、喜ぶんじゃないかな」

雄三は曖昧《あいまい》に頷いた。

確かに舞子は喜ぶだろう。声を上げてはしゃぎ、抱き着いてくるに違いない。しかし、舞子の最も喜ぶことは、このような関係を終わらせることだ。そう考えると、全くないと思っていた罪悪感が胸を刺し、智恵理の卵のような顔が憎たらしく思える。

「教えてくれてありがとう。そうするよ。いつも智恵理さんのチョイスは間違いないからな」

そう言うと、智恵理は細い目をさらに細めて微笑んだ。

他の女とこのような関係に陥っているのを知ったら舞子が悲しむことくらい、いくら雄三でも分かっている。

でも、犬と犬が交尾をしていたとして、人間には関係がないではないか。智恵理も雄三も犬であって、人間の舞子には関係がない。

智恵理と二言三言交わしてから、服装を整えて、雄三は智恵理の家を出た。

そして彼女の言った通り、駅を一旦通り過ぎて、階段を下る。電柱に『サクレ　この先200m』と書いてあった。雄三は案内通りに直進する。

智恵理の家も近代的で美しい造りをしていたが、この辺りはどうもそのような家が多いようだ。洗練されたデザインで、少し遊び心のようなものも感じる。

実家のことを思い出す。

父親が一生懸命働いて建てた家だというのは分かる。しかし、父親の傲慢《ごうまん》さや頑固さをそのまま形にしたかのような古風な日本家屋だ。雄三は実家の建物自体を、全く好きになれなかった。

中学生のとき父親に反抗してから、父親は雄三のやることに口を出しては来ない。以来、母親や他のきょうだいに暴力を振るったりもしていないようだ。対外的には寡黙で温厚な人間だと思われているらしいと母親から聞いた時は驚いた。

家を一番早くに出た姉の桜子は、大人しくなったお父さんとは付き合いやすいとまで言って、実家に帰ってきたときは二人で食事に行くことさえあるようだ。桜子はきょうだいの中で一番勉強ができたが、「女に勉強させても仕方ない」と父親に言われて大学受験を諦めたのに、そんなことは忘れてしまったようなのだ。

もしかして、傲慢で頑固で、全ての人間を見下し暴力を振るう父親の姿を覚えているのは雄三だけかもしれない。粗暴な父親の姿は『前の人生』の記憶であって、今の人生には無かったことなのかもしれない。それでも、雄三は実家のことも父親のことも、時折思い出しては不愉快な気分になる。

美しい家々を眺めていると、突然、金切り声が耳を貫いた。

声の方に視線をやる。道の反対側のバス停だった。

「やめてください！」

「俺のこと馬鹿にしたみたいに見ただろうが、なあ！」

「見てません！」

小柄な女が、美しい街並みに似つかわしくない身なりの汚い男に怒鳴られている。男は傘まで振り回して、女を脅していた。顔を顰《しか》めたくなるような不健康な醜さだ。傘を振り回す度に悪臭がこちらにまで漂ってくるようだった。

女が縋るように辺りを見回している。その顔を見て、雄三は一瞬息が止まりそうになった。

花梨だった。

前の世界で雄三の妻であったときはいかにもくたびれた子持ちの主婦という印象だった花梨も、この世界ではきちんと髪型を整え、化粧もしていて、雄三が好きになった健康的な可愛らしさがあった。

乾いた音がして、傘が花梨の腕に振り下ろされる。

「痛い！」

「何が痛いだ、被害者ぶりやがって！」

「誰か助けて！」

花梨は両腕を顔の前に上げて、振り下ろされる傘から必死に身を守っている。よく見ると、お腹も大きいようだった。

「お前、幸せそうだな。幸せそうな顔で自慢げに歩いてたよな。俺にはもう何もないのに、幸せそうに、自慢をしていたよな、成功したのか？」

「何を言ってるの？　やめて！」

「成功成功成功成功成功、成功したのか？　俺がいないからか？　お前は、だから自慢、しているのか？　なあ、答えろ、なあ」

傘が花梨に当たるたびに、マタニティの花柄が伸びたり縮んだりする。

全く忘れていた、明人と学人の顔が思い浮かぶ。いや、忘れてなどいない。雄三にとっては、舞子との間にできた二人よりもずっと、鮮明に思い出せるくらいだ。

病院で初めて腕に抱いた時、本当に嬉しかった。自分以外の誰かをこんなふうに大事だと思うことができるのかと感動した。

雄三はきちんと子育てをしたとは言えない。ほとんどのことは花梨に任せきりだった。でも、休日に遊園地に行ったり、公園で一緒に走り回ったり、壁の落書きを消したり――そういう思い出はあるのだ。二人とも、大切だったのだ。

あの膨らんだ腹の中にいるのは、勿論明人でも、学人でもない。しかし、どうしても。

花梨の顔は涙と鼻水でぐちゃぐちゃに乱れている。

「助けて下さい！」

花梨の左隣に立っていた、でっぷりと太った男はちらちらと視線を向けながら、その場を去ろうとしている。バス停の手前まで来た品の良い子連れの女性は、花梨の声に気付いたのか、直前で進行方向を変えた。

助けて下さい、と繰り返す花梨の声は、全く無視されている。誰も彼女を助けない。

男は二回、三回、と連続して花梨に傘を振り下ろした。

足が地面を蹴って駆け出そうとしている。

その瞬間、

『一度選択したら、やり直すことはできません』

足がぴたりと止まる。

間違いない。これは、三回目の選択だ。

そう気付いてゾッとする。そして、自らのあまりにも短絡的な行動が情けなくなった。

目の前で襲われている女が花梨だとして、今の雄三に何の関係があるのだろうか。

花梨や、二人の息子がいる人生。平凡な人生。何もないどころか、父親や、他の色々な人間に搾取され続ける人生。選択さえできない、ゴミの養分。

そんな人生が嫌だったからこそ、雄三は選択の箱を使ったのだ。

「やめて！」

ひと際大きい悲鳴が聞こえた。

あの女は、自分と関わりのない女だ。

そう言い聞かせる。

この罪悪感も、情も、全てが偽物だ。

あの女の人生と交わることはない。

無いのだ。何も、無い。

選択して、捨てたもの。捨てなくてはいけないものだ。

顔を上げる。

花梨と目が合った。

「あなた、助けて！」

雄三は背を向けて、がむしゃらに走った。


気が付くと自宅の前にいた。

どこをどう走って、どのように家に到着したのか覚えていない。

智恵理の家を出たときはまだ昼だったはずなのに、辺りは既に薄暗くなっていた。

玄関の扉を開けようとして気付く。明かりがついている。

恐る恐る扉を開けると、

「おかえりなさい！」

廊下の端から走ってきた舞子が抱き着いてくる。

「ただいま……」

雄三は曖昧な笑みを浮かべた。

「何よ、久しぶりに早く帰ってきたのに、嬉しくないの？」

「嬉しい。すごく嬉しいよ。でもいると思わなくて、びっくりしたんだ」

そうでしょう、と言って舞子は無邪気に笑っている。

今すぐ自分の体臭を確認したくなった。智恵理の家でシャワーを浴びて、そのままだ。ボディソープの匂いだとか、女はそういう細かいことで勘付いたりする。

「今日はどこかへ行っていたの？　なんだかちょっと、汗臭い」

「鳴沢って覚えてるか？　大学時代の友達なんだ。奴がちょっとこの辺に来たって言うから、食事」

汗の臭いにかき消されたことに安堵しつつ、雄三の口からはスラスラとデタラメが出てくる。

舞子は「鳴沢」という名前に憶えがなかったのか、ふうん、と興味なさげに呟き、お風呂に入って来て、と言った。

「ところで、久しぶりに食事作ろうと思うんだけど」

「舞子ちゃんは疲れてるだろ？　俺がやるから無理しないで」

「いいの、私が作りたいの」

そう言えば、付き合っていた時、舞子はよく手料理をご馳走してくれた。何を作らせても、プロの料理人のような出来栄えだった。本当に何でも出来る女だな、と思ったのを覚えている。

「舞子ちゃんの料理は最高だから、楽しみだな」

そう言うと、舞子は花が咲いたような笑顔を浮かべる。

「中華と和食、どっちがいい？」

「中華かな」

「分かった。私が用意している間に、シャワーを浴びてきて」

雄三はキッチンに向かう舞子を見送ってから、浴室に向かった。

この香りが好きなのだと強固に主張して買った、バラの強い香りがするボディソープで全身を丹念に洗う。これでもう、雄三からはバラの匂いしかしないだろう。

脱衣所にキッチンからの匂いが流れ込んでくる。ごま油の良い香りだ。

食欲が刺激される。

髪を乾かすのもそこそこに、雄三は食卓に着いた。

テーブルには麻婆豆腐、餃子、焼売、油淋鶏《ユーリンチー》——多種多様な中華料理がずらりと並んでいる。

「すごい、うまそう」

思ったままの言葉が口から出てくる。

「沢山食べて。頑張って作ったから」

口いっぱいに炒飯を頬張りながら、雄三はテレビに目を向ける。夕方のニュースが流れていた。

——本日正午過ぎ、杉並区の路上で——

びくりと体が反応する。

ニュースに映った映像は、ついさっき目にしたものだ。智恵理の自宅の傍だ。

「怖いね」

「ああ……」

唇が震えた。うまく声が出せない。

内容はまさに、雄三が見たことだ。

二十七歳の女性が、三十代の男に暴力を振るわれ、病院に搬送されるも死亡。男は先月離婚しており、抵当に入れていた家は借金が返済できず失った、そのようなことが語られている。

テロップには、「藤村花梨さん」と大きく表示されている。

「どうしたの?」

頬にひんやりとしたものが当たり、体が跳ねる。

舞子が箸の持ち手側で雄三の頬を突いていた。

「知ってる人?」

もう一度画面に目を向ける。

既に映像は、国会議員への違法献金を報じるニュースに移行していた。

「知らない、ただ、可哀想だな、と」

「そうだね……」

舞子は大きな目を潤ませてそう言った。

本当に綺麗な顔だ。

雄三は改めてそう思った。

不思議と、つい先程まで感じていた後悔のようなものも消えている。むしろ、嬉しいくらいだ。

花梨は死んだ。これで過去は全て無くなった。いや、元から無いものなのだが、いずれにせよ、今雄三は、美しい妻と共に、美味しい料理を食べている。

花梨の、化粧もしていない、衰えた容姿。黴臭い体臭。毎日のように言われる厭味。

『本当に失敗だった。あなたと結婚したのは間違いだった。最初からやり直したい』

ざまあ見ろ、と思う。

雄三はやり直せた。小汚い男に惨めったらしく殺された花梨とは違う。

もう過去に戻らなくていい。

雄三は三回とも、正しい選択をした。そう確信していた。

雄三は多幸感と共にレンゲで中華スープを掬《すく》い上げ、口に運んだ。

「それにしても本当に舞子ちゃんの料理は美味しいな」

「あなた、誰に話しかけているんです？」

目の前に、知らない男がいた。

「お前……」

瞳が輝いている。中に星が瞬いているようだった。

久根ニコライ。

そうだ、そんな名前だった。

優し気で、ぞっとするような色気を持った男。

レンゲを取り落とした、はずだった。

何も持っていない。

満漢全席のごとき中華料理も、豪華なテーブルも、目の前にいた、誰よりも美しい女でさえ。

何もなかった。

「どうして」

呻き声のような言葉が零れた。

「どうして、ですか」

久根は溜息交じりに言った。

「きちんと説明したはずです。あなたはできなかった。変えられなかった。それだけです」

「ちゃんと正しく選んだじゃないか！」

雄三は立ち上がった勢いのまま、久根の胸ぐらを摑む。

「親父のことも、舞子に話しかけたことも……花梨のときだって！　俺は間違えなかった！　正しい選択を三回したんだ！」

久根は顔色一つ変えず、雄三の手を振りほどいた。華奢な体格に反して力が強く、雄三は反動で椅子に押し戻された。

「いい加減にして下さい。一体何の話をしているんですか」

久根は冷え冷えとした美貌で雄三を見つめた。

「まあ、お話を勘違いされているわけではないのは安心しました。まず一回目は雄三さん、あなたの進路のお話。あなたはお父上に反抗した。正解です。何もしなければ、あなたは元の人生と同じく、お父上に一生支配されていたことでしょう」

久根はテーブルを指で叩いた。

「二回目は四方舞子さんとの出会いの話。これもまた、正解です。あなたは美貌、経済力、全てを持った女性を妻にできました。あのとき声をかけなければ、あなたは——まあ、どうでもいい話ですね」

コツコツと、テーブルを叩く音だけが聞こえる。この部屋が明るいのか暗いのかも分からない。窓もない。ただ、久根の顔だけがはっきりと見える。

「三回目の話です」

「じゃあ、花梨を助ければよかったのか？」

雄三は必死に言葉を紡いだ。

「花梨を助けるのが人として正しいって、そういうことか？　でも、久根さん、あんた言ったよな？　選択して、捨てることになったもののことは考えるなって。だから、俺はっ」

ふ、と空気が漏れるようなかすかな音がした。

「考えない方がいいとは、言いましたが、ふふ」

それは徐々に大きくなっていく。

「ははは」

久根が笑っている。

尖った犬歯が見える。大爆笑だ。

「何を……」

涙を流しながら久根は、

「すみません、失礼でしたよね。でも、おかしくて。私は、まだまだヒトのことを理解できていない。雄三さん、そんなものは選択にはなり得ません」

「どういう、ことだ……」

「か弱い女性が暴漢に襲われていたら、どうするか。そんなものは決まり切っています。悪い人は助けない。それ以外の人は助けるでしょう。決まり切っていることは、選択ではない。三回目の選択はね……」

久根はすみません、と言ってからまた大声で笑う。

ひとしきり笑ってから、涙を拭いて雄三の目をじっと見つめた。

「三回目の選択は、中華か和食か、ですよ。あなた、中華を選んだでしょう」

「はあ？」

一体どういうことだ。そんなもの、何の関係も。

「十分説明したと思いますが、それは私の勘違いだったようですね。選択してしまった後にこのようなやりとりは意味がない。しかし——しかし、私はあなたのこともまた、愛おしい。あなたが知りたいと思う心を愛おしいと思います。しなかった選択の話をしましょう。和食を選んでいれば、あなたは未来永劫、美しい奥様と、彼女の財産で、愛玩動物のように暮らすことができた。でも、中華を選んだでしょう。四方舞子さんは本当に純粋で、美しい方なんですよ。あなたを心から愛している。あなたの不品行にも気付かず、言い訳を疑ってすらいない。でもね、中華を選んだことで、奥様の心に小さな種が蒔かれます。『どうして友達とご飯を食べてきたのに、ガッツリ系の食事を選んだのかな？』そんな、小さなことから、『そういえば、なんでさっきのニュースの時、ぼんやりしていたのかな？』『それだけじゃなくて、今日はなんだかおかしかったな』『私が早く帰ると都合が悪かったのかな』『もしかして昼間はいつも外に出ているのかな』彼女は悩んで悩んで、ご友人に相談します。そう、種から芽が出たのです。ご友人の名前は戸田明子《とだあきこ》さん。優秀な女性のご友人は優秀なんですね、戸田さんは家庭問題が専門の敏腕弁護士です。ええ、そうです。そこから全てが明るみになります。花が咲きました。舞子さんは気付いてしまいます。『なんでこんな下らない男と結婚してしまったんだろう』これは舞子さんの感覚です。私は雄三さんを下らないとは思わない。全てヒトの感性の問題です。しかし、舞子さんは、大変に悲しみ、怒り、あなたとの関係を清算することになります。あなたは美しい奥様と、お子様と、家族の縁を失います。あなたがそれを選んだのです」

選んでいない。そんなことは、こんな。

「いいえ、選んだのです。私が雄三さんにご提案したのは、選択して、変えること。でも、これでは変わったことにならないでしょう。ですから、元に戻ることになります。最初から、なかったことに」

そんな、下らない、ことで。

雄三は大声で怒鳴っているつもりだった。

しかし、何一つ言葉にならない。

自分の口がどこにあるかも分からない。

「下らないことですか?」

久根はテーブルを叩くのをやめ、人差し指をピンと立てた。

「でもね、こういった些細な選択の繰り返しで、人生は紡がれていくのですよ」

久根が大きく手を広げて、打ち付けた。

バン、と大きな音がした。

＊

「ちょっと、すみません、今あなた、溜息を吐かれました？」

雄三ははっとしてパイプ椅子に座り直した。

宮田に群がる人間をぼうっと見ているうち、座ったまま寝てしまったようだ。頭がくらくらする。

長い夢だった。未だ会場に人はいるわけだから、十分も経っていないのかもしれないが。

夢の中で雄三は不思議な男に会い、何かを選べと言われ、それに失敗して様々なものを失った。どんな男で、何を選び、何を失ったのか、具体的なことは何も覚えていない。ただ、深い喪失感だけが胸にしこりのように残っている。気分が悪い。

こめかみを押さえながら声の方へ顔を向けると、小太りの中年男性が、満面に笑みを浮かべていた。

「溜息なんて、幸せが逃げますよ！　それに、宮田さんにお名刺を渡さなくて良いんですか？」

「ええと、あなたは……」

「申し遅れました。私、こういう者です」

雄三が受け取った名刺には、太い文字で『起業コンサルタント　筑紫《つくし》武郎《たけろう》』と書いてある。

「筑紫さん……」

「はい、そうです。名前通り、あなたに尽くします！　なんて。ところで、起業など、お考えですか？　ですよね？　こちらに来て、勉強されているんですもんね。素晴らしい。自己投資を惜しまない方は、必ず成功します。そうですね、あなたは、上背もあるし、なかなかのハンサムだ。飲食店なんてどうですか？」

矢継ぎ早にまくし立てられて動揺はしたものの、褒められると悪い気はしない。

もう一度名刺を見ると、連絡先の部分に『笹井指導館』と書いてある。

「あ、気が付いちゃいました？　そうなんですよ。私、笹井藤二先生のところの者でして」

筑紫は薄くなった頭頂部をぽりぽりと掻いた。

「笹井先生にみっちりノウハウを教わっているので自信が、なんてちょっと出しゃばっちゃいました。でも、本当に……」

「馬場雄三です」

「……雄三さんには見どころがあると思うんです。会場の中でも、目の輝きが違うというか。それなのに、少しお疲れのようで……すみません、なんか怪しい勧誘みたいで」

筑紫は照れたように口を押さえた。

確かに軽薄な雰囲気はあるが、人の好さそうな赤ら顔は好感が持てる。雄三には、筑紫が嘘を吐くような人間には見えなかった。

「筑紫さん、あの……」

雄三が詳しく話を聞こうとしたとき、マイクを叩く音がした。

笹井が、会場の中央に用意された、簡易的な舞台の上に上がっている。恐らく、会の終了の挨拶をするつもりなのだろう。

「笹井先生のお話が終わったら、是非二人でお話ししましょう。とりあえずこちらにお名前の方、書いてもらっていいですか？」

そう言って筑紫は鞄からなにやら紙を取り出し、雄三に笑顔を見せた。雄三もまた微笑んで頷く。

笹井が会場を見回して口を開いた。

「私のコンサルティングには、一つだけ誰にも負けない強みがあります。それは、顧問契約が長く続くことです。一社の平均は、約十年です。一番長いお付き合いのある会社はもう二十年になるかな」

笹井がそう言うと、会場の方々から、おお、と声が漏れた。

笹井の言葉には説得力がある。面倒見が良く、かつ効果的なアドバイスをしてくれるから、長く付き合いが続くのだろう。

「皆さんの多くは、宮田くんの話を聞いても、『すごいなあ』とか、『宮田さんだからできたんだよ』と思っているかもしれません。でも、用意されているのは、やるか、やらないか。その選択肢だけです。宮田くんも、皆さんも、条件は同じなのです」

笹井は大きく手を広げて、バチンと打った。

「やりますか？　やりませんか？　選ぶのは今です！」

雄三は筑紫に目線をやる。目が輝いていた。

そうだ。やる。

やるしかない。

雄三は気が付いた。話を聞いているだけでは駄目なのだ。

雄三は筑紫と正式に契約を交わし、コンサルティングを依頼した。筑紫は雄三の考えと全く同じことを言った。とにかく、勇気が必要なのだと。資金だの、計画だの、そういうことを細かく決めているうちに、殆どの人間は諦めてしまう。

「正直に言うと、笹井先生のところでお話を聞いている方々もほぼ、そういう方々です。やりたい、やる気はある、準備はしている、そんなことを言いながら、いつまでも第一歩を踏み出さない。雄三さん。私は思うんです。そういう人たちは、たとえ億万長者でも、絶対に何もやり始めないんじゃないかと」

雄三は深く頷いた。まさに、雄三の言いたいことはそれだった。同僚も、かつての雄三も勘違いしていたことだ。

荻沼は実家の金の力で成功したわけではない。一歩踏み出したから、成功したのだ。

「まず、始めることですよ。サービスを提供し、お客様に喜んでいただく、それを目的にしましょう。結果は後からついてくるものです」

雄三は筑紫に紹介された、インド料理店が入っていたという居抜きの物件を借り、カフェを開いた。看板料理はナポリ風ピザだ。雄三はナポリに行ったこともピザを作ったこともないが、居抜きの店には窯があったからだ。本や動画で勉強をして、それなりのものを作ることもできた。

花梨は反対し、一時は実家に帰る、離婚する、などと喚いていたが、一度筑紫と会わせたら、前向きな気持ちになってくれたようだった。花梨の妹を頼って子供二人を預け、店に出るとまで言うようになった花梨は、雄三が好きだった、潑剌とした表情をしているように見えた。

店は大繁盛しているとは言い難い。しかし、昼時と、夜八時頃は、それなりに人が入るようになった。

「雄三さん、おめでとうございます」

ある日筑紫が笑顔でそう言って、タブレットの画面を雄三に向けた。

「皆さんが、雄三さんの体験を必要としています！」

成功者ですね、と言って筑紫は微笑んだ。画面には企画書が表示されていて、雄三が笹井の開催するセミナーの登壇者として選ばれたのだということが分かった。

花梨は雄三以上に喜んで、子供たちに「お父さんすごいんだよ」と言った。その日は二人で美味しくもまずくもない、いつものピザにチーズを沢山乗せて焼いて、ご馳走だね、美味しいね、と言いながら食べた。

雄三は気が付かなかった。

筑紫はコールドリーディングとホットリーディングを使い分け、雄三をその気にさせ、コンサル期間を引き延ばしているだけだ。雄三は乗せられやすく、セミナーの登壇者になったという成功体験でもって、ますます金を落とすだろう。

雄三は気が付かなかった。

雄三が登壇者になっている今この時、雄三の言うことを真剣に聞いている人間など誰もいない。雄三も、秋田県の食堂を経営している夫婦が登壇していた時、彼らの話を真剣に聞いただろうか。聞いていない。目当ては、笹井など、本当の成功者との名刺交換だ。自分自身がそうだったのに、気が付かなかった。

笹井の元には、雄三のような人間が何人も集まる。

何かすごいことをしたい。

しかし、自分には能力がない自覚があるし、なるべく努力はしたくないと思っている。

それでも路傍の石で人生を終えたくない。

他人に影響を受けやすい。

例えるなら、宝くじを買えば絶対に当たると思っているような、目論見の甘い人間。何かを始めるまでのハードルが高く、腰が重いからこそ、始めただけで、成功したと思い込んでしまう人間。

笹井は、少なくない人数の元セミナー参加者から、コンサル依頼主から、殺されるほど恨まれていた。実際に何度か殺されそうになっていた。雄三も見ていたはずなのだ、サッカー選手が登壇していたあの会場で。

雄三は気が付かなかった。

あのとき笹井を殺そうと乱入してきた浮浪者の男。あの、醜い、全てを失った男。
あれは雄三のこれからの姿なのだ。

神を試みてはならない。
（マタイ4:7）

帰還の壺

「青島《あおしま》さん、警察から連絡だって」

出社してすぐ、同僚の金《キム》さんが声をかけてきたとき、私は、えっ何、悪いことはしていないけど、そんなふうに答えた。

あのときは――今もそうだけれど、私は自分のことだけしか考えられなかった。ただ、これまでやったことのある些細な悪事を思い出しながら、どうしよう、あれかな、これかな、とそういう心配だけをしていた。

まさか裕也《ゆうや》のことだなんて。本当に、夢にも思わなかった。

病院にかけつけても、私にできることは何もなかった。看護師の説明は何一つ頭に入ってこなかった。ただ、一つだけ頭に残った言葉を反芻していた。その言葉は覚えていないけれど、希望のような、つまり、大丈夫ですというような。

一時間くらい経ってから夫がやってきて、彼の顔は汗まみれで、それ以外のことはやはり覚えていない。

手術室から青白い顔をした先生が出てきたとき、もう結果は分かっていたように思う。

残念ながら、手は尽くしたのですが。生命維持装置を外したら、裕也は。

私が病院に着いたのは朝の十時を少し過ぎたところだったのに、そのときは日付が変わる直前で、先生は十時間以上も頑張ってくれていたのだな、と思った。

「裕也頑張ったよね」

夫がそう言った。その通りだった。裕也も十時間以上頑張ったのだ。

「頑張ったから……もう……」

夫の顔はぐしゃぐしゃだった。私は何も言えなかった。泣けもしなかった。

それから怒濤のように時間が過ぎ去って、何が起こったか正確に把握できたのは、一年後、裁判の最中だった。

加害者は三十代の女だった。女の運転する車は、保育園の門を破壊し、そのまま庭に突っ込んだ。門の傍にいた裕也と、他二人の園児、それと先生が一人巻き込まれた。裕也以外は、命に別状はなかった。

女はその日、寝坊して、とても急いでいたらしい。それで、ついアクセルとブレーキを踏み間違えてハンドルを切りそこなったとか。

女には家族がいた。夫と、三人の子供。そう、三人も子供がいたのだ。

女はまっすぐに立って、堂々とそう言ってのけた。

「しっかりと罪を償っていくのが一番の供養になると思います」

■刑にしてくださいと私は叫んだ。視界の端に、心配そうに見守る女の家族が映りこんだ。

■刑にしてください。極刑を望みます。

涙と鼻水を飛ばして、声が嗄れるほど叫んで、私は退席させられた。そのときは納得がいかなかったけれど、よく考えれば当たり前だ。裁判とは被害者の心に寄り添うものではなく、起こったことを機械的に判断して、判決を下すものなのだから。

懲役三年、執行猶予五年。それが私からたった一人の子供を奪った女に対する司法の判断だった。

手紙を送ってきたのも忌々しい。誰にアドバイスを貰ったのか、なんの意味もない謝罪がつらつらと。何よりも許せなかったのは、家族を引き連れて謝りに来たことだ。殺してやろうと思って、家にある一番長い包丁を持ち出したら、私が何かする前に夫が怒って追い返した。

あの女は生きて、自分の子供を育てている。

私が裕也を育てることはこの先、一生ない。

あの女に生きて償えることなんて何もない。でも、■んだところで償えはしない。

裕也を返してほしい。

夫に似た下がり眉と、私に似た小さい口。鼻は誰に似たのか、つんと高かった。親の欲目かもしれないが、本人がもし望むならタレントにしてやりたいと思っていた。

分かっている。もうそんな未来はない。

裕也が生まれたのは私が三十九歳のときだった。

高卒で就職した会社で、仕事に打ち込んでいたら、あっという間に結婚適齢期を過ぎてしまった。そのこと自体に不満はなかった。私はそもそも、家族というものに不信感しかなかったからだ。

物心ついたときから私の家の中心は父と長男の雄一だった。いや、中心というよりも、あの家に「人間」はその二人しかいなくて、あとはいいところ家畜だった。

弟の雄三は体格に恵まれ、全国大会に出るようなバレー選手だったのに、父親の「玉遊びなんて下らない」ということで全寮制の高校に入れられて、結局大学入試も就活も失敗して、父親の口利きで入った会社で無気力に働いていたが、その後カフェ経営に乗り出したはいいものの、資金繰りに困っている。それでも雄三は男だったからまだましだ。私は女だったから、大学受験すらさせてもらえなかった。

私は小・中・高とずっと成績が良かった。しかし父は、女というものは下手に知恵をつけても生意気になるだけで、何も意味がない、と言っていた。
■んだ方がましだ、と思っていた時期もあったが、慣れれば諦めもつく。高校の早い段階には、家を出る準備をすることができた。できるだけ多くの資格を取って、高卒の人間が選べる最大限に条件のいい会社に入り、なるべく実家から遠いところに家を借りた。

そんな私が結婚したのは、地域で開催している読書会に気まぐれに参加したからだ。

夫とはたまたま手に取った本が同じだったことで意気投合し、半年付き合ってから結婚した。彼が三十五歳、私が三十六歳のときだ。

お互いもう恋愛するのには歳をとりすぎていたかもしれないが、彼は穏やかで優しくて、私は結婚して初めて、早く帰りたいと思う家庭の暖かさを知った。少なくとも私は、彼との子供が欲しいと強く思った。

しかし、強く思っただけで子供が生まれるなら、不妊で悩む女性などいないだろう。何度も病院に通って治療して、何回も[redacted]にたい気持ちになって、やっとお腹に宿ってくれたのが裕也だった。

夫と同じように、夫の家族も優しい人たちで、わざわざ東京まで出てきて、心理的にも経済的にも私たちを支援してくれた。妊娠を報告したとき、自分のことのように喜んでくれた。

ああ本当にこの家族の一員になれてよかった――私はあのとき幸せの絶頂にいた。

「桜子さん、病院に行った方がいいよ」

あのときと全く変わらない優しい口調で、夫は私にそう言った。

「ごめんね、君がおかしいって言いたいわけじゃないんだ、でも……」

夫の声が震えている。

ああ、本当に申し訳ない、と心から思う。優しいこの人に何もかも任せて、私だけ勝手に壊れてしまった。

でも、どんなに頑張っても、もう笑えない。怒ることもできない。ただただ気分が落ち込んで、[redacted]んでしまいたいとずっと思っている。

私は仕事を辞め、近くの心療内科に通うことになった。

私が思っていた——つまり偏見なのだが——それとは大きく違い、『かぶらぎこころのクリニック』は清潔で、静かな空間だった。

問診票に記入したあと、待合室の長椅子に座って目を瞑《つむ》る。なぜか父のことを思い出す。■にたいと思う。彼は私が心療内科に通っている、と告げたら非難するだろう。親子の縁を切ると言い出すかもしれない。平気で差別的なことを言う人だったから——

嫌なことがあると、父のことばかり考えてしまう。私に何一つ良いものを与えず、偏見と恐怖を植え付けただけの父。

父のことを考えてはいけない。余計に頭が痛くなって、ますます髪の毛が薄くなる。■にたいと思う。

名前を呼ばれたので、クリーム色のスライドドアを引いて入室する。

同世代くらいの男性医師が、パソコンを睨んでいる。

よろしくお願いします、と声をかけると、彼はこちらの方など見もしないでおかけください、と言った。

鏑木と名乗った医師は、看護師から受け取った問診票を上から下まで無言で眺めたあと、

「で、どの症状を治したいんですか？」

思わず、え？　と聞き返すと、鏑木はまったく同じセリフを同じ調子で繰り返した。

「どの症状を治したいんですか？」

「どのって……」

問診票の『お困りの症状』はどれも当てはまることばかりだった。

不安、疲れやすい、緊張が強い、眠れない、食欲不振、些細なことが気になる——だから、全てに○をつけた。

鏑木は戸惑う私を見て、苛立ったようにカチカチとボールペンを鳴らした。

「治療のー、ゴールはー？　と聞いてるんです」

「そんなの、わ」

分かりません、という前に、鏑木は大きく溜息を吐いた。あまりの対応に唖然としている私の様子など気にも留めず、鏑木は言葉を続けた。

「患者様が何を求めるか分からなきゃ、アプローチのしようがない」

「嫌なことばかり思い出して、ずっと眠れなくて……でもそれより、まず、話を……聞いて欲しくて」

「はあ、眠れない、なるほど」

鏑木はパソコンに向き直り、必要以上に大きな音を立てて何か打ち込んでいる。

しばらくして、パソコンの右横のプリンターから紙が出力された。

鏑木は紙を私に手渡して、

「睡眠薬、出しておきましたから」

「えっ、あの……」

「うちでは別にセンターがあって、そこにカウンセラーがいます。カウンセリングの予約は受付で取ってください。お大事に」

言葉を挟む間もなく、私はふたたび待合室に戻されてしまった。

私は辛くて辛くて、夫にも、周りにも迷惑をかけている。日常生活が送れていないことにも、自分がまともでないことにも自覚がある。

だからこそ、ここに来たのに。

完全に元の通りになるなんて思っていないけれど、少なくとも、夜中に飛び起きて泣き喚いたりしないで済むようになるかもしれない、と期待して。

それとも、私は自分で思っているよりずっと、おかしいのだろうか。

私の話は、私の主観が入っているわけだから、本当はもっとずっと滅茶苦茶な要求を鏑木にしてしまっていたのだろうか。だから向こうも気分を害して、こんな対応をしたのだろうか。

呆然としたまま椅子に座っていると、名前を呼ばれる。私はのろのろと立ち上がり、会計を済ませ、働かない頭で予約をいつにするか考えた。

*

結局私がカウンセラーに会ったのは、十一月の半ばだった。なかなか予定が合わなかったのと、最初に予約した日は、どうしても気分が落ち込んで家から出られなかったからだ。

カウンセリング自体、義務感で受けることにしただけだ。話を聞くだけで解決などあり得ない。優しくて、私を否定しない人ならば、夫や夫の両親がいる。カウンセラーが彼らより私のことを理解できるとは思えない。

彼らのことを思い出して、また頭に希■念慮がちらつく。こんなに支えてくれる家族がいるのに、私は未だおかしいままで、申し訳ない。

昨日だって、裕也の夢を見て、夜中に飛び起きて裕也を捜し回った。夫は深夜の三時に起こされたのに怒りもしないで、私の手を握って懇々と「もう裕也は天国にいるんだよ」と言った。私は子供のように首を振って、「いやだ」「ちがう」と明け方まで繰り返した。

いつの間にか寝てしまったらしく、朝になると夫はもう家を出ていた。

しみじみと思う。

私は本当に頭がおかしい。■んだ方がいい。

また希[redacted]念慮が私の足を動かなくする前に、ガラス張りの建物の中に入って、エレベーターで三階に上がる。

清潔感のある白い壁に『かぶらぎこころのクリニック』と同じ丸っこいハートマークが描いてあり、『かぶらぎカウンセリングセンター』という緑の文字が存在感を放っている。

「お待ちしておりました」

入るなりそう声をかけられる。俯いたまま体がビクリと震えた。

「あ、は、はじめ」

顔を上げて、そこまでしか言えなかった。

目の前にいる男の瞳があまりにも綺麗だったからだ。

何色とも言えない複雑な色の虹彩が、蛍光灯の光を反射している。星みたいだ、と思った。

本当に一瞬だけ、私は辛さを忘れて、目の前の男に見惚《みと》れてしまった。

「青島桜子さん……?」

はい、という言葉さえ出てこなくて、頭だけががくがくと揺れた。

「どうも、こんにちは。外は天気がいいですね。気温は低いけれど、風はそこまで強くない」

「え、ええ……」

なんとか相槌を打つが、全く冷静でいられない。心臓がばくばくと脈打ち、顔が上気しているのが自分でも分かった。

どうにか気持ちを鎮めて、まともに会話ができるようになったのは、彼に促されて椅子にかけたときだった。

「カウンセラーの久根です。久根ニコライです。久根さんでも、ニコライでも、ニコちゃんでも、どういうふうに呼んでも構いませんよ」

歴史の教科書で、ロシア皇帝ニコライ一世、という名前を見たことがある。彼はロシア系のハーフなのだろうか。顔は整っているけれど、今までだってこの程度にかっこいい人なら何人か見たことがある。しかし、本当に瞳が、抜き取って飾りたくなるくらい綺麗なのだ。こんな瞳の人間はイケメンばかりが出てくる女性向けのアニメでも見たことがない。色素の薄い感じともまた違って、とにかく、きらきらと輝いている。

「あ、青島桜子です……」

「はは、存じ上げております」

久根が口を開けると、尖った犬歯が覗く。獣の牙のようなのに、彼の醸し出す雰囲気はあくまで柔和だった。

「早速ですが、いまお辛いことは？」

「私……あの、私」

一番辛いこと、と聞かれて、鏑木の言葉が蘇る。

ちーりょーうーのー、ごーるはぁー？

また何も言えなかったらどうしよう。また馬鹿にされたらどうしよう。また、迷惑をかけてしまったら。涙がこみあげてくる。

「大丈夫」

頬に滑らかな感触が滑った。

「大丈夫ですよ。ゆっくりで」

つるりとした指だった。暖かさはない。それでも、私は頬を撫でられて、何故か自分の罪が赦されているような気持ちになる。先ほどとは全く違った意味で、涙が溢れて来そうだった。

涙が零れないように顔を上げると、久根と目が合う。

久根は恐ろしいほど美しい双眸で、私を静かに見つめていた。

「時間はありますから」

＊

久根は優れたカウンセラーだった。

暗く、とりとめもなく、何度も繰り返す私の話を、全て聞いてくれる。

余計なアドバイスは一切しなかった。他のカウンセラーのことは知らないが、もしかして、話を聞いてもらっているだけなら無意味とか、カウンセラーとしておかしいとか言う人もいるかもしれない。

でも、鏑木の処方した薬と、久根のカウンセリングで、私の体調は明らかに良くなったのだ。

決まった時間に起きて、朝食を作り、夫を送り出す。たったこれだけのことだが、少し前の私にはできなかったことだ。

「あのね、また働いてみようかと思うの」

私は求人広告サイトを夫に見せる。近所のホームセンターのオープニングスタッフ。ここなら、未経験者でも働けるということだし、オープニングスタッフなので人間関係に悩まされる確率も低いだろう。

「確かに、最近桜子さんはぐっと良くなったよね。笑顔も増えて、僕はすごく嬉しいよ」

夫は柔らかい声で言った。

「カウンセラーの先生の話もよくするよね。その先生には感謝してるよ。少し嫉妬はしちゃうけど」

「そんな、先生とは勿論、何もないよ。確かに、かっこいい人だけど、それだけだし」

「でもね」

夫は私の言葉を遮って、

「まだ、働くのはやめておいた方がいいと思う」

喉がひゅうと鳴った。

「桜子さん、昨日、言ったよね」

手が震える。

「一緒に、テレビ見てたときに……『裕也のランドセル何色にする?』って……」

「やめて」

思わず大きな声が出た。夫が息を呑んだのが分かる。

「ごめんね、でも」

その先を聞きたくない。

「もう働くなんて言わないから」

「違う、僕、そんなつもりじゃ」

裕也が[redacted]んだということが、分からない。

「今日、カウンセリングだから、もう、行くね」

私は立ち上がって、コートをハンガーからもぎとった。そのまま駆け出す。カウンセリングの予定なんて本当はない。

久根は、裕也の話には、一度だって口を挟まなかった。[redacted]んでいるとか、生きているとか、そんな話は一度も。私の話を聞いて、それで。

町中のどこからでもクリスマスソングが聞こえる。

ひいらぎなんか飾らないし、ベルなんか鳴らさないし、クリスマスは恋人たちのためのものではない。クリスマスが来たところで悲しい出来事はなかったことになんかならないし、サンタクロースなんかいない。

「皆で、私を馬鹿にしているんだ」

楽しそうに歩いていた家族連れがこちらを見ている。カップルのきゃはは、という笑い声が耳に刺さる。私を馬鹿にしている。

「馬鹿になんてしていませんよ」

声が耳を通って、脳に抜けていく。

手首に暖かいものが触れた。

「あなたを馬鹿にする人はいません」

顔を上げる。

眩しすぎて、思わず目を瞑った。目が潰れそうだ。

「皆さんは祝っているだけだ」

久根が私の手首を優しく握って微笑んでいた。


「落ち着きましたか？」

「はい……ありがとうございます」

久根が出してくれたのは、暖かくて甘い、果物の味がする飲み物で、私の体はすっかり温まった。

ふんだんに使われているであろうスパイスのおかげかもしれない。

「これ、美味しい。あまり飲んだことがない味です。どこで買えますか？　主人にも、飲ませてあげたい」

「お気に召したようでよかった。これは私が作ったものなんですよ。よろしければ帰りに原液を取り分けましょう」

久根は長い指でカップの取っ手を弄《もてあそ》んだ。

久根の美しい佇《たたず》まいを見ていると、羞恥心が湧いてくる。ヒステリーを起こして、優しい夫を拒絶して。

久根の年齢を聞いたことはないが、恐らく私より一回り以上下だろう。二十代にも見える。でも、もしかしたら同世代かもしれない、と思うくらいにいつも落ち着いている。こんなに若くて綺麗な男性が、クリスマスイブに小さな部屋で中年女と話す羽目になっているのは可哀想だ。ますます申し訳ないと思う。

「大丈夫ですよ」

久根は口角をもう一段階上げて言った。

鼓動が速くなる。久根には、私の中まで、全て見えているような気がする。

綺麗に切りそろえられた爪が繊細な指に並んでいる。

ふと、久根は私の頭に手を置いて、上下に動かした。

「青島さんは、善い方ですね」

自分より年下の異性に頭を撫でられている。異様だし、不健全で、あってはならないことかもしれない。でも私はそれを自然に受け入れてしまっている。久根の手は心地好い。ずっと撫でられていたいとさえ思う。

「善い方には、プレゼントがあります」

久根はちょっと待っててくださいね、と言って部屋を出て行った。

私は先ほどまで久根の手が置かれていた部分に手を這わせて、自分でも頭を撫でてみたが、何も感じなかった。

しばらくして久根は、壺を抱えて戻ってきた。

大きな壺だった。

久根の身長は、多分一八〇cmくらいある。壺は、その久根の胸辺りまであった。

「ええと、これは？」

「プレゼントですよ」

久根は椅子に腰かける。そうすると、久根の頭とちょうど同じ位置に壺の口があるように見えた。

「キカンの壺です」

「キカン……？」

「帰還。帰って来るということです」

薄茶色の、何の模様もない壺が美青年の横に鎮座している。

「これは……」

「これは帰還の壺。その名の通り、人が帰って来る壺です」

久根は拳を作って、コンコン、と壺を叩いた。何も入っていない、高い音がする。

「裕也君は三歳だった。であれば、一五kgくらいでしょうか。一五kgの肉を、この壺に入れて、塩水に漬けて下さい」

「え……」

「大丈夫です。ヒトは肉と、塩と、水でできています」

「久根さん！」

勢いよく立ち上がる。椅子を引っくり返してしまい、大きな音が鳴った。

久根は微笑みを絶やさないまま、椅子を起こした。

「どうしたんですか、青島さん」

久根の表情は変わらない。口角が上がっていて、目は星のように輝いている。

「裕也君にまた会いたいのでは」

何度も何度も深呼吸をして、頭に上った血が引くのを待ってから、私はふたたび椅子に腰かけた。

「裕也は、三歳のときに……事故に、遭いました。言葉は、慎重に選んでください。久根さんには、感謝しているけれど……」

「ええ、だから、その裕也君の話をしています。裕也君が帰って来るという」

「ふざけないで」

体と連動して声の震えが止まらない。

「裕也は」

言ってはいけない。

「裕也は、事故で」

言ったら真実になってしまう。私だけは、絶対に言ってはいけないのに。

「死んだんですよ」

死んだんですよ。

死んだ。

裕也は死んだ。

裕也は、事故で、死んだ。

死んだ。

ランドセルは必要ない。

死んだ。

誕生日は来ない。クリスマスも来ない。

裕也は、もう、死んでしまった。

「死んでいないと信じていたのは青島さんでは？」

「ふざけないでよ、あなた、それはっ」

「ふざけていません。それに、あなたは正しい。死んでいるとか生きているとかは、ヒトの認識の問題ですからね。死んでいない。正しい、正しい」

久根は笑みを浮かべたまま——いや、笑っているのではない。元からこういう顔なのだ。私を馬鹿にしているだとか、私の悲しみに共感しているだとか、そういったことは一切ない。

「説明を再開してもいいですか？　絶対に守らなくてはいけないルールがありますので」

本当に、嘘偽りなく、彼は道具の説明をしているだけなのだ。

私の首がかくん、と動いた。

＊

自分の身長と同じくらいの高さがある壺を抱えてよろよろと帰宅した私を見て、夫は目を丸くして驚いた。

普段、私の行動にとやかく口を出したりしない彼も、さすがに黙っていることはできなかったらしく、真剣な顔で質問を投げかけてきた。

カウンセリングの予定が嘘であるということもうっすら気付いているようだったが、何より、その壺はなんなのか、と。

隠しても仕方がないから、私はすべて正直に答えた。

久根と会って、カウンセリングルームにいたこと。そこで、プレゼントとしてこの壺を渡されたこと。そして、壺の説明。

夫は口を閉じたまま、私が話すのを聞いていた。何事も頭ごなしに否定せず、まず耳を傾けてくれる。そして、冷静に判断した上で発言する。こういうところを、私は好きになったのだ。

「それで、今からお肉を買いに行こうと思うの。一五kg」

夫はふう、と大きく息を吐いた。そして何度か口を開きかけ、また閉じるということを繰り返した。何度目かに彼は、決意したように両手を組んで強く握り、やっと声を出した。

「確認なんだけど、お金を取られたりしていないよね？　勧誘を受けたりだとか」

夫の言わんとしていることははっきりと分かる。

「大丈夫だよ」

私の話すことには怪しい部分しかないだろう。私だって、普通の状態だったらこんなことは信じないし、誰かに話したりはしない。

久根の佇まいを夫に見せたかった。そうすれば、信じるに決まっているのに。

「大丈夫……か」

夫はそう呟いて、ソファーからゆっくりと立ち上がった。

警察に通報するつもりかもしれない。でも、そうなってしまったら、裕也が。

「ねえっ、本当に、大丈夫だよっ」

夫のシャツの裾を摑む。声が震える。

久根ニコライは、裕也との再会を可能にする、唯一の希望なのに。

「うん。だから、車を出そうと思って」

「えっ」

夫は優しく笑っていた。

「桜子さん、一五kgのお肉を一人で買って来ようと思っていたの？　いくら桜子さんが頑張り屋さんでも一人でそんな重さのものを運ぶのは無理だよ。それに、近所のお店には、そんなに置いていないかもしれない。ちょっと遠出になってしまうけど、業務用スーパーに行けばあるかもね」

「ええ……」

夫は本当に、通報したり、久根や、帰還の壺の話をしつこく聞いてくることもなく、車を出した。人が三人くらい入りそうな大きなカートに、冷凍の豚の塊肉を投げ込んでいく。消費期限も、肉の質も気にしない。何の肉でなくてはいけないとか、久根は言わなかった。

まず食事にしよう、と言う夫を無視して、帰宅してすぐに壺に豚肉を投げ入れた。その上から、豚肉と同じく業務用スーパーで買ってきた食塩を大量に振りかける。

キッチンの蛇口からホースを引いて、肉が完全に漬かるまで水も注ぎこんだ。

裕也が帰って来るとしたら、どこからだろうか。

壺の口は、小学生くらいならぎりぎり通れるかもしれないくらいには広い。それとも、桃太郎のように、壺を割ってでてくるのだろうか。

「蓋を閉じないと」

背後から夫の手が伸びてきて、壺の蓋を閉じた。ごとりと重い音がする。

時計を見ると、もう九時を過ぎていた。また死にたくなってしまう。夫は帰って来た時からずっと食事にしたいと言っていた。裕也は私の宝物だ。でも、夫も同様に、私の宝物なのだ。私は、そんな夫を無視して――

「簡単に、パスタとかにしようか」

夫は野菜室からトマトを二つ取り出して言った。

「色々、考えすぎないでね。僕と桜子さん、二人なんだから」

私は曖昧に頷いた。笑うことも、泣くこともできなくて、口が変な形に歪んでしまった。

トマトとケッパーのシンプルなスパゲティと、頂き物のあまり美味しくないワイン、それと混ぜるだけのチーズデザートを食べた。

しばしば夫の様子を確認したが、いつもと全く変わらず、面白かった本や映画、ニュースの話などをしていた。

夕食が大幅に遅れたにしては、随分早い時間にベッドに入ることができたと思う。夫はよほど疲れたのか、横になってすぐ眠りに落ちてしまった。すうすうと寝息が聞こえる。私はいつもそれを聞くと落ち着いて、眠れなくても多少なりとも休んだ気持ちになれるのだった。

しかし今日は全く落ち着かない。夫の寝息ではなく、時計の針の音ばかりが気になる。

卓上の小さいライトがぼんやりと天井を照らしている。

危険だ。こういうことは前にもあって、そのとき私は衝動的に、処方された薬を大量に飲んだ。無理やり喉に指を突っ込んで吐き戻したから、病院に迷惑はかけていない。でも、とにかく、これは希死念慮の前触れだ。

親指を握りこんで、目をぎゅっと瞑る。

死にたい、という言葉が脳裏を過る寸前に、強く、早く朝になれ、と頭の中で叫ぶ。

別のことを考えようとしても何も思い浮かばない。体の芯が冷えて苦しい。

バタン、と音が聞こえた。これは聞いたことのある幻聴だ。扉が開く音。

何度も裕也が帰ってきたのだと思った。裕也が寂しくて、私と夫のベッドに入ってこようとしているのだと。もちろん、そんなことはあり得ない。でも、私は何度でも期待してしまう。裕也、と呼んでしまう。

夫を起こさないようにそっと体を起こし、ベッドから抜け出る。

バタン。

また音がした。

全身が総毛立つ。裕也がどうとか、甘いことを言っている場合ではない。

バタン。バタン。

これはドアが開く音などではない。硬いものが硬いものに勢いよくぶつかっている音。空き巣、強盗、とにかく、家に、私たち以外の誰かがいる。

足音を立てないようにベッドに戻り、夫の肩を揺する。

あなた、起きて、と、扉の向こうにいる何者かに聞こえないように囁くが、夫はやはりすうすうと寝息を立てて眠っていて、起きる様子はない。

警察、という二文字が浮かんだのは、しばらく経った後だった。その頃にはもう音はしなくて、ただただ、恐ろしいほど静かだった。ずっと死にたいと思っている私が、強盗に殺されるのを恐れるなんて馬鹿馬鹿しい。強盗だって、わざわざ眠っている人を殺さないだろうから、夫が殺されることもないはずだ。

念のため、いつでも通報できるようにスマートフォンを持って、玄関に向かってみるが、ドアチェーンはかかったままだ。わざと大きめの足音を出してみても、人の気配はない。

結局これは、私の幻聴だ。

「ふふふ」

含み笑いが漏れた。笑いが止まらない。本当に私は頭がおかしい。

今日の行動を全部振り返ってみる。何もかもおかしい。

帰還の壺？　あり得ない。人間が塩と水と肉でできている？　何を言っているんだろう。人間は豚じゃない。あの久根という男はどういうつもりなのだろう。異常者か、詐欺師か。いずれにせよ、まだ若いのに、とんでもない男だ。

もうあんなカウンセリングに通うのはやめよう。

こんなとんでもない話を信じて、付き合うふりまでしてくれた夫に申し訳が立たない。

もうやめよう。終わりにしよう。全部、やめて、いい機会だし、それで——

バタン、と音が聞こえた。先ほどと同じで、でもずっと近い。

もういい。幻聴でも、殺されても。むしろ殺されたい。自殺よりずっと、夫に迷惑をかけない。

耳を澄まして、音の発生源を探す。キッチンだ。

キッチンを確認して、やっと、笑いが止まった。

壺だ。あの壺が、帰還の壺が、バタンバタンと音を立てている。意志を持ったように左右に揺れている。

「ゆ、う、や」

壺が、返事をするかのようにますます激しく揺れた。

私は蓋を開けた。

＊

「久根さん」

久根ニコライは濃いブルーのシャツを着ている。ぱきっとした色が、彼の抜けるように白い肌を引き立てている。

不思議な色の瞳でまっすぐに視線を向けてくる。

私は下を向いた。あの目で見つめられると、何も言い返せなくなってしまうから。

「なんでしょうか。遠慮なく仰ってください」

顔を見なくても、美しい唇が綺麗に弧を描いているのだろうなとわかる。

「壺の、ことですけど」

「ああ、帰還の壺ですね」

「それです。あの……言われたとおりに、やりましたけど」

「いいですね。すぐ行動に移すのは素晴らしいことです」

思わずありがとうございます、と言いそうになって、唇に力を籠める。そんなことを話したいのではない。

「無かったんです、何も」

あの夜、ごとごとと揺れる壺を開けてみて、視界に入ったのは少し濁った水だった。底の方にうっすらと肉が沈んでいるのが見えたものの、それだけだった。

「久根さん、本当のことを言ってください。私に、嘘を吐いてるんですよね」

私は何か言おうとしている久根を遮った。久根の言葉には異様な説得力がある。久根に好きに喋らせてしまったら、また訳も分からないまま彼の言うことを信じて、彼の言う通り行動してしまうことになる。

「分かってます。あの壺に、何か細工があるんですよね。がたがた動いて、まるで、中に何かいるみたいに。でも、開けたらやっぱり何もなかった。正確に言うと、入れた時と同じで、肉が水に沈んでいるだけでした」

一度言葉を切って、深呼吸をする。久根がその間に言葉を挟むことはなかった。

「久根さんが、悪意で嘘を吐いたんじゃないことは分かってます。私、確かに、おかしいです。裕也が……って、認められないし、毎日、捜したりします。料理も、三人分作ったり。だから、可哀想に思って、優しい嘘なんですよね。でも、残酷です。希望を持たせて、でも本当に裕也が帰ってくるわけなんかなくて。もしかして、そういう治療法なんだとしたら、もう……やめてほしいです」

一気に言って、もう一度深呼吸をする。薬が効いているのだと思う。今日は変な動悸もしないし、話している最中にパニックになって泣きわめいたりもしない。

はっきりと自分の意見を伝えられた満足感とともに顔を上げる。

「先程から、何のお話をされているんですか？」

久根が星のような瞳で私をじっと見ている。声に何の抑揚もなかった。

高揚していた気分が一気に萎《しぼ》んでいく。

「青島さん、私の話を聞いていませんでしたね。もう一度説明しましょう」

久根は長い足を優雅に組み替えた。

「そのいち、壺に肉、塩、水を入れる。そのに、七歳まで待つ。そのさん、それまでは絶対に壺から出さないこと。三つだけです」

「だ、だからっ……だから、何も……何もなかったって……」

細くて長い指が、私のかさかさとした指と絡まる。

「そんなにすぐに、人間ができるわけ、ないでしょう？」

久根は赤子をあやすような口調で言う。なめらかな指の腹が、私の中指の節を往復する。

「人間はね、父に似せた姿として、六日目に作られた。分かりますか？」

分かります、と私の口が動く。

久根は満足そうに頷いた。

「分かってくださって嬉しい。裕也君は帰ってきます。私の言葉は父の言葉です」

久根の言っていることは理解不能だった。どの言葉も、私の疑念を払拭するものにはなっていない。それでも、やはり久根と直接話すと、彼は嘘は言っていないのだろうと思ってしまう。今も彼は、堂々たる態度で椅子に深く腰掛け、長い足を組み、慈愛すら感じさせる表情で私にやさしく言葉をかけている。

「何か分からないことがあれば、またいつでもご相談くださいね」

結局、頷くしかなかった。

久根は目を細めて微笑んでいる。

瞳が綺麗だ。

＊

ちょうど季節が一周した。

私は未だに『かぶらぎこころのクリニック』に通い続けている。相変わらず鏑木の対応は冷たく、モニターから振り向きもしないで薬を出すだけだ。それでも確実に、私の体調は良くなってきている。薬が合っているのだ。

カウンセリングも続けている。つまり、未だに月に何回かは久根ニコライと顔を合わせている。

最初のうちは壺についてあれこれ質問した。でも、やめてしまった。久根からは望んだ答えは返ってこなかったし、理解不能な言葉でも、私はそれに頷くことしかできないからだ。

壺は未だにキッチンに置いてある。時折ごとごとと音を立てて動くが、私はいちいち騒いだりしない。本来、いくら塩漬けにしているとは言っても、夏場も越えたこの壺が臭わないはずはない。

でも、壺からは本当になんの臭いもしないし、虫が発生したりすることもなかった。

久根の言うことを心のどこかで疑っている。しかし、この壺の状態こそが、久根の言うことが本当で、裕也は必ず帰ってくるということを示しているのではないだろうか。

少し前から、私は働き始めた。

もちろんフルタイムではないし、個別指導塾の受付という、あまり複雑なことを要求されない仕事だから、きちんと働いていたころのようにお金を稼げているわけではない。夫や、夫の家族に支えてもらってなんとかやっている状況は変わらない。

「青島さん、今日はもう上がってもらって大丈夫ですよ、ラストの田野中《たのなか》くん、キャンセルだそうなので」

事務長の小松《こまつ》がそう声をかけてくる。

「あ、はい、ありがとうございます」

軽く頭を下げると、小松は何かを思い出したかのようにあっと声を上げた。

「忘れてた忘れてた。これ、どうぞ」

彼女が笑顔で渡してきたのは、真っ赤なショッパーだった。

「たいしたものじゃないんですけど、メリークリスマス、的な」

「あ、ありがとうございます……すみません、私、何も用意してなくて……」

「いいんですよ、そんなの。皆さんに配ってるんですから。それに、私これから、ちょっとご迷惑をかけるかもしれなくて」

「迷惑……？」

ええ、と相槌を打つ小松は、口調こそ申し訳なさそうだが口元が緩んでいる。何を言うか想像がついてしまう。

「子供ができて。こんな年で、恥ずかしいんですけど。それで、産休を取るんです」

小松は私と同い年だ。子供も、もう三人いたはず。おめでとうございます、と言えた。今度お祝いしなくちゃ、とか、社会性のある言葉も自然に出てきた。笑えていたと信じたい。顔の筋肉が引きつって、ぴりぴりと痛んだ。

帰宅して手を洗ってから、すぐに料理に取り掛かる。仕込みは昨日のうちに済ませておいたから、そこまでやることは多くない。下味のついたチキンを油に投げ込むと、勢いよく油がはねた。

料理は好きだ、特に、揚げ物は。揚げている間は、余計なことを考えずに済む。

赤いショッパーは、駅の近くのコンビニに捨てた。小松は何も悪くない。悪いのは私の精神状態だ。こんな状態なのに普通の人と同じような顔をして働いている私に問題があるのだ。

気が付くと、バットに乗り切らないくらいのフライドチキンが出来上がってしまっている。こんなに作るつもりはなかった。

溜息を吐きながらトングで大皿に移していると、携帯電話が振動した。

『ごめんね、今日は少し遅くなる。ご飯は先に食べてしまって大丈夫です。いつもありがとう』

夫からだった。

仕方がないことだ。クリスマスイブなんて会社には関係がないし、優しい夫が他の人の仕事を肩代わりして、結果帰宅が遅くなってしまうのもいつものことだ。

でも、今日だけは傍にいてほしかった。

右手が動いて、フライドチキンを掴んだ。べちゃりとした油の感触が不快だ。火傷しそうなくらい熱い。機械的に口に詰め込み、咀嚼し、嚥下する。

ハーブの香りが鼻腔に抜けて、とても美味しい。美味しいはずだが、気持ちが悪い。口に詰め込むのをやめられない。ごりごりという音が頭に響く。私の歯が軟骨を砕き、すり潰している音だ。

美味しい。金さんが教えてくれたレシピに間違いはない。美味しい。「青島さん、警察から連絡だって」何も悪いことはしていないけど。何もしていない、悪いこと。父は女は何をやっても無駄だと言った。母は何も言わなかった。でも子供を産んで、育てた。私も子供を産んだ。幸せだった。青ざめた医師の顔。夫は頑張ったからもうと言った。あの女は生きて償うと言った。悪いことは何もしていない。「青島さん、警察から連絡だって」何も悪いことはしていない。ちーりょーうーのーごーるはー?ゴールなんてない。裕也が帰ってこないと。「これは帰還の壺ですよ」一五kgの豚肉。ランドセルを買ってあげたい。「青島さん、警察から連絡だって」裕也は十時間頑張った。私は悪いことはしていない。裕也。帰ってきて。裕也。裕也。裕也。裕也。帰ってきて。どうか。クリスマスだから。裕也、

「裕也」

うん、と声が聞こえた。

どうせ幻聴だ。薬を飲まなくてはいけない。コップに水を注ぐ。

うん、とまた声が聞こえた。薬を飲む。

ソファーに倒れこんで、幻聴が消えるのを待つ。これで大丈夫なはずだ。しばらく経てば軽い倦怠感とともに幻聴が消えて、体を動かせるようになる。

じっとしていると静寂が気になる。テレビを点けたいが、リモコンに手を伸ばすのすらしんどい。

うん、という声が連続して聞こえる。人が死んだとき、一番最初に忘れるのはその人の声らしい。かわいい声。小さい子の声。裕也だ。声すら忘れられていない。何も忘れられない。前など向けない。

これは何かの歌だ。なんだったか。私の幻聴なのだから、私の脳内から発されている歌だ。四拍子で、明るくて、童謡、みたいな――

「『あわてんぼうのサンタクロース』だ」

どうしてすぐに出てこなかったのか不思議だった。

裕也のために買った音の出る絵本から流れる歌。裕也のお気に入りだったから、事故があってしばらくはずっと鳴らしていた。いつの間にかなくなっていたのは、おそらく夫がどこかへ捨ててしまったからだろう。

うんうんうん、うん、うん、メロディーが耳から消えない。

「裕也」

私は分かっていても呼ぶ。

「裕也」

「まぁま」

違う。

幻聴ではない。

「ままぁ」

体が震える。裕也の声だ。

「ゆう、や」

「ままぁ、さんたさんの、うた」

おかしい。こんなのおかしい。

いるわけがないんだから。

裕也が答えるなんて。

「あわてんぼうのーさんたくぉーす」

舌足らずで、まだ「ら」行がうまく言えない。裕也。裕也。

「裕也！」

私は壺に駆け寄って、蓋を開けた。

＊

久根は入室する私を一目見て、いつもと違うことに気が付いたようだった。

輝く瞳をより一層輝かせて、私に視線を向けている。

「青島さん、良いことがありましたね」

私は力強く頷いた。

「まずはおかけください」

久根は左手を前に出して、私に腰掛けるよう促した。

私は少し恥ずかしくなって、痒くもないのに頬を擦る。久根が差し出してきた飲み物を一口飲むと、去年飲んだのと同じ、スパイスとフルーツの香りが鼻腔を抜けた。

「それで、青島さん、どうかしましたか」

「歌ったんです」

声が上ずる。

「あの子、私が前教えた歌を、歌って……可愛い声で……」

「それは良かった」

久根は顔の前に手を持っていき、少女のようにぱちぱちと手を叩いた。

「歌は素晴らしいです。父に声が届きやすいですからね」

相変わらず、不思議な言い回しをする男だ。どうして父親が出てくるのか。どういう意味か尋ねても、要領を得ない答えが返ってくるだけだから、私ももう何も聞くことはない。

「でもね、久根さん、私、気になることがあって」

「なんですか？」

久根は女性的なポーズのまま、首を傾げる。父が久根のことを見たら、オカマみたいで気色が悪い、なんて言うだろうか。いや、そんなことはないはずだ。父は久根のような美しい人には甘い。表面的にしかものを見られない、下らない人間だ。そういうところが――

また父のことを考えてしまう。久根が「父」なんて言うからだ。彼の話には頻繁に「父」が登場する。

気を取りなおして、

「口だけだったんです。裕也の歌が聞こえたので、壺を覗きました。そしたら、口だけがぱくぱくって動いてて。なんか、ちょっと……正直、どうしたらいいのかなと」

言葉を選びながら、ぽつぽつと気持ちを話す。

「帰還の壺」というネーミングから、私はてっきり、裕也が元の姿のまま帰ってくるものだと思っていた。久根の言う通り、壺の中でしばらく過ごさなくてはいけないだけで。

しかし、裕也がいたのは事実だ。それがたとえ口だけだったとしても。

言葉を選びながらなんとか戸惑いの気持ちを伝えると、久根は、はあ、と溜息を吐いた。

怒ってしまったのか、呆れているのか――とにかく、ネガティブな雰囲気を感じる。私は慌てて言葉を続ける。

「久根さんを疑ったり、責めたりしているわけでは」

「怒っても呆れてもいません」

久根はきっぱりと言って、視線を宙に泳がせた。

「ただ、考えているだけです。私の話が理解できないのか、それとも、一年記憶が持たないのか」

私が口を挟む前に、

「そのいち、壺に肉、塩、水を入れる。そのに、七歳まで待つ。そのさん、それまでは絶対に壺から出さないこと。三つだけです」

久根は私の顔を正面から見つめた。叫び声を上げそうになる。こんなに美しい瞳なのに、じっくり見ると発狂してしまいそうだった。恐ろしいほどの不安感で心臓がばくばくと脈打った。

久根の口から尖った犬歯が覗く。

「そんなにすぐに、人間ができるわけ、ないでしょう?」

一年前とまったく同じように、彼は噛んで含めるように私に言った。

「人間はね、父に似せた姿として、六日目に作られた。分かりますか?」

この言葉もまた、同じだ。分かりますと言うしかない、意味不明な言葉。

一つだけ分かることがあるとすれば、裕也は帰ってくるというより、作られている、ということだ。

「じゃあそれは、裕也じゃないかもしれないじゃない」

「青島さん」

久根の長い指が私の額に触れた。

「比喩です。ものの譬えです。それは分かりますか? 電車で大阪に行こうと、飛行機で大阪に行こうと、大阪に着いたことになりますよね。青島さんは飛行機で大阪に行った人に、地に足がついていないからあなたは大阪に着いたとは言えない、と言うのでしょうか」

「言いません……」

「ええ、同じことです」

久根はぱちん、と手を打って、

「そんなことより、裕也君と他に何をお話ししたのか聞かせてください」

「そんなことって……」

精一杯抗議の気持ちを込めたつもりだったが、ただ声が震えるだけだった。

「そんなことは、そんなことです。裕也君が帰ってくれれば良いのでは？」

久根の質問は、私の答えなど求めていない。

「口ができたのだから、お話はできるはずですよ。尤も、私には小さいヒトが何を話すのかは分かりませんが」

「いいえ、話は……裕也、って呼ぶと、ママ、って言いますけど」

「そうですか。どんどんお話ししてあげると良いでしょう。裕也君も嬉しいはずです」

久根は目尻を下げて、またご報告くださいね、と言った。

＊

壺が最初にバタンと鳴ったのが、十年前とか二十年前とか、随分昔のことのように感じる。でも、実際はそんなに経っていない。相変わらず私は、周囲の助けによってなんとか生きている。頼り切り、という状態からは抜け出せたと思う。塾の受付はやめて、今は会計事務所で働いている。週に三回しか働いていないが、夫にばかり家計の負担をかけている状況ではないだけで、私は満足だった。

数か月に一回くらいの頻度で通院もしている。不眠も疲れも幻聴も妄想もないし、薬も必要としていないし、私としてはもう行かなくていいかな、と思っているのだが、精神疾患に「寛解」はあれど「完治」は難しいらしい。

裕也は最近、ますます可愛さを増している。

口ができたばかりのときは歌を歌って、ママと呼ぶ程度のことしかなかったが、久根のアドバイスに従ってたくさん話しかけてみたら、裕也はもっとたくさんのことを話すようになった。

「まぁま、そぇ、なぁに」

目ができてくると、裕也は視界に入るものを目で追って、そんなふうに聞いてくる。私はいろいろ手に取って、裕也に見せてみることにした。予想通り、裕也の語彙は目を見張るようなスピードで増えていった。普通の子供も二、三歳くらいになると急激に喋りが滑らかになる。裕也もそうだった。いや、だった、ではない。今、そうだ。そのことが、裕也の実在を証明しているような気がして、とても嬉しかった。裕也は普通の子供だ。ただ、壺の中にいるだけで。

一つだけ不満があるとすれば、裕也の見た目だった。

壺に入っている水が濁っていて、底の方はよく見えない。だから体がどの程度出来上がっているのかは分からない。見えるのは顔面だけだ。

口が発生してから一年くらいして鼻、そして目の一部が発生した。皮膚に覆われているから、組織や血管が露出したグロテスクな見た目というわけではないが、暗闇に顔のパーツだけが浮かび上がっている様子はなんだか寂しい。

夫もそれに関しては少し思うところがあるようで、もう少し表情が分かればいいのにね、と言った。

「久根さん、裕也って、食事はできるんでしょうか」

「できますよ」

久根は例の甘い飲み物を木製のマグカップに注ぎながらそう言った。

「口でできることは全てできますね」

「それで、なんですけど」

久根の後ろ姿に向かって、

「食べ物とか飲み物をあげたら、その……いいのかなって」

ううん、と溜息が聞こえた。

久根が振り向く。

またあの瞳に射竦《いすく》められる。なんでも頷く人形のようになってしまう。それを予感してどうしても体が強張る。

予想に反して久根は、ただマグカップを机に置き、腰かけただけだった。壺の話以外の雑談をするときの、普通の男性に見える久根だ。

「問題はありませんが、必要もありませんね」

「でも、普通の子は、食べたり、飲んだりして、体を作るから」

「普通の子」

わざわざ言葉を繰り返されて、なんだか馬鹿にされているような気持ちになる。裕也は普通の子供だ。壺の中にいるだけで。

「普通の子でしょう、裕也は」

「私には何をもって『普通』とするのかよく分かりませんが、裕也君はすでに在るものだから、青島さんが何かすることによって変わることはないと言っているのです」

久根はやはり、私の反応や何を考えているかなどには全く興味がないようだった。

このやり取りをした日以来、カウンセリングには行っていない。

聞いたことに対して答えてくれないのだから、話しても仕方がない。彼はただ、ルールを守れと言うだけだ。ルールのことはもう分かっている。

久根は「必要がない」とは言ったが、「やってはいけない」とは言わなかったから、裕也にものを食べさせることはルール違反にはならないのだろう。

そう思って、私は一日一食、裕也に食べ物を与えるようになった。もちろん、夫と相談して、食事の内容は決めている。幸いなことにアレルギーなどはないようで、少し青臭い野菜以外はなんでもよく食べた。

効果は覿面《てきめん》だった。

食べ物を与えるようになってから、裕也は目に見えて成長した。見た目の変化は劇的で、すぐに顔面が完成し、髪の毛が生え、壺の中で手足を動かすようになった。ちらりと見える小さな指が愛おしい。

見た目だけではなく、中身もだ。

あっという間にひらがなとカタカナを覚え、今ではアルファベットも読める。

もう舌足らずなところはない。複雑な会話もできる。たまに冗談を言って私を笑わせたりもする。

私に口答えをするまでになった裕也を見ると、「こぇなに?」「あぇなに?」を懐かしく思う時もある。でも、そんなものは刹那的な気持ちで、裕也の成長は嬉しいに決まっている。

「裕也のランドセルどうする?」

夫に聞くと、夫はスマートフォンの画面を見せてきた。

「ランドセルって、今は結構、ネットで安く買えるみたいだよ」

「ほんとは、売り場に行きたいけど……裕也は、何色がいい?」

壺に向かって声をかけると、ややあってから、赤、と返ってくる。

「赤ねえ。私の頃は、女の子の色って印象だったけど、やっぱり時代は変わるね」

「よく考えたら戦隊ヒーローのリーダーのイメージカラーってだいたい赤だし、男の子が好きでも全然不思議はないよね」

裕也の今の見た目は、小学生くらいに見える。ふくふくとしていた頬も心なしか丸みが取れ、はっきりと性別が分かる顔つきだ。私がこうなるだろう、と考えていた中性的な美少年ではないけれど、さっぱりとしていて整った顔立ち。きっと、学校に通うようになったら、人気者になるだろう。

季節がまた巡って、冬になった。

町中に、相も変わらずお気楽なクリスマスソングが流れている。でももう、それに苛つくことはない。はしゃいでいる人々を見ても、私のことを馬鹿にしているだなんて妄想もしない。

病院へ行って、鏑木と二言三言交わす。鏑木もここ数年で少しマシになった。目を見て話すようになったし、馬鹿にしたような態度も取らない。今日なんて、帰り際に「メリークリスマス」と言うから驚いた。私もメリークリスマス、と返すと、鏑木は不器用な笑みを浮かべて手を振った。

病院が午前中で終わると、なんだか時間を有意義に使ったような気分になる。キッチンの時計を見るとまだ一時にもなっていない。夫が帰るまでにはまだたくさん時間があるし、料理の仕込みがゆっくりできそうだ。

買ってきた豚の肩肉にハーブを揉みこんでいると、がたがたと音がする。

「もう、裕也。バタバタしない。ちゃんと呼べばいいでしょ」

「お母さん」

「ママって言わないのね」

「ママなんて赤ちゃんみたいなこと言わないよ。もうオレ、七歳なんだし」

ひゅう、と喉が鳴った。

七歳。

「裕也」

声が震える。

「なんだよ、お母さん」

「いま、何歳、なの」

「七歳だって。誕生日、忘れたの？」

心臓が口から飛び出そうだった。声どころか、全身が震える。

やっとその時が来たのだ。

やはり、私のやったことは正しかった。

この壺は「帰還の壺」という名前だが、それは名ばかりで、久根の発言を咀嚼すれば、帰ってくるというより、人間の体を作っている、ということが分かる。人間の体を作る——つまり、成長させるためには、栄養が必要だ。水も、食べ物も、当然必要なのだ。

久根は何もしなくても大丈夫だと言った。久根の言っていることは意味不明なことも多いが、彼が嘘を吐いたことはない。実際、何もしなくても、裕也は七歳になったのだろう。

でも、食事と水を与え、色々なものを見せて、家族で会話もして。そしたら、こんなにすぐに大きくなった。

絶対に七歳だ。だって、裕也は、もう私にべったりではない。憎まれ口をたたいたり、反抗したりする。本に書いてあった。二歳頃の第一次反抗期と、思春期の第二次反抗期の間に、七歳くらいで理由なく親に反抗する時期があると。「中間反抗期」と呼ぶらしい。

七歳だ。

壺から出せる。

今すぐ町へ飛び出して、大声で叫んで、踊りだしたいくらいだ。細胞という細胞が戦慄《わなな》いている。

裕也をこの手で抱ける。

思い出すのは冷たくて小さい裕也だ。今まで忘れていた、すっかり記憶から消し飛ばしていた、あまりにも辛い記憶。

子供用の、ミカン箱みたいに小さな棺に納まる裕也。

そんなもの裕也ではない。違う。

本当の裕也は、温かくて、ポテトスープみたいな匂いがして、柔らかい。

「お母さん、どうしたの？　お腹すいたよ」

裕也が私を見上げている。可哀想に、壺の中にいるから、裕也はいつも上を向いている。

今出してあげる、と口に出しそうになって、すんでのところで思い止まる。私の良くない癖だ。また、自分のことしか考えていない。

裕也が帰って来られたのは、夫のおかげだ。夫が私の言うことを信じて、協力してくれたからだ。

夫は久根と会ったことはない。それなのに夫は、私の言うことを信じてくれた。

壺に入った裕也と一緒に食事をとり、話しかけたり、本を読み聞かせたりしてくれた。私を見捨てないでくれた。私と裕也のために、働いてくれた。

事故の時も、いや、いつだって、夫は、私が悲しまないように、私を辛い目に遭わせないように、努力してくれていたのだ。

夫だって、裕也が帰ってきたところを見たいに決まっている。その瞬間を独り占めするのは、夫に対してあまりにも不誠実だ。

「お父さん来るまで待とうか。私、たくさんご馳走作るからね」

ええー、お腹すいたよ、とぐずる裕也の口に、ハムを一切れ放り込んでから、私はオーブンのスイッチを入れた。

裕也はハムを二、三切れと、チョコレートを二粒食べた後、何も話さなくなった。恐らく血糖値が上がって、眠ってしまったのだろう。

一通り拵えて、洗い物を終えると、携帯電話が振動した。

『いま駅。欲しいものがあったら電話してね』

夫からのメッセージだ。駅からはゆっくり歩いても十分くらいだから、いつチャイムが鳴ってもおかしくない。

テーブルにはアボカドサラダ、ハーブポテト、サバとトマトのピザ、アンチョビのスパゲティ――自分でもよくこんなに作ったなあ、と思えるくらいの品数の料理が並んでいる。一番の目玉は一流ホテルのレシピを参考にして作ったローストポークだ。こんがりと良い焼き色がついていて、お肉の美味しそうな香りがする。

かなり雑な仕上がりだが、リボンと色紙でなんとなくテーブルを飾り付けてみた。浮かれすぎだろうか。でも、これくらいしてもいいはずだ。今日はこの子の誕生日なのだから。

壺を玄関まで引き摺っていく。裕也はいま、何kgあるのだろうか。七歳の子供の平均体重はどれくらいなのだろう。壺のぶんを差し引いてもかなり重そうだ。でも、今の私にとって、重さなんて屁でもない。

ちょうど靴箱の横に壺を設置したとき、ポーンとチャイムが鳴った。インターフォンまで走って行って、エントランスのロックを解除する。

顔が熱い。心臓がうるさい。

部屋中の電気を消す。

ピンポンと、玄関のチャイムが鳴った。鍵を開ける。

夫がただいま、と言うか言わないかのうちに私は明かりをつけ、壺から裕也を抱き上げた。

＊

ゴエッとカエルの鳴くような音がした。すぐには何の音だか分からなかった。三和土から酸っぱい臭いが上がってきて、それでやっと、目の前で夫が吐いていることが分かる。これじゃあローストポークの香りが台無しだ。臭い。せっかくの、お祝いなのに。酸っぱいだけではなく、腐ったような、ひどい臭い。一体何を食べて、それを戻したらこんな臭いになるのだろう。

大丈夫？　と声をかける前に、夫が大きな音を立ててドアを開け放った。

「何やってるんだよ！」

夫の目は充血して、涙を流している。

「いますぐ、それ、閉じろよ！」

さっきまでの高揚感が急速に萎んでいく。私の目にも涙が溜まっていく。夫が私に強い口調で怒鳴るなんて、そんなことは今まで一回もなかった。私が後ろを見ないで車のドアを閉め、夫の指が挟まって骨折させてしまったときも、大丈夫だよ、と涙目で笑っていた。

「あなた、一体どうしたの」

「それはこっちのセリフだよ！」

夫は私を突き飛ばすように押しのけて、換気扇のスイッチを最大にして戻った。

「それを早く閉じろって言ってるだろ！」

それ、が壺のことだと気付く。そして絶望的な気持ちになる。

「どうして喜んでくれないの」

喜ばないなんておかしい。

二人で裕也に沢山言葉を教えた。

どんなに疲れていても、子供特有のロールプレイのしつこい繰り返しや、なんで、なんでという絶え間ない質問にも、全部答えてあげていた。あんなに楽しそうだったのに、楽しかったのに、どうして。

「裕也が戻ってきたのに、嬉しくないの？」

「……ずっと、我慢してたけど……」

夫の口の周りに、ネギみたいな固形物がこびりついている。ひどい臭いで、鼻がひくついた。

「君はおかしいよ。完全に異常だ」

「どうしてそんなことっ」

思わず夫に手を上げた。手を離してしまったから、ぼちゃん、と音がして、裕也がまた壺の中に戻る。

私の右手は夫の肩にあたって、弱々しく跳ね返った。自分の非力さが忌々しくて、何度も手をぶつける。何度も、何度も――何度目かで、夫が私の手首を強く握った。

「ごめんね、桜子さん。妄想の話をされたとき、否定をしてはいけない。でも、肯定もしてはいけない。別の話に切り替える。そういうふうに言われたんだ。でも、そんなの、意味が……僕がもっと早く言えばよかったんだ。君は全然治っていない。治るどころか、ひどくなってる。おかしいよ。君はおかしい」

「おかしくないわよ！　薬だって」

「鏑木先生から全部聞いてるよ。君は仕事が好きだったから、少しずつでも働けば、病状が改善することも考えられる、ということになって――でも、変わらなかった。君はずっと、妄想のような話を繰り返すだけだった」

「妄想じゃないよ」

涙と鼻水が溢れる。どうして、急に、それぱかりが頭に浮かぶ。

「ひどい、ひどいよ……」

もしかして、浮気している？　他に好きな女の人がいるから、私がおかしいことにして、別れようとしている？

私は夫にずっと支えられて生きてきた。反対に、夫を支えていたとは言い難い。だから、浮気をされても仕方がないかもしれない。でも、だからと言って、こんな残酷なことをしないでほしい。

「久根先生と話せば分かるよ。妄想じゃない、本当のことだって」

私はとうとう、あれほど不気味だと感じていた久根に——彼の抗いがたい説得力に頼ってしまう。久根に夫を説得してほしい。そうすれば、夫だって、こんな風には言わないはずだ。言えないはずだ。

夫はうぅ、と呻いて、ぼろぼろと涙を流した。コートの袖で乱暴に目を拭って、深呼吸をしている。

何度もすう、はあ、と繰り返した後、私に向き直って、

「久根先生って、誰なんだ？」

「は……」

夫の目から流れた涙が、玄関マットにシミを作っている。

「鏑木先生に、そんなカウンセラーはウチにはいないって言われた。桜子さんの担当カウンセラーは白倉《しらくら》先生っていう方で……名前を、勘違いしているのかもしれないとも考えた。でも、そもそも、鏑木先生のところのカウンセラーは、全員、女性だって」

「い、意味が分かんない、そんなこと言って、やっぱり私を馬鹿にして、浮気相手の女とっ」

「桜子さん、ちゃんと話そうよ……誰なの、久根先生っていうのは。妄想なら妄想で構わないけど……」

「妄想じゃない！　二度と妄想って言わないでっ」

高くて、すこし段になった鼻筋。やや女性的とも言えるほっそりした顎。いつも上向きに弧を描いた唇。笑うと獣のような犬歯が覗く。そして何より、星のような瞳。

これが私の妄想なわけはない。

それに、何より、

「久根先生がいたから、裕也、帰って来られたんだよ……？」

もう、全てを証明するのは裕也の存在しかなかった。

私はもう一度壺の中に手を入れ、裕也を持ち上げた。

「じゃあ、この裕也は何なの？」

「桜子さん……」

夫はそう言ってまた、下を向いた。吐き気を堪《こら》えるような動作をして、鼻の詰まった声で、

「桜子さんにはそれが、裕也に見えてるの？」

夫が化け物でも見るみたいな目で指をさしている。ひどい。おかしいのは私ではなく夫の方だ。

私だけならまだしも、裕也まで。

夫に押し付けてやろうとして、またカエルが鳴くような音がする。

ゴエェッゴエッ。汚い音。嘔吐《おうと》の臭気。

なんで吐くの、と抗議しようとして、自分の口が酸っぱいもので汚されているのに気付く。

ぐちゃぐちゃとした、粘性の感触。手に力を籠めても、垂れ落ちてしまう。

私が、手に、持っているのは。

それが裕也に見えるのか。

見えない。私が手に持っているのは、緑色に変色して、凄まじい臭気を放つ肉塊だ。

聞いたこともない、醜い悲鳴が私の口から漏れる。

助けて、と叫んだ。誰か――助けてくれる人なんていないのに、助けて、と叫ぶ。

私のことを抱きしめようと手を伸ばしてきた夫を突き飛ばす。そのまま、飛び出した。

汚い悲鳴を上げているのに脳はどこか冷静で、私の足は意志を持って前へ進んでいる。

久根だ。

久根ニコライがすべて、すべて、すべて。

どういう手を使ったのか分からない。でも私を騙《だま》した。

「殺してやる」

殺してやる。

明確な殺意を持ったのは二度目だった。あの、忌々しい、裕也を殺した女を絶対に殺すと思った。

でも、あの時よりずっと、絶対に許せない。殺してやる。

私を、騙して、

「騙していないでしょう」

暗闇に光る二つの点がある。目が眩む。潰れてしまいそうだ。目を閉じると、膝が震える。全身の力が抜けて、立てなくなる。

ゆっくりと近付いてくるのが分かる。足音が目の前で止まる。

顔を上げると、久根が跪《ひざまず》く私を見下ろしていた。

「だ、ま、騙した、騙したじゃないか」

道路は氷のように冷たくなっている。顎が痙攣《けいれん》して、うまく言葉が出てこない。

「わた、しは、信じてたのに。ルール、を、守ったのに」

「守っていない」

地面よりもっと冷たい手が、私の頬に触れ、熱を奪っていく。

「騙されたのは私の方です。あなたはルールを守らなかった」

「ま、まも、守った」

「そのいち、壺に肉、塩、水を入れる。そのに、七歳まで待つ。そのさん、それまでは絶対に壺から出さないこと。三つだけのことを、あなたは、最初の一つしか守らなかった」

体が芯まで冷える。どこまでも冷たい声が私の耳を刺した。

「七歳って、裕也が、七歳って言った」

「愚かな女だ」

久根は指をすっと立てた。左手が四本、右手が三本。

「裕也君は三歳だった。七歳になるまでに四年かかる。まだ二年しか経っていない」

「裕也が、七歳って言った」

「七歳になるには七年かかるでしょう。こんなことも分からないのか」

私は何度も繰り返す。裕也が七歳だと言ったと。実際に、七歳だった。少しかっこつけたような喋り方と、中間反抗期のこと。裕也は七歳だったのだ。私は、愚かではない。裕也を信じることは愚かではない。裕也は七歳だった。

「あなたは何度も無意味な言葉を繰り返す。ヒトが肉で作られると言ったとき、あなたは非常な拒否感を示した。しかしどうですか。私の言うことは正しかった。私の言葉は父の言葉です。われら笛ふけども爾曹《じそう》おどらず哀をすれども爾曹胸うたず。なぜこのようなことになったのか。あなたはルールを守らなかった。地獄から来た土くれの生き物よりも愚かだ。良い豚を捧げなかった」

頭が割れそうに痛い。

久根の言葉は一つも分からない。それでも、久根が正しいことだけは分かる。

私はルールを破った。久根は正しい。善人に与えられるのが褒美だとすれば、ルールを破った私に与えられるのは――

「桜子さん！」

背後から聞こえる声に振り返る。

夫が嘔吐物で汚れたコートのまま、息を切らして立っていた。

「忘れないでくださいね。あなたが忘れても私は忘れない。あなたはルールを守らなかった」

耳に響く。突き刺さるような寒さで脳が凍える。

*

「桜ちゃーん、ちょっといいかしらぁ」

私を呼ぶ義母の声に、はぁいと返事をして、ソファーから立ち上がる。

少し速足で事務所に向かうと、義母の後ろに義父が仁王立ちしていた。

「まったく、なんでもすぐ桜子さんを頼って。これくらい一人でもできるだろう」

「だってえ、桜ちゃんに聞いた方が早いんだもの。おしゃべりも楽しいし」

「だってじゃない。桜子さんも甘やかさなくていいんですよ」

あきれ顔でそう言う義父に、私は笑って見せる。

「いいんですよお義父《とう》さん。実際、お義母《かあ》さんとおしゃべりするの、楽しいし、私にもできることがあるんだなって思えて、嬉しいです」

義母がほらね、あなたは黙ってて、と得意げに言い、誰からともなく笑い声を漏らす。

どこまでも和やかで、安心できる空間がここにはある。

あのあと、私は、夫と一緒に東京を去る選択をした。

「桜子さんがおかしくなったのは、桜子さんが悪いんじゃないよ」

そう宥められて、私は心底申し訳なくて、死んでしまいたくなった。土下座して離婚してください、と自分から言った。こんなに良い人に暴力を振るい、浮気まで疑った自分は死んでしまえばいいと、今でも思っている。

それでも彼は、離婚は絶対にしない、と言った。

「でも、僕から一つだけお願いがあります。僕と一緒に地元に戻ってくれないかな。少し前から言おうと思っていたんだけど、良い機会だから。妹夫婦が手伝ってくれてるけど、やっぱり親としては僕にやってほしい、っていうのがあるみたいで……同居が嫌なら、近くに家を借りるし、桜子さんは交流とかもしなくていいから」

夫の家族たちの顔を思い浮かべる。義両親は何かと世話を焼いてくれたし、それでいてずかずかと無神経に踏み入ってくるような真似はしなかった。義妹の奏《かなで》ちゃんは裕也の事故の時、自分だって子供がいて大変なのに、ずっと寄り添ってくれていた。

あんな良い人たちの中に入ることを断るはずがない。

「あなたは……あなたのご家族は、それでいいの？」

夫は笑顔で、

「もちろん。っていうか、こっちがお願いしているんだから」

結婚してからずっと住んでいた家だから、少しだけ寂しくはあった。でも、この家に留まっていると、どんどんおかしくなってしまうという確信もあった。

夫の実家は建築板金業を営んでいて、家族でそれを手伝っている。

精神的にも肉体的にも脆弱な私にできることはないと思い込んでいたが、昔取った杵柄で経理の仕事を任せてもらえるようになった。

「行ってきまーす！」

元気に手を振る甥の宗助《そうすけ》くんに行ってらっしゃい、と返す。

宗助くんは現在小学二年生で、生意気なところはあるものの、基本的には優しくていい子だ。私の誕生日に花束をプレゼントしてくれた時は、嬉しくて泣いてしまった。

裕也のことを忘れたわけではない。でももう、私は裕也が生きているだとか、帰ってくるだとか、そんな妄想をすることはない。裕也はもういない。どこにもいない。

宗助くんの笑顔が、裕也の——七歳の裕也の顔に似ていると思う時もある。でも、七歳の裕也なんて、あり得ないのだ。あれは私の妄想で、裕也は三歳のまま、年を取らない。

「ナイフを取ってきてくれる？　お客様から美味しいバウムクーヘンを戴いたの」

一緒に食べましょう、と笑顔で言う義母に軽く頭を下げて、キッチンへ行き、一番よく切れるナイフを取った。落とさないように両手で持って、また事務所に戻る。

私は幸せだ、嘘のように。

「こんなところにいらっしゃったのですね」

外廊下の、窓の外。彼、の立っているところだけ、日が差していない。

彼、が宗助くんの肩に手をかけている。宗助くんは笑っている。

「青島さん、子供ですよ。あなたが手に入れられなかった、子供ですよ」

彼、の口は動いていない。それでも、脳に言葉が届く。

宗助くんの顔。幸せそうで、何の疑いもなく、誰もが自分を愛していると思い込んでいる。

「そうだよね、どうして私だけ、我慢しなくては、いけないのかと。こんな生活、嘘だよね、誤魔《ごま》化《か》しだよね」

私の口から言葉が漏れている。裕也。裕也は死んだのに、どうして、子供が。

ガラス戸を引いて、裸足のまま外に出る。

「おばちゃん……？」

宗助くんが彼、と話すのをやめ、私の方に顔を向ける。不安そうな声、でもまだ笑顔でいられるんだね、あなたは。生きているものね。

「青島さん」

二つの瞳が光っている。私を見ている。私は、

受けるより与えるほうが幸福である。

（使徒 20:35）

瞋恚の石

公子はずっとずっと、妹の弘子《ひろこ》が憎かった。

おどおどして、どん臭くて、頭が悪い。そのくせに、妙に小狡《こずる》くちゃっかりしていて。

子供の頃は、どこへ行っても虐《いじ》められていた。

「あんたたち、何やってんの！」

そういうふうにいじめっ子を追い払ったことは数えきれない。でも正直、妹でなかったら、公子だって弘子を虐めていた。

双子にもかかわらず、弘子とは反対に、公子は勉強も運動もよくできた。級長とか、生徒会長とか、そういったものはいつも公子の仕事だった。容姿も悪くない。宝塚の男役のようだ、と褒められたりもする、「可愛い」というよりどちらかと言えば「格好良い」という言葉が似合う顔を、内心気に入ってもいた。

弘子は対照的に、どこまでも女性的な容姿だった。丸顔で、垂れ目で、やや太っていて。ぽってりとした唇を見るたびに、毟り取ってやりたいとすら思った。やることなすこと全てに腹が立った。

思春期を迎えると、いじめっ子から守る、勉強を見てやる、そういったこととはまた違うことで面倒をかけられた。

弘子のまわりには、ろくでもない男がひっきりなしに寄ってくるのだ。そして、馬鹿の弘子はすぐにそういう男を好きになって、泣いたり、喚いたり、金のトラブルに巻き込まれたりする。体目当てとはいえ、弘子のような女にも男が寄ってくるのだということが分かって、それも気に食わなかった。それでも公子は、間に割って入って男を追い払ってやった。姉は妹の世話をしてやるもの、結局そう決まっているのだ。

弘子はとにかく、『女』というものの、悪い意味での代表だ。家の手伝いなど全くしないし、部屋だって洋服が散乱している。そのくせに、ちゃぶ台には小さな花瓶が置いてあって、いつも花が挿してある。

「お姉ちゃん、それ、あとで貸してえや」

そのとき流行っていたファッション誌を読んでいると、そんな風に声をかけてくる。

「嫌よ。これはお小遣いで買ったんやから。あんたも自分で買ったらええ」

「そないけち臭いこと言わんでよ。もう使ってしまったんやから……減るもんやないでしょ」

「使ってしまったってあんた、何に使《つこ》たんよ」

父は公子にも弘子にも、十分な額の小遣いを与えていた。少なくとも、本だの服だの、友達とのお茶代だの、高校生が買える程度のものはなんだって揃うくらいに。

父は教師だったが、実家は豪農だった。祖父は帝大の農学部の出身で、最新の科学技術を使って作物を作り、ブランド化にも成功していた。跡を継いだのは長兄だそうだが、早いうちに祖父が亡くなり、遺産が転がり込んだからかもしれない。

「お花さんよ」

「花？」

弘子は丸い目を三日月のような形にして微笑んだ。

「ウチ、お部屋にお花さん飾っとるやろ。それだけやったら、お小遣いでどうにかなってんけどな、段々、教室にも飾ったらええやん、って思うようになってな」

弘子は夢でも見ているような瞳で、

「教室に飾るんやったら、一輪やと足りひんでしょ。毎日、学校行く途中に、なんぼか見繕《みつくろ》ってもろてな、買《こ》うとるんよ」

「毎日？　毎日なんて必要ないやろ。一週間くらいは持つんやし」

「何言うてんのお姉ちゃん」

弘子はにっこりと笑って、

「毎日違う色のお花さんがあった方が可愛いやんか」

結局その時、雑誌を貸したのか貸さなかったのか、公子は覚えていない。思い出すのは、弘子の憎たらしい笑顔。そして、当時交際していた男子から言われた一言だ。

「弘子ちゃんって公子の妹よな。こないだ、教室の花替えてたで。よく見とったら、あの子が毎日花持ってきてたんよ。なんかああいうの、ええよな」

そう言われた瞬間、心がすうっと冷えていくのが分かった。その男子の可愛らしいと思っていた八重歯《やえば》も、下品なものにしか見えなくなった。彼が何気なく、むしろ『家族を褒めたら喜ぶだろう』くらいに思って発した言葉だということは分かっている。それでも、公子は目の前の男のことがすっかり嫌になり、一週間もしないうちに自分から交際の解消を申し出た。

弘子は花が好きな優しい女の子ではない。「毎日違う色の花があった方が可愛い」というセリフが物語っている。大切に世話をして長持ちさせるなどという発想は微塵《みじん》もない。弘子はとことん、自分のことしか考えていない。

公子はこんなに弘子のことを疎《うと》ましく思っているのに、当の弘子は公子のことを過剰なまでに慕って、どこにでもついていきた。いや、慕って、というのとは違う。恐らく、近くにいれば、姉がなんでもやってくれると学習しただけなのだ。頭が悪いくせに、そういった見極めだけは上手い。

昔からそうだったから、あるいは、単純に双子だったから、周囲も公子と弘子をセットのように

扱った。公子がしっかりしているため、

「きみちゃん、ひろちゃんの面倒見たらなあかんよ、ひろちゃんはゆっくりさんなんやから」

両親には毎日のように言われた。言われずとも、既にそうなっていたのに。

「ひろちゃんはちょっと、頭の足りひんとこあるからなあ。ぼうっとして、こっちの話も聞いてるんか聞いてないんか分からん。ひょっとして、『ミエル』かもなあ」

父方の祖母もそんなことを言った。

『ミエル』というのは父方の親戚に、一代に一人くらいの割合で現れる障碍者のことだ。なぜ『ミエル』と呼ぶのかは、分からない。

『ミエル』は意思疎通がはかれない。喜怒哀楽の感情はあるようだが、一人で生活することができない。だから、いつも母屋と離れて建てた簡素な小屋のようなところに暮らしている。

公子も幼い頃に一度だけ、『ミエル』を見たことがあった。見てはいけないと言われていたが、子供というのは、いけないと言われると、逆に見たくなるものなのだ。

小屋の扉の隙間からうっすら見えた『ミエル』はぼろぼろの格好をしていたが、顔立ちの整った女の人で、床に指で何か書いていた。もう少し扉を開いて、何を書いているのか覗《のぞ》き込もうとしたところで、普段は温厚な父に拳骨《げんこつ》を食らった。

幼少期の苦い思い出だ。

弘子は確かに頭は極端に悪いが、『ミエル』なわけがないだろう。姉妹の情などないのに、公子は少し腹が立った。父方の親戚たちは、父の穏やかさが不思議なくらい、底意地が悪く、人の悪口しか言わない。

公子は自分の中にも、彼らの因子があることが嫌だった。他人の良い所よりも、悪い所ばかりが気になるのだ。しかし、親戚たちのようにそれを表に出すのはみっともないと思っていたから、いつもそういう気持ちは心の中に押しとどめていた。だからかもしれない、いつもいつも、弘子にだけは、タガが外れたようにきつい口調で話してしまう。

「お姉ちゃん、怖いわぁ」

公子の言っていることは正論なのに、弘子はいつもそう言ってまともに取り合わない。言い方がきついという自覚はあるから、公子もそれ以上強くは言えない。

きっと自分は親戚たちと同じように、唇を歪ませて、濁った目をしているに違いない。弘子といることと自体が苦痛だった。公子は、弘子と一緒にいると、自分が怪物になっていくような気持ちだった。

公子がようやっと弘子から解放されたのは、大学に入ってからだ。

父は教師であるからか、比較的教育熱心だった。公子の上にもう一人愛子《あいこ》という姉がいて、三姉妹だったが、父は全員を平等の環境に置いた。

しかし結局のところ、学ぶことに興味があったのは公子だけで、姉は地元の私立大学に入ったものの、在学中は毎晩遊び歩いて、卒業後すぐ地元の銀行員と結婚し、専業主婦になった。弘子はそもそも、大学には行けなかった。高校卒業すら危ぶまれたのだから、当たり前の話だ。

公子は東京の有名私大に優秀な成績で合格し、教師を目指すことにした。父の影響もあったし、優秀だったからこそ、世の中には自分より優秀な人間が数多《あまた》いるということがはっきりと分かったからだ。自分は、そういう人たちの礎《いしずえ》になれれば幸せだ。公子はそう思っていた。

いや、正直に言えば、夢を持って学業に打ち込むことよりも、弘子のいない生活を手に入れたことで満足してしまったのかもしれない。

妙なコケトリィで男の気は引けても、それ以外には何の能力もない弘子は、案の定どこにも就職できず、実家でだらだらと暮らしているようだ。

母から弘子をどうしたものかと相談の電話が来た時も、適当に相槌を打って我関せずを貫いた。製造責任というものがある。それは、公子がどうにかすべき問題ではない。

公子には公子の人生があるのだ。

公子は大学で、馬場義之という男に出会った。二重瞼の美しい、時代劇俳優のような男で、ひとめぼれだった。飲み会の席で向こうから声をかけてきたときは、公子はすっかり舞い上がってしまった。義之は男らしさを絵に描いたような存在だった。豪快で、面倒見がよく、細かいことは気にしない。少し気の利かないところはあったが、そんな欠点は些細なことだ。

公子は父のことを敬愛していたが、真面目一徹で地味な様子を退屈だとも感じていた。義之は違う。興味のあること全てに手をつけたし、その判断基準は楽しいか楽しくないか、それだけだ。車の運転も荒く、交通ルールも守らないことが多い。妙な反戦コミュニティに参加して、大麻に手を出していたこともある。義之の場合、それら全ての行動は、悪ぶってやっているとかそういうわけではない。単に楽しそうだからという理由でやっているのだ。公子はそういうところに堪らなく惹《ひ》かれてしまった。

「公子は他の女とは違うね」

義之はそう言って公子を褒めた。

「自分を持ってるっていうか。なんでも言いなりになる女なんてつまらねえからな」

義之の服から香る、甘い匂いを嗅ぎながら、公子は微笑んだ。

いつも皆の輪の中心にいる彼に褒められるのは特別に嬉しかった。

大学を卒業する少し前のタイミングで、義之にプロポーズされた公子は、喜んでそれを受け入れ、二人は夫婦になった。

義之の生家は裕福で、横浜にいくつか土地を持っている。義之はそのうちの一つを貰い、家を建てた。古風な日本家屋だ。

「最近はしゃらくさい家が多すぎる。日本人なんだから、こういう家に住まないとな」

だったらディスコに行ったり、外車を買ったりしなければいいのに、と思わなくもなかったが、公子はそやね、と同調した。公子の実家も日本家屋だったから、こういう家が一番落ち着くのだった。

電車で三十分くらいの距離の公立中学校に就職が決まり、公子はそこで英語を教えることになった。

実習をした中学校とは全く規模の違う大きな中学校で、公子は不安しかなかった。テレビでも、少年犯罪の過激化についてさかんに報道している。公子のような新任の女教師は、そのような不良学生たちにとって、格好の標的かもしれない。

しかし、全くの杞憂《きゆう》だった。

この地域にはそれなりの社会的地位の住人しか基本的におらず、少数いる貧しい家の生徒も、勉強熱心で良い子たちばかりだ。たまに問題があったとしても、魔が差して漫画本を万引きしてしまったとか、隠れて父親の煙草を吸っていたとか、かわいいものだった。

職場の環境もいい――というか、公子は、同僚の男性教師に好感を持っている。

久根ニコライは、一年先輩で、公子と同じ英語の担当教師だ。名前のとおり、外国人の血が混じっている。ネイティブのような発音も、彼の両親のどちらかのおかげだろう。

目の醒《さ》めるような美青年で、常に口元に笑みを絶やさない。およそ欠点は見当たらない。

といっても、公子は彼の容姿の良さに好感を持ったのではない。公子はあくまで義之のような精悍な男性が好みで、久根のことはマネキンのように美しいとは思うもののそれだけだ。

親しくなったきっかけは、公子の歓迎会だ。

近所の居酒屋で開かれたそれは、かなり盛り上がっていた。酒の席で盛り上がる話といえば、下世話な男女関係の話くらいしかない。

かなり酒の入った中年の教員たちに囲まれて、公子はこんなことを言われた。

「馬場さぁん、久根先生についてどう思うぅ？」

「どうって……」

「こんなハンサムと付き合いたいって思わなぁい？」

「私、結婚してますから、付き合うとかは……」

「分かってるわよ、馬場さんって真面目ねえ」

眼鏡をかけた女性教員がくすくすと笑った。

「久根先生、こんなにいい男なのに独身なのよ。彼女もいないんですって。変よね」

「もしかして、あっち系のヤツなんじゃないかってよく話してるんだ」

腹の出た男性教員は手の甲を反対側の頬にあてた。

「俺には病気としか思えないよ」

公子は曖昧に笑うしかなかった。皆笑顔だが、父方の親戚に感じるのと同じ、悪意を感じる。でも、新人が何かを言って生意気だと思われたり、それによって嫌がらせをされたりすることが怖かった。何より、地元が好きだったわけではないが、公子は本能的に都会の人間を恐れていた。

「選べないんですよね」

静かな声だった。それなのにざわめきに負けず、よく通る。思わず誰もが口を閉じた。

久根は笑みを浮かべている——と、そのときは思っていたが、そうではなかったかもしれない。彼は、常に口角が上がっていて、笑顔に見える。

久根はどこにいたのか、教員たちの間にすっと入ってきた。皆、自然にどいて、久根の入る空間を開ける。久根はちょうど空いた長椅子の中央に腰掛けた。

「ぜ、贅沢《ぜいたく》だなあ……」

しばらくして、中年の男性教員が絞り出すように言った。

「ハンサムくんはそんなことが言えて、羨ましいよ」

「そうですね、皆さんと過ごせる時間は贅沢です」

久根は手酌でビールを注ぎ、一気に飲んだ。

「俺、皆さんが大好きなんですよ」

久根は両手を前に出し、左手で男性教員を、右手で女性教員を撫でた。比喩ではなく、本当に、長い指を頬に這わせた。

皆、呆気《あっけ》にとられて何も言えなかった。

久根は場の空気など気にすることなく、

「皆さんの中からお一人を選ぶのは難しいです。どなたも魅力的ですから。素敵です」

頬を撫でられた二人だけではなく、その場にいた誰もが——たまたま瓶を回収に来た店員さえも、彼に見惚《みと》れていた。

誰かが小さな声で「じゃあ今日はお開きにしようか」と言い、その一言をきっかけに皆のろのろと帰り支度をしはじめた。その間もずっと、誰もが久根にちらちらと視線を送っていた。

公子もその一人だが、他の教員たちとは視線に込める意味が違う。純粋な尊敬だ。

たとえ一年間働いたとしても、公子にはあんな真似はできないだろう。まず言い返すことすら不可能だ。その後久根はあからさまに不快感を示したり、強い言葉を使うことなく、悪意のある彼らを黙らせた。その後久根について色々と言う者はいなかった。完全に丸く収めたのだ。

久根の容姿は整っているけれど、それだけの理由ではない。場の空気を支配すると言えばいいのか、そのような力が彼にはある。公子もそういう力が欲しかった。

その一件以来、公子は積極的に久根に話しかけるようになった。

久根と話し、行動を参考にすることで、彼のような強さを手に入れたい、と強く思った。

結局彼のようにはなれていないわけだが、公子と久根は何でも話せる間柄になった。いや、実際のところ、公子が何でも話し、久根はそれを優しい眼差しで聞き流しているに過ぎない。

「うちはちょっと、妹がアホで。昔から……なんちゅうか、頼られっぱなしいうんかな。それがしんどくて」

公子は普段、職場で関西弁を使うことはない。関西弁を使うのは、職員室や今のように屋上で、久根と二人になったときだけだ。

「公子ちゃんはしっかりしていますからね。俺も頼りにしています」

久根は公子のことを公子ちゃんと呼ぶ。公子がそうしろと言ったわけではない。しかし、そのように接してほしかった。久根には、公子が望むことが分かっているようだった。

「久根さんに頼りにされるなんて、とんでもない。こっちがお世話になりっぱなし。私、久根さんがお願いするなら借金の連帯保証人にでもなるくらいやわ。そうやなくてね」

「そうやなくて？」

気まぐれに方言を真似されても全く腹が立たない。むしろ、昔馴染の友達のようで、嬉しさすらある。

「なんでも私がやって当たり前、そう思われてるのが分かるんよ。感謝せえ言うてるわけやないの。でも、当たり前やと思わんで欲しいんよ」

公子がそこまで言って息をふう、と吐くと、久根がどうぞ、と何か手渡してくる。百貨店でしか見たことのない洋菓子店の焼き菓子だった。

「こんなええもん……」

「どうぞ。疲れているときには甘いものが一番です」

菓子を頬張りながら、久根は裕福な家庭の出身なのだろうか、と公子は思う。

菓子のことだけではなく、立ち居振る舞いが優雅で、どこかの国の王子のようだ。

混血の人間自体、公子の知り合いには殆どいない。大学の同級生に、祖父がアイルランド人の宣教師だという男はいたが、久根のような白人寄りの顔立ちではなかったし、そう裕福にも見えなかった。

話を聞いてもらうばかりで、久根からは家族の話など一回も聞いたことはない。公子が口を開く前に、久根が言った。

「公子ちゃんは何でもできますからね。皆さん、甘えてしまうのですよ。でも、感謝をしていないわけではないと思います。きっと、妹さんには伝わっていると思いますよ」

感謝は口に出してほしいですよね、と久根は尖った犬歯を見せて微笑んだ。

「そう遠くないうちに妹さんは公子ちゃんの有難さを実感します、一生頭も上がらないでしょうね。何より、兄弟姉妹は仲良くしなくては」

久根ニコライのようだったら――と改めて公子は強く思う。彼のような存在だったら、こんなに苦しい思いをしないで済んだだろう。

その電話があったのは夏休みが明けた頃だった。

「弘子のことなんやけど」

いつもの母の愚痴だと思った。また、どこにも就職できないとか、かといって嫁の貰い手もないとか、そんなことを言うのだろう。お母さんも大変やねえ、頑張ってや、そう言っていつものように電話を切るはずだった。

「弘子なあ、そっちに行きたい言うとるんよ」

「ああ、そうなん。でもそっちで就職できんかった子ぉが横浜で仕事見つかるとは思えんけど」

「そうよな。そやから、仕事見つかるまで、お姉ちゃんのとこに置いといてほしいねんけど」

「えっ、そんなんダメに決まってるやん」

公子は即座に拒否した。怒りと困惑で声が震える。

「お母さん、こっちは義之さんといてるのよ。なんで弘子なんか」

「なんか、なんて言い方はないやろ。妹やんか」

「妹かて……」

何か言おうとしても唇が震えて言葉にならない。

「なあ、頼むわ。ちょっとの間や。私からも迷惑かけんように言うてるし」

「いることが迷惑なんよ」

「なんでそんなひどいこと言えるん？　あんたお姉ちゃんやろ」

「ひどいこと言うとるのは私なん……？」

母は、公子の話など聞かない。自分のことだけ、よく話す。

いかに母が苦労してきたか。家のことに何の協力もしない父。弘子の尻拭いを一人でする日々。

姉は電話にすら出ないらしい。公子が田舎を捨てて、都会に出て、教師なんかしていることを、ずっと親戚から責められているとか。母だって、勉強ができたのに、女としての役目を果たすために、我慢したのだとか。家族としてふさわしい形。家族として正しい形。

それから。それから。それから。

「分かるやろ、きみちゃん」

母は猫なで声で言う。

「大丈夫やって。都会は広いんやから、なんかしら見つかるやろ。『ミエル』でもあるまいし」

母は――家族は、こうやって、全部。

気持ちを押し殺して、公子は、

「義之さんに聞いてみるわ」

母はやっぱりきみちゃんやね、と言ってはしゃいでいる。

忌々しかった。何より忌々しいのは、何も言えない公子自身だ。母の言うことを、心のどこかで正しいと思っている。

家族だから、姉だから、面倒を見るのは当たり前。

義之に聞く、というのも逃げでしかない。

義之なら、きっぱりと母の申し入れを断ってくれると思った。そんな考え方は古臭くて、間違っていると、否定してくれるはずだと思った。

「いいじゃないか」

義之から返ってきたのは予想外の言葉だった。

「離れに住んでもらえばいいんじゃないか？　少し狭いけど」

「え、でも、そこは……」

離れは、子供のための部屋にしよう、と二人で話した場所だった。淡い緑の壁紙を貼って、背の低い、広い机を置いて。西側に大きな窓がついている。

あの部屋は。

「子供のための部屋って、言うたやん」

義之は、はは、と軽く笑った。

「まだ生まれてないだろ？」

弘子は二週間後に大きな荷物を抱えてやってきた。

丸襟のついた薄桃色のブラウスに、ベージュのスカートを合わせている。ブラウスから伸びる腕も、スカートから覗く足も、むちむちとしていていやらしい。

「義之さん、お世話になりますぅ」

弘子は幼い子供のように勢いよくお辞儀をした。頭を上げるときに大きな胸が揺れる。

弘子は公子には何も言わなかった。そのまま、まるでいつも一緒に行動している友人のように、世間話を始める。

家主であり、血も繋がっていないのに身柄を引き受けてくれた義之にまず挨拶するのは当然としても、「お姉ちゃんありがとう」くらい言えないものだろうか。

「うわあ、素敵なお部屋やねえ」

弘子は壁をべたべたと触って、落ち着くわ、などと言っている。

「よかったな、公子、素敵だってさ」

公子は口の端にだけ笑みを張り付けた。義之がこう言うのは仕方がない。妻の妹に強いことは言えないだろうし、そもそも細かいことは気にしない性格だから、気にならないのかもしれない。口周りの筋肉が痙攣する。本当は、今すぐ弘子の汚い手を壁から払い除けてやりたかった。ここは公子の家だ。公子と、義之と、子供たちの家だ。弘子のための部屋などどこにもない。

「でもちょっと、足りひんな」

「何が足りんの。むしろ、余計なもんがいてるように見えるけど」

公子は凍り付いた心で聞き返す。

「お花さんよ。今から買うてくるわ」

義之が女の子だなあ、と言って笑っている。

弘子は結局、あの日から、離れで悠々自適に暮らしている。

「買いたいもんがあんねんけど」

父からのわずかばかりの仕送りが尽きると、そんなことを言ってくる。

「買いたいもんはええけど、あんた、きちんと仕事探しとるんやろねえ」

公子がそう言うと、弘子は頰を膨らませて、

「ほんまお姉ちゃん、怖いわぁ。そないがみがみ言わんでよ。じっくり探さな、ええ仕事も見つからんでしょう」

仕事を探すためなんやから、と言いながら、弘子は公子が与えた小遣いを持って、どこかへ行ってしまう。そして、二、三日するとふらっと帰ってくる。そんなことが何回か続いた。

一度、跡をつけてみたことがある。弘子は最寄り駅の二つ先の駅で男と待ち合わせをして、腰に手を回され、下品に体をくねらせていた。

案の定だった。弘子は就職活動はおろか、まともな大人としての生活自体送っていない。地元にいた時と何も変わっておらず、寄生先が実家から我が家に代わっただけだ。

どうかこんな妹は叩き返してくれ、あなたから言えば母も納得する、と伝えても、義之は「ゆっくり見守ろう」と言うばかりで話にならなかった。

そういうわけで、公子はまた元の通り、毎日毎日、弘子のことで悩むようになった。

大学時代の友人たちは皆義之と共通の知り合いで、下手なことを言えば義之との仲が悪くなりそうだった。ただでさえ弘子のことでわだかまりを抱えているのに、これ以上問題を増やすわけにはいかない。それ以前の友人とは疎遠になっていて、やはり家庭内のことなど話せない。大して仲の良くない教員に話しても、酒の肴にされるのがオチだろう。

こんなことを話せるのは久根しかいない。

「公子ちゃん、どうしたのですか。顔が疲れています」

目が合った瞬間――久根のどこまでも美しい瞳を見た瞬間、堰き止めていた感情が溢れて止まらなくなる。

久根に全てを話す。弘子が図々しく家に居座っていること。子供部屋を我が物顔で占拠していること。金をせびってくること。何より、義之が何も言わないこと。

「義之さん、ご兄弟は？」

「え……ああ、弟が一人、いてるけど。あんまりあちらの家族と交流がないから」

「それでは仕方がない。姉妹がいない方だと、距離感など分からない部分もあると思います。それに何より、本当の妹ができたようで、頼られると嬉しいのでは」

「ほんまにそうなら迷惑な話やわ」

そう口に出してハッとする。公子は義之に感謝こそすれ、決して迷惑などとは思っていないはずだった。思うことは許されない、と思っている。義之は弘子を家に置いてくれているのだから。でも、どうして？

「迷惑、言うのは、言いすぎかもしれんけど」

義之が聞いているわけでもないのに、口が勝手に取り繕うような言葉を並べる。

久根は首を横に振って、

「言いすぎではないですよ」

彼が心の中で何を思っているのか分からない。常に口角が上がっていて、笑顔に見える。

「公子ちゃんには、義之さんにお世話になっている、という負い目があるのかもしれませんが、それは違います。お世話になっているのは妹さんであって、公子ちゃんではありません。それに、公子ちゃんはこうして働いているのですから、あくまで対等。申し訳なく思ったりする必要はないのですよ」

全て見透かされているようだ、と公子は思った。

ありがとう、と言う前に久根は、

「今こうして過ごせているのですから、もしかして今がふさわしい形なのかもしれない」

「それはないやろ」

結局久根も——と公子は残念に思う。それで、口調がきつくなってしまった。

「ごめんな、相談、乗ってくれてるのに」

とっさに謝る。久根は他人だ。都合よく公子を肯定してくれないし、この状況を解決する魔法の言葉を教えてくれるわけもない。

「すみません、伝え方が良くなかったですね。公子ちゃんに我慢しろと言っているわけではないのです」

久根は視線を少し逸らして言った。

「皆さんがこれがいい、と思っている流れに逆らうのは体力を消耗します。疲れますよ。公子ちゃんは頑張ってしまうから、それが心配です。公子ちゃんが損をするだけ、そんなことになってしまっては悲しいのです」

「そやね……そうや。久根さん、おおきにな」

公子は自分の幼稚な考えを恥じた。味方とか、敵とか、そういった白黒で判断してしまうのは自分の欠点だという自覚がある。ついさっきまで、公子は久根が思う通りの言葉を言ってくれなかったことに不満を持ち、ネガティブな感情を持ってしまった。

久根は少し考えるような素振りをした後、

「犬を飼ったと考えるのはどうでしょう」

公子は思わず吹き出してしまった。

王子様のような久根だが、意外にもいい性格をしているのかもしれない。

彼は、我慢しろと言っているわけではないことが分かった。公子の事情を汲んだ上でアドバイスをくれたのだ。

「また何でも話してください。いつでも」

久根の煌《きら》めく瞳のことを考えながら帰路につく。

久根の言うことは正しい。今公子が一人で強引に弘子を追い出しても、母からも義之からも冷たい人間だと言われ、公子だけが悪者のようにされるのは目に見えている。

弘子だってずっとこのままなわけはない。現状、離れにいて、小遣い程度の金をせびってくるだけだ。昔のように弘子の起こしたトラブルの尻拭いなどする必要はないし、母屋に来て交流を求められることもない。だったら、本当に、久根の言う通り、犬を飼っているようなものだ。犬のように可愛くないし、癒されもしないだけで。

スーパーで買い物をしてから帰ろう、と考えて、昨日沢山おかずを仕込んでおいたことを思い出す。普段凝った料理は作らないが、『ご家庭でもカンタン美味しいお店レシピ』というタイトルに惹かれて購入したレシピ本のとおり、いくつか作ったのだ。特に固めに作ったプリンは美味しそうな黄色をしていて、ホイップクリームを載せたらそれだけで食卓が豊かになりそうだ、と楽しみにしていた。

玄関の鍵を開けようとして、空回りすることに気付く。鍵が開いているのだ。

義之のような都会で育った人間でも鍵をかけ忘れることもあるのだな、と思いつつ、

「義之さん、随分早かったねえ。鍵、開いてたで。気ぃつけて」

公子は途中で言葉を止めた。玄関に脱ぎ捨ててある靴は、明らかに女物だ。

がさごそとキッチンの方から音がした。

「嫌やわお姉ちゃん、義之さんはおらんよ。私や」

だらしなくまとめた髪。服装もだらしない。下着をつけていないからか、毛糸のワンピースから乳首がうっすらと浮いている。大きな胸と尻が牛みたいで、とにかく下品としか言いようがない。

弘子がのろのろと廊下を歩いてくる。

「あんた、鍵」

「お姉ちゃんすっかり都会の人やねえ。鍵なんか、ちょっとくらいかけへんでも大丈夫や」

弘子はわははは、と大口を開けて笑う。口元に何かが付着しているのに気付いた。

公子が何か言う前に、

「あは、気付かれてもうた。ちょっとつまんだだけやで」

悪びれもせずそう言う弘子を押しのけて、冷蔵庫を開ける。

汚い。

まずそう思った。

ステンレスバットのラップは中途半端にはがされている。一番楽しみにしていたプリンにはスプーンで抉《えぐ》った跡がついていて、カラメルが卵の層に滲《にじ》み出していた。

汚い。

冷蔵庫を勢い良く閉じて、弘子の方に向き直る。

弘子は、ヘラヘラと笑って、公子のことを眺めている。

忌々しい。

公子と弘子は双子の姉妹なのだ、と突き付けられるようだ。顔貌は似ていないのに、何故か二人の背丈はぴったり同じ高さだった。

「あんたなんか、おらんかったらええのに」

一度口に出すともう、止まらなかった。

「お姉ちゃん、そない怒らんでよ」

「怒っとらん」

「痛いわ」

公子の左手は、弘子の二の腕を強く摑んでいた。

「あんたなんか死んだらええと思ってるだけや」

ちょっとお姉ちゃん、と弘子の上ずった声が聞こえる。情けなく震えていて、みっともない。媚《こ》びるような上目遣いも腹立たしい。そんなもの、公子には効かない。

右手が弘子の頰を張り飛ばす。

弘子が泣いている。しかし、止まらない。何度も、何度も、柔らかい肉が弾けてしまえばいいと思って、何度も。

「おい、やめろ!」

突然、公子の腕を摑むものがあった。骨ばった手。甘くてずしりと重い体臭が鼻を衝く。

「義之さん」

「公子、お前何やってるんだよ」

義之は公子の腕を乱暴に放り出す。勢いで、公子は床に転がってしまった。

義之が弘子に駆け寄っていく。弘子は泣いている。子供のように、わんわんと大きな声を上げて、恥も外聞もなく泣いている。

大丈夫か弘子ちゃん、と言いながら、義之は弘子の肩を抱いている。守るべき者のように、しっかりと。弘子の痛い痛い、という声が蝸牛《かぎゅう》を掻きむしる。

不快で不快でたまらない。

妹だろとか、優しくしろとか、食事くらいなんだとか、人を叩くなんてとか、どうしてそんなことを言われなければいけないのか微塵も分からない。

なぜ、大声で泣く女のことを——恥もなく、我慢もできない証拠に、いい年をして大声で泣けるような幼稚な女のことを、可哀想に思うのか。なぜ、我慢しているこちらが、加害者のように扱われるのか。

公子はずっと我慢してきた。耐えてきた。

妹に奪われ続けている。

生まれた時から決められていたことなのかもしれない。

双子というのは、どちらかがどちらかの力を吸い取って、片方だけしか満足に生きられない運命なのかもしれない。そうでないのなら、どうして、公子だけ損ばかりしなければいけないのか分からない。

公子にとって弘子は体に巣食う寄生虫だった。公子の栄養や、大事なものを吸い取って、ぶくぶくと肥え太っていく。早く始末しなければ、全て奪われてしまう。食い殺されてしまう。

「ほんまええ加減にしてよ」

絞り出すような声が公子の口から漏れた。弘子に言っているのか、自分に言っているのか、分からなかった。


弘子が泣きながら離れに帰ったあと、義之は優しかった。

「ごめんな、そんなに悩んでたなんて分からなかったよ。言ってくれればよかったのに」

何度も言いました、という言葉を公子は飲み込んだ。

「でも、公子も言ってたじゃないか。『弘子はゆっくりしている』って。弘子ちゃんも、彼女なりに頑張っていると俺は思うよ。公子、俺のことといつも頑張ってるねって応援してくれるじゃないか。弘子ちゃんのことも応援してあげようよ」

公子の口から出た「そやね」という声は乾ききっていた。義之は全く気が付かない。

「それに、弘子ちゃんはいつもお姉ちゃんのことを褒めているよ。しっかりしていて、美人で、自慢のお姉ちゃんだって」

「そらありがたいことやわ」

義之に迂遠な言い回しなど通じない。ありがたいと言ったら、ありがたいんだな、と受け取る男だ。義之はそれでいい。公子の憎しみに気付いたところで、どうせ公子の方に我慢しろというだけなのだから。

その夜、義之は詫びるかのように公子を抱いた。

弘子が来てから、もしかしたらふらりと母屋にやってくるかもしれない、と警戒して、久しく夫婦生活はなかった。さすがに今夜弘子が来ることはない、と思ったのだろうか。

恋人の時はそれなりに行為を楽しんでいた。今だって、そうしたい気持ちは公子にもある。しかしどうしても、弘子のことが頭から離れない。大福のような弘子の肌に義之の指が食い込むのを思い出す。きっと、ひどく柔らかかったことだろう。何かに吸われるように。

公子は義之の荒い息遣いを聞きながら、子供を作るのだ、と自分に言い聞かせる。

子供さえできれば、あの寄生虫を追い出すことができる。義之と公子と子供、正しい家族の姿に戻る。

でも、もう一つの考えがよぎる。

子供が双子だったら？

後に生まれた方は死んでしまえばいい、と公子は思う。

生まれてきた子供が公子と同じ思いをするのは絶対に嫌だ。こんな悪い気持ちを持たないでほしい。こんな醜い人間にならないでほしい。

『ミエル』のことを思い出す。美しかった。顔立ちも指先も繊細で、襤褸《ぼろき》切れのような格好をしていても、どの人間よりも清らかだった。

弘子が『ミエル』であるはずがない。

「大丈夫か?」

肩で息をしながら義之が声をかけてくる。

「ごめんね、生徒にちょっと、問題児がおって。その子のために明日、謝らななならんのよ」

スラスラと嘘が吐ける。

「学校の先生っていうのは面倒臭い仕事だな」

義之は嘘に気付くはずもなく、体勢を変える。公子の足がベッドに投げ出された。

「子供が生まれたら、すぐにでも辞めさせてやれるのに」

公子はそやね、と言う。そやね。そやね。そやね。

次の朝はひどく体が重かった。特に頭が割れそうなほど痛む。

性行為のせいもあるだろうが、主たる理由は寒さだろう。つい先週までは十二月なのに長袖シャツにカーディガンを羽織る程度で外出ができた。天気予報でも「今年は暖冬」などと言っていたはずなのに、今週になって気温が急降下したのだ。

公子は冷え性だった。どんなに厚着をしても足元からじわじわと冷えてゆき、全身が震える。冷えから来る疲労感とひどい頭痛に悩まされるのは毎年のことだった。

ふらふらとした足取りで学校に到着しても、一向に体調が良くならない。いつもは温かいお茶でも飲んで、気合で乗り切るのだが、何故か今日はそんな気にすらなれない。

それでも、今、中学三年生たちは、高校受験の大詰めの段階に入っている。今日だって、特別授業があるのだ。病気でもないので休むわけにはいかない。公子は一歩一歩踏みしめるように廊下を歩いた。

「あら嫌だ、顔が真っ青よ」

三年生の学年主任である中島《なかじま》がそう声をかけてくる。

「すみません、なんだか、寒くて……」

「寒いのはそうだけど……ちょっとびっくりするくらいよ。今日は早く帰ったら？」

「とんでもない。今、生徒たちは大切な時期ですから……」

「大切な時期だからこそよ」

中島は人差し指をピンと立てた。

「ゆっくり休んで、早く回復するのが皆のためでしょう。英語教師はあなた一人じゃないんだし。そうだ、久根先生がいるわ」

中島は手帳を開いて、

「あ、やっぱり。彼、今日は空いてるから大丈夫よ。彼に任せて、今日は早く帰りなさい」

頭を下げる公子に向かって、

「本当に具合が悪かったら病院にも行ってね。久根先生には私から話しておくから」

公子は職員室に逆戻りする。体が冷えるというだけで早退などしてしまう己の弱さを恥じつつ、しかし今日は帰るべきだとも感じる。頭痛が尋常ではないのだ。風邪を引いてしまったのかもしれない。体調管理ができないのも、弱い証拠だ。

帰る支度をしながら、ふと思いついてメモ用紙に久根へのメッセージを書く。中島はああ言ったが、やはり何も言わないのは失礼だろう。

「帰らない方がよいでしょう」

「へ？」

思わず顔を上げる。居酒屋のときと同じように、久根がまた、突然現れたのだ。彼は長身なので、顔を上げた反動で公子の頭痛はますますひどくなる。

「具合が悪そうだ」

久根は心配そうに公子を見ている。

「そうよ……そうです。そやから、早《はよ》う帰らしてもらおう思って」

メモを残す手間が省けた。

「堪忍な、あとで中島先生から詳しいこと聞いて欲しいねんけど、今日は帰るわ。迷惑かけてしまって、ほんまに」

それだけ言って机の上のものを鞄に仕舞おうとすると、久根が公子の手を摑んで首を振った。

「医務室で休んではどうでしょう。あるいは、病院へお連れしましょうか」

久根の瞳はきらきらと輝いている。いつもは目を奪われるほどに美しいその瞳も、今は頭痛を増幅させる忌まわしい装置でしかない。

公子は久根の手を振り払って、

「帰ったら治る言うてるやん」

もう言葉を選ぶ余裕はなかった。

「なんなんあんた。なんもしてくれへんくせに、なんでそない構ってくるんよ。あんたに関係ないやろ。いつもいつも、腹の立つ。あんたはええよな。ニコニコしてればなんでも周りが思う通り動くもんな。私の気持ちなんて分からへんやろ。『姉妹は仲良く』とか『一人だけ流れに逆らっても損をする』とか、ヘラヘラ言わんといて。私がどんな気持ちであんたに相談しとるか分かってんの。弘子のコト、犬飼ってると思たらええってあんた言うたよね？　なにが犬なん。あんた、犬以下やわ。犬やったら、余計な事言わんし。あんたは、私の」

公子はそこまで言って言葉を切った。そして、強烈な罪悪感に苛《さいな》まれた。

久根ニコライはひどく悲しい目をして公子を見ていた。

「ごめんなさい……」

久根の美しい瞳が悲しみで曇っている。申し訳なさが込み上げてきて、公子はじわじわと痛む頭を必死に下げた。

ふと、頬につるりとした感触がある。これは、彼の指だ。彼が公子の頬に指を這わせている。

こんなこと、あってはならない。

普段の公子なら、間違いなく久根の指を払い除けているはずだった。夫がいますと言って、勘違いされるような振る舞いはやめるべきだと厳しく注意して、しばらく久根と口を利かない、公子はそういう人間のはずだった。

しかし、今、公子は何も言えないでいる。

滑らかな皮膚が公子の頬を往復する。

しばらくして、久根は公子の頬から手を離した。

「どうしても、お帰りになりますか」

公子は黙って頷いた。久根が一言、「帰らないでくれ」と言ってくれれば、公子は帰らなかった。頭痛も我慢できる。それでも久根が言ったのは「帰らない方がよい」だ。

「分かりました。それならば一つ、俺から贈り物です」

「贈り物って……」

「ええ。贈り物です。クリスマスですから」

「クリスマス？　ああ……でもウチ、仏教徒やよ……」

突然の申し出に、公子はどう反応していいか分からなかった。そんな公子の反応を気にすることなく、久根はシャツの胸ポケットから、何かを取り出して、公子の掌に載せた。

「何これ……根付いうやつ？」

赤と白の組紐の先に、海のような深い青の石がついている。

久根はその石の部分を指さした。

「これは、瞋恚《しんい》の石です」

「しんい……の、石って何よ」

「簡単なことです。絶対に使ってはいけない石です」

「はあ？」

掌の根付を眺めてみる。つやつやと輝いていて、サファイヤのようにも見える石。いかにも高級そうだ。今このタイミングで、久根がこんなものを渡してくる意味が分からなかった。

「使ってはいけないって、根付なんてアクセサリーみたいなもんやん。久根さんが私にはいどうぞ、言うて渡した時点で、私はこれをどこかしらにつけるやん。そしたら、もう使てることになるやないの」

「いいえ」

久根は公子の唇に人差し指を置いて、言葉を制した。

「石の話をしています。これは絶対に使ってはいけない石。用途は使う時分かります。しかし、その時、絶対に使ってはいけないのです」

「使たらいかんのやったら……」

渡すな、とは言えなかった。

久根の瞳があまりにも美しかったからだ。

久根の顔を見ることができない。意味不明な理由で引き止め、訳の分からないものを押し付けてきたのは久根なのに、妙な罪悪感が公子の胸を刺す。

「顔を上げてください」

「え」

久根は公子の顎に手をかけた。

「正しいことをしているのでしたら、顔を上げたらよいでしょう。もし正しいことをしていないのでしたら、罪が門口《かどぐち》に待ち伏せています」

心臓が跳ねる。ただでさえ冷たい体がさらに冷やされるような感覚で、公子は叫び出しそうだった。必死に大声を出すのを堪えて、

「なんや、よう分からんわ」

それだけ言って、また下を向こうとしたが、久根はそれを許さなかった。

「よく聞いてください、公子ちゃん。罪というのは、あなたたちのことが大好きです。いつでも、あなたたちを誘惑します。でも、それを拒絶しなければいけません」

何故か久根は深く傷ついたような顔をしている。公子も、同じような顔をしているに違いない。

「よう分からんけど……とにかく、しまっといたらええねんな」

公子は根付を鞄の底に放り込んだ。ファイルや財布に紛れて、すぐに小さな石は見えなくなる。使うなと言うなら、どこにあるか分からなくなった方がよいだろう、と思って。

「本当に、使わないでくださいね」

「使わんて……ほな、久根さん、ありがとう。授業、よろしくな」

公子は久根の手を振りほどいて言った。

立ち去る公子の背中に向かって、久根は繰り返し言う。

「絶対に使わないでください。使えば、あなたは人生を失ってしまう」

学校を出てからも、久根の瞳が痛む頭にこびり付いている。

それにしても、使ってはいけないとはなんなのだろう。

勢いに負けて持ち帰ってきてしまったが、何か特別なものなのだろう。本当に綺麗な石がついていたから。

久根はこの石のように、綺麗なものだ。『ミエル』もそうだ。公子とは違う。

「綺麗なもんは私に似合わんよ」

誰に聞かせるでもなく、言葉が漏れる。

まだ昼間なのに日が陰っていて、一層寒い。ブーツを履いているのに足が冷えて、仕方がなかった。一歩足を前に進めるごとに、足の感覚がなくなっていくようだ。早く帰って眠りたい、その気持ちだけで公子は歩を進める。

視界の端に家の屋根瓦を捉えて、公子の歩みは早くなる。もうすぐ、もうすぐだ。

昨日の今日で弘子が母屋に来るとは考えられない。もちろん、義之もまだ帰ってくる時間ではない。家に帰ったら体を綺麗にして、一人で大の字になって眠ろう。誰にも邪魔されず、余計なことも考えず。そうして目が覚めた後は、少しは綺麗な人間になれる気がする。

「ただいま」

誰もいないのに、習慣でそう言ってしまう。誰もおらんのにアホな、と言って、それで終わるはずだった。

何かが奇妙だった。すぐにその違和感に気付く。玄関が少し濡れているのだ。

夜にみぞれが降ったから、外はぬかるんでいた。その道を歩いた誰かが玄関に入ってきたから――時間があまり経っていないから、玄関が濡れている。玄関の鍵はかかっていたし、見覚えのない靴が置かれているということもない。

また弘子か。

弘子が離れから来て、また意地汚く冷蔵庫でも漁ったのだろう。

靴箱の横にある傘立てから、ビニール傘をつかみ取って離れに向かった。弘子を傘で思い切り打ち据えてやるのだ。今なら義之に止められることもない。そして今度こそ、二度と勝手に母屋に立ち入らないように言って聞かせる。

離れの扉を勢いよく開けて、弘子、と怒鳴る、そういう心づもりだった。しかし、寸前で公子は踏みとどまる。中から何か物音がするのだ。

カーテンがぴっちりと閉じられていて中の様子は窺えない。

しかし、何か重いものを動かしているような物音と、それに交じってくぐもった呻《うめ》き声が聞こえる。ガタン、と音がしてカーテンが揺れた。窓に何かが当たっている。

嫌な予感がする。ひょっとして、何者かが押し入ったのではないだろうか。この呻き声は弘子のものなのではないだろうか。弘子は今まさに、暴漢に襲われて、必死に抵抗しているのではないだろうか。

通報するために母屋に帰ろうとして、足が止まる。

よく考えたら嫌でも何でもない。弘子が襲われても、死んでも、困らない。自分で手を下さなくて良いのなら、むしろ歓迎すべきことだ。

嫌なことがあるとすれば離れが穢《けが》されること。そんな部屋を生まれてくる子供に使わせたくはない。それと、何者かが離れだけでは飽き足らず、母屋にまで侵入してくることだ。

いずれにせよ、いつかは警察に通報しなくてはいけないかもしれない。

少しの間逡巡して、公子はまず様子を見てみることにした。全ては公子の勝手な想像で、実際はなにも起こっていないのかもしれない。

音を立てないように離れの戸を引く。

「豚女！」

野太い声に体が跳ね上がる。鞄が肩から落ちそうになって、慌てて持ち上げる。柔らかいものを打つような音がするから、やはりこの中で、弘子は。

足音を殺して廊下を進んでいき、壁に身を隠して、そっと子供部屋を覗いた。

視界に飛び込んできたのは肉塊だった。肉の塊が赤い紐でぐるぐる巻きにされて吊り下がっている。

肉塊から、うう、と声が漏れた。

男が手に持った木製の定規を肉塊に打ち付けた。水に重いものを落としたような音がする。肉塊が蠢《うごめ》いた。

「喋《しゃべ》るな」

男は——義之は、何度も、何度も弘子《肉塊》を叩く。

天井の梁が軋んで嫌な音を立てている。

弘子が裸にされて縛り上げられ、暴力を振るわれている。何やってんの、と言って義之をひっぱたく、小さい時、いじめっ子を追い払ったように、公子はそうすべきだった。

でも。

姉妹は仲良くしなくてはいけない。弘子は公子のことを慕っている。だから。

どうしてそんなことをしなくてはいけないのか。

頭が痛い。肩が重い。子供部屋にはストーブが点いている。弘子の肌に玉のような汗が浮き出ている。廊下の冷気が体の芯を凍えさせる。

ふと自分の肩にかけていた鞄を見て、公子はぎょっとする。鞄にみっちりと何かが詰まっているのだ。青く輝いている。硬い。

『絶対に使わないでください』

久根の声が聞こえたような気がする。

これは、あの石だ。

あの根付についていた美しい石が大きくなり、ここにある。

「ああ」

猿轡《さるぐつわ》を嚙まされた弘子の口から、声が漏れている。

「嬉しいんだろう、豚女」

弘子はそう言われて苦しそうに呻く。肌にいくつも傷があった。

目が合う。弘子の目は充血して、潤んでいる。

いやらしい。

弘子は苦しんでなどいない。

目を見れば分かる。

歪んでいる。優越感で歪んでいる。醜い。いやらしい。

『用途は使う時分かります』

今分かった。石は公子のために大きく、美しくなったのだ。

いやらしい寄生虫を排除するために。

『絶対に使わないでください』

「使うに決まってるやん」

公子は堂々と義之の前に躍り出た。そして、義之が止める前に、石を寄生虫の頭に振り下ろす。

「公子っ」

義之の腕を弾き飛ばす。頭痛はとうに消えている。神がかり的な力が湧いてきて、誰にも公子の腕は止められない、そんな気がした。寄生虫が醜い声を上げて体液を撒き散らす。顔が、熱い。寄生虫の体液は燃えるように熱い。

ぴぃ、だか、ぎぃ、というような断末魔の叫びを上げて、寄生虫はピクリとも動かなくなった。

「公子……」

振り向くと、義之が床に尻を落として、呆然と公子を見上げている。

「なに、義之さん」

「な、な、な……」

義之は鯉《こい》のように口をぱくぱくとさせている。何か言おうとして、鯉みたいになっている様子が、非常に滑稽《こっけい》だった。

「ふふ、おっかしい」

「な、何がおかしいんだ！」

義之は突然立ち上がった。

バチン、と音がして、頬が熱を持つ。公子の足はふらつき、床に倒れこんだ。義之が手を振りかぶったまま、公子を見下ろしている。今度は公子が見上げる側だ。

「なんで怒ってはるの」

「怒るとか、怒らないとかじゃねえよ……お前、何やってるんだよ。頭、おかしいんじゃねえのか。おかしいだろ、お前……人を……警察に」

公子は電話に手をかけようとする義之を立ち上がって止めた。

「警察はあかん」

「はあ？」

「警察に今言うたらお縄になるんは義之さんよ」

「どうして」

そこまで言って気付いたようだ。裸に剝いたのも、紐で縛ったのも、定規で打っていたのも義之だ。今この現場を見て、義之が殺していないと言っても信じてもらえるはずがない。

「クソ、どうすればいいんだ、畜生……」

義之はぐるぐると無駄に歩き回り、立ったり座ったりする。やはり滑稽だと思ったが、笑わないように公子は頰の肉を嚙んだ。

「手伝ってあげてもええよ」

「何が……何が『手伝う』だ！　殺したのはお前だろ」

「私はなんもしてへんよ」

「お前、ホントに頭おかしいよ。さっき石で」

「石？　石なんてどこにあんの」

公子は気付いていた。石はもうどこにもない。いや、正確に言えばある。でも、もうそれは、ただの根付についた小さな石にしか見えない。

義之はあたりを見回して、ありもしない石を捜して簞笥や、ゴミ箱の中まで漁って、絶望的な顔を公子に向けた。

「な、あらへんでしょ。あらへんいうことは、やっぱり私はなんもしてへんのよ」

「き、公子……」

「手伝ってあげる言うてるでしょ。私かて、義之さんが捕まったら困るもん」

公子はまず、死体を大きな白い袋に入れた。

「もうじき、暗くなりそやね。そしたら、風呂場に運びましょ。まだちょっと明るいし、見られたらまずいわ。私も、こんなんやから外には出られへん」

義之が逆さ吊りにしていたのがよかったのか、幸いにも血は天井には飛んでいない。床にはだいぶ飛び散ってしまったし、公子の着用している服は全て駄目になった。

「堪忍ね義之さん。誕生日にくれたコート、もう着られんくなってしもた」

「今そんな場合じゃ……」

義之はそれだけ言って、また黙ってしまった。

「ああ、お花も替えんとあかん」

公子は花瓶に挿してある白い花を抜いて、肉塊を入れた袋の中に投げ捨てた。嘘だ。もう花瓶に花を挿すことなんて二度とない。

冬は日が落ちるのも早い。まだ六時前だったが、公子は白い袋を引き摺って外に出る。

ふと空を見上げると、月が美しかった。満月かもしれない。

「月が綺麗やわ」

答えはなかった。幸い、外の道の人通りもまばらだ。

義之はまだ付いて来ない。いつでもぐいぐいと引っ張って、主導権を握ってくれるところが好きだったのだが、と公子は残念に思ったが、すぐに思いなおす。

公子が好きだった義之などというのは幻想だ。少し前に分かったはずではないか。公子は義之があのようなことをするなんて想像したこともなかった。要は、公子には分からないのだ。他人がどういう人間かなんて、何も。

義之さん、と背後に呼びかけようとしたとき、

「公子ちゃん」

冬枯れの庭先から声がする。目を凝らしてみても、こんなに明るい夜なのに、ぼうっと人影のようなものが見えるだけだ。

気のせいだ。

何もないということは、何もないのだ。

そしてもう一度口を開いて義之を呼ぼうとする。

「公子ちゃん。弘子さんはどうしたのですか」

「ああ、久根さんか」

公子はもう、何も分からない。

「なんで私が知ってると思うん。私、あの子のこといつも見張っとるわけやないもの」

ふう、という溜息が聞こえる。

「血が染み込んでいます。それが、叫んでいます。あなたは」

公子は久根の言葉をそれ以上聞かなかった。いや、久根のものなのか、分からない。姿が見えないのだ。何もない。幻聴でも現実でも、今の公子にはどうでもいいことかもしれない。公子は夢を見ているような気分で月の光を浴びた。

義之はたっぷり十分以上経ってから、のろのろと離れから出てきた。

風呂場にレジャーシートを敷き、義之と協力して、死体を細かくしていく。義之は以前本棚や踏み台などを作るのにハマっていて、道具は揃っていた。男性は女性に比べ血に耐性のない人も多い、と聞いていたが義之は大丈夫なようだった。顔を徹底的に潰した。人間ではなく、何か別の生き物の肉のようになったから、それがよかったのかもしれない。

冷凍庫に保存しておいて、通勤のとき、ゴミ出しのとき、散歩のとき、とにかく少しずつ少しずつ、別々のところに捨てていく。一か月とちょっとかけて、全てなくなった。

警察への捜索願の届け出は死後一週間を過ぎたときにした。

「普段からふらふらと出かけて行って帰って来ないことがある」

「繁華街を男とうろついていた」

それでも妹だからとても心配しているのだ、と訴えた。

目論見通り警察は、何回通っても行方不明者として捜索してくれなかった。勿論、妹思いの姉らしく、警察署には、向こうがうんざりした声を出すほど頻繁に電話をするのも忘れない。

念のため、中性洗剤で丹念に血のシミを落としたし、壁紙も張り替えた。だが、そんなものは杞憂だった。本当に、全く疑いもされなかったのだから。

実家の方も変わらない。

「ひろちゃん、変な男に騙されてしまったんやろね」

しばらくぶりに実家に帰ったとき、母がそう言った。

「やっぱり都会は怖いとこよ。女はこっちにいるのが一番よ」

何故か入り浸っている父の姉がわざとらしく声を震わせて、公子の方をちらりと見た。嫌味のつもりだろうか。下らない。

「ちゅうか、やっぱりあの子は『ミエル』やったんちゃうかなあ」

「お義姉《ねえ》さんもそう思う？　うちもうすうす……双子やのに、公子と全然ちゃうやろ。なんや、ぼうっとしよるし」

「ほうよねえ。無駄やって何べんも言うたのに、あの子が学校なんか行かせるから……」

その先は聞かなかった。父の姉は、父が女にも男と同じように学ぶ機会を与えたことが気に食わず、いつも父の選択が間違っていたのだと言う。

本当に下らない。

父の姉は、『ミエル』のことを何一つ分かっていない。

「罪はあなたを恋い慕うが、あなたはそれを治めなければいけない」

「え？　なんか言うた？」

母がちらりと公子を見て、声をかけてくる。

「なんも言うてへんよ。伯母さまとお話ししてて」

母はそお、と短く言って、また父の姉と一緒になって父の悪口を言っている。

『罪というのは、あなたたちのことが大好きです。いつでも、あなたたちを誘惑します。でも、それを拒絶しなければいけません』

なんのことはない。久根の言ったことは、小説からの引用だったのだ。どこのなんの小説かはもう覚えていない。ただ、海外の翻訳小説で、牧師の男が、女にそう言うシーンがあった、という記憶だけがうっすらある。

罪というものも、『ミエル』とだけは無関係だ。だって、誰とも話さない。誰とも関わらない。だからずっと綺麗で、無垢でいられる。弘子のように愚かになることもあり得ない。無垢と愚かは全く違うことなのだから。

弘子が消えて、実家との関係が良くなったかというと、当然全く良くなっていない。こうやって嫌味を言われるのも変わらないし、電話で弘子のことを言われなくなったかと思ったら、今度は姉の愛子が金の無心をしにくるという相談をされる。

「きみちゃん、ちょっとだけ」

貸してくれへんかな、という言葉を遮って、

「ごめんな、ウチ、余裕ないわ。もうすぐ仕事やめんねん」

母の戸惑いの声を完全に無視する。どうせまた、言われることは間違いないが。

結局、何も変わらないのだ。

いや、一つだけ変わったことはあるかもしれない。

全てがどうでもよくなってしまった。何としても守らなくてはいけないと思っていた義之との生活も、だ。

義之は所詮、小心者の男だった。あの月の晩に分かり切ったことではあるが。

「ねえ、悪い人でおってよ」

公子は時折、思いついたように寄生虫《弘子》の話をする義之にそう言った。

「私、もうええからさ、ずっと悪い人でおって。そうしましょ。私、あなたが悪い人でおってくれたら、嬉しいわ。私、ずっと泣いてたいのよ。私が悪いんやからさ。何されても文句なんか言わへんからさ。その方があなたも、楽でしょう」

公子の言葉を理解してなのか、それとも義之の元来の粗暴な性格からなのか、それは分からない。

義之は公子に暴力的に接するようになった。殴る、蹴る、言葉で人間としての尊厳を破壊する。公子にはもう、尊厳などというものは残っていないから、正確に言えば、一般的に見ればそう受け取れる言葉を投げる、だ。暴力の一環で、義之は激しく公子を抱いた。

しばらくして公子の妊娠が分かった。

妊娠中も義之は深酒をして暴れ、公子に暴力を振るった。

それでも子供は生まれてきた。女の子だった。

父方の伯母は公子に「男の子を生んでこそ一人前」と言った。哀れな女だと思った。

子供が生まれたのを理由に仕事を辞めた。子供の世話をしながら働いている人なんて沢山いる。

公子は家事と仕事を両立できるタイプだった。だから本当に言い訳に過ぎない。公子は仕事もどうでもよくなってしまったのだ。そんな態度で人様の子供の教育などできるはずもない。

「後悔しませんか」

久根は送別会で公子に言った。

「後悔ばっかりやで」

そう答えると久根は寂しそうに笑った。

結局あの日聞いた久根の声は幻聴だったのだろう。公子に対する久根の態度はずっと変わらなかったし、そもそも彼があの場にいたら、警察に通報されて、今頃公子も義之も塀の中だ。

水を飲む久根の横顔に声をかける。

「なあ、久根さん。私」

公子が最後まで言う前に久根は、

「分かるでしょう。今こうなっているのだから。この土地は……いえ、どこへ行っても、あなたには何の喜びも生まれない。何も実らない。ずっとです。それでも、あなたを罰する人はありません」

久根の言うことは分からなかった。また、小説の引用かもしれないし、そうではないかもしれない。公子は思う。久根は、公子の頭の中を読み取って、なんとなく言って欲しいことを言っているのかもしれない、と。あのときも本当に久根は公子の側にいて、何かを言おうとしていたのかもしれない。でも、全ては終わったことだ。考えても、無意味。だから、公子は意味の分からない言葉にも、そやね、と答えた。

公子はあと三人子供を産んだし、全員男だったが、一人前も二人前もない。男だろうと女だろうと、子供など性行為をすれば生まれる。それだけだ。

義之の言う通りにするのは楽だった。暴力で支配されることも。義之に怯え、なすがままの妻を装っておけば、子供に微塵も愛情がないことは分からないだろう。

久根とは三人目が生まれた時、家に招いて以来、会っていない。連絡先も交換していないし、どこにいるかも分からない。記憶は年々薄れて行って、今ではもう、あれほど美しいと思っていた瞳も思い出せない。

しかし、彼に言われたことだけは昨日のことのように思い出せるのだ。

「私の人生って失われてしもたんかなあ」

公子は虚空に向かって呟く。

「なあ、弘子、あんた、私の半分やったと思ってたけど、全部だったらしいわ。なあ、どうしてくれんの」

誰も答えてはくれない。

今日は長男の雄一が恋人の美咲を連れて来る。

雄一のことさえどうでもよいのだから、美咲のことなど輪をかけてどうでもよい。醜女《ぶす》でも美人でも、痩せていても太っていても、どんな格好をして来ようとどうでもよい。

「でも、いやらしい女やったら嫌やなあ」

花が好きか聞いてみよう。

もしいやらしい女だったら、また潰さなくてはいけない。

あの、美しい、大きな石で。


カインよ、あなたはなんということをしたのか。

（創世記4:10）

黄金の盃

海に近付かないで下さい、危険です。

海に近付かないで下さい、危険です。

海に近付かないで下さい、危険です。


今でも雄二は、機械のような女性の声を思い出すことができる。

海に近付かないで下さい、危険です。

これは雄二にとって良い思い出なのだ。他人には、理解されないが。

幼い頃、雨の降りしきる中、夜の海を見に行った。

海が好きだった。波が好きだった。

寄せては返す、という言葉の通り、行ったり来たりするのが大きな生き物のようで。

昼に見る海よりもずっと、夜の海の方が獰猛《どうもう》で荒々しくて、それでいて静かだったから、大好きだった。

海に近付かないで下さい、危険です。

絶え間なくアナウンスが流れていた。それでも。

触れてみたいと思った。

雄二は手を伸ばした。

冷たい水が雄二の手に降ってくる。

そしてそのまま、体ごと引きずり込まれた。

最初に、激痛だった。体がひび割れるような痛みで筋肉が拘縮《こうしゅく》し、手がどこにあるのか、足がどこにあるのか、それが分からなくなっていく。その痛みは落ち着くことがない。体はあちこちに飛んでいき、上下左右が絶え間なく入れ替わって、自分が泥でできた人形になったのではないかと思う。

気分が良かった。なすすべがないままに蹂躙《じゅうりん》されるのは。

このまま肢体がばらばらに砕けて、海と同化するのだと思った。それでよかった。

鼻から口から肺に入り込む海水で溺《おぼ》れながら、雄二は目を瞑《つむ》った。

しかし、気が付くと雄二は、コンクリートの桟橋の上で大の字になっていた。

周りには誰もいない。海はすっかり凪いでいて、雨も上がったようだった。ただ暗く静かな闇だけがあった。

雄二は泣いてしまった。あと少しで――あと少しで、どうなったのかは分からないが、何か大切なものを逃してしまった、そんな気がして涙が止まらなかった。

全身がびしょ濡れで、重くて、そのことが急に不快でたまらなかった。海の中にいたときは、微塵も気にならなかったのに。

わああ、と大声を出してみる。一回出してしまうと、いくらでも大声が出せる。

雄二はさも、可哀想な子供のように、上体を起こして蹲《うずくま》り、大声を上げて泣いた。

しばらく泣いていると、右腕を強く引かれ、雄二の細い体は強制的に立たされる。

驚いて泣き真似をやめると、頰に鋭い衝撃が走る。

思い切り頰を張られたのだ、と気付いたのは、頰が熱を持ってからだった。

痛みよりも驚きが大きくて、自分の頰を張り飛ばした相手を見上げる。

今思い返すと美しい人だった。でもそのときは、ただただ恐ろしい顔をしていると思った。

「おまえは、何を以てそのようなことをしたのですか」

雄二は何も答えなかった。答えられなかったのだ。

その人は黒い服を着ていて、まっすぐに立っていた。服も靴も濡れていなかった。

「どういうつもりで、命を投げ出したのですか」

今度は恐怖から、雄二はわんわんと泣いた。それでもその人はずっと、どういうつもりだ、なぜこんなことをしたのだと繰り返すばかりだった。

泣いても喚いても決して逃れられないと理解した雄二は、

「分かんない」

やっとのことでそう答えた。

「違うでしょう」

美しい人は怒りのこもった声で言った。

「おまえはそうしたかったからそうした。なんということを。なんということをするのか。おまえは、おまえたちは、髪の毛の一本を白くすることさえ……」

ごめんなさい、と雄二は謝った。ただ額をコンクリートに擦りつけた。父親に殴られたときの、母親と同じように。これ以外の方法を知らなかったのだ。

「そのようなことをしても何の意味もありません。今すぐやめた方が良いでしょう」

美しい人は雄二の手を取り、もう一度立たせた。

「海が好きですか?」

その人の目は、暗い所でも光って見えた。深い青色のような、明るい黄色のような、不思議な色だった。

雄二は頷《うなず》く。

「そうですか。確かに海は美しい。これもまた、父が作ったものです」

美しい人は雄二の頬を撫でて、

「また会う時いい子でいたら、おまえに少しだけ、海をあげましょう」

そう言ってその人は、ゆっくり、ゆっくりと遠ざかって行った。

その人の歩いている場所に足場はなかった。海の上を、まっすぐに進んで行った。

一度も振り返らなかった。

次に目覚めた時、雄二は自宅の布団の上だった。

暗く深い海もなく、あの人もいない。

体は濡れていたが、それは雨や波からくるものではなく、全身が汗まみれだったのだ。

ぼうっとした頭のまま起き上がり、ふらふらと部屋から出ると、母が「まだ寝てなさい」と短く言った。

雄二は風邪をこじらせ、三日間学校を休んでいるのだと言う。それはおかしい、と思った。

一生懸命母に説明した。

夜の海に入ったこと。もう少しというところで助け出されたこと。その人に頬を叩かれ、怒られ、その人はどこかへ行き、気付いたら布団の上にいたこと。

母は最後まで雄二の話を聞いてから、

「はあ、アホちゃう」

溜息と共に吐き出した。

そして、呆然とする雄二の顔を見て、取り繕うように、

「お父さんもお母さんもほんな危ないことさせるわけないやんか。ほら、なんかと勘違いしとるんよ。こないだ海の方ドライブとか行ったからなあ」

雄二は母のことを根本的に家族に興味のない女だと思っている。そう疑ったのはもしかしてこの時が初めてだったかもしれない。普段は従順な妻、愛情深い母のように振る舞っていたが、ふとした時、恐らく彼女本来の姿に戻る。冷たいのとも、意地が悪いのとも違う。単に、自分たちに興味がないのだ。今では確信に変わっている。雄二も母親のことは何とも思っていないから、それについてどうとも思わない。

とにかく、母の言ったことは正論だった。

まず、雄二のような幼い子供が一人で海に行けるわけがない。親が連れて行くにしても、車でないと難しい。夜に車を出すだろうか？　それに、家族皆で行ったとしたらもっと周りに人がいてもいいはずだ。一番おかしなことは、夜の海に、何の用があったと言うのか。

雄二はそうだね、と言った。あれは夢だったとする方が、筋が通っていた。それに、これ以上ごねたら、父親に殴られる。

雄二は無理矢理記憶を封じ込めた。

なるべく海には近付かないようにした。修学旅行で行った沖縄も、具合が悪いのだと言い訳をしてホテルで過ごした。次に近付いてしまったら、雄二は今度こそ海に入り、二度と戻って来られないような気がした。

それに、うっすらとあの人の言葉が頭に残っていた。

おまえに少しだけ、海をあげましょう。

海をあげる――雄二からすると、海を手に入れるというのがどういうことかは全く分からなかった。しかし、いい子でいたら、ということは、褒美であり、良いことが起きるのは間違いない。

雄二の家庭は、絵に描いたような亭主関白だった。

絶対的支配者として父親が君臨していて、家族がどう振る舞い、何をするかはすべて父が決めた。逆らえば容赦のない暴力が降りかかる。

父親が唯一人間として扱っているのは長兄の雄一だけで、あとは奴隷や家畜のようなものだと言っていいだろう。

しかし雄二はたいしてこの家庭環境を悲観してはいない。

雄二から見ると、いつも小間使いのように使われている姉の桜子や、ゴミだのクズだのと罵られている弟の雄三は要領が悪く、内心呆れていた。

父が何を思い、何が気に入らないのかは手に取るように分かる。雑な言い方をすれば典型的な昭和の親父である。ハイハイと言うことを聞き、彼のプライドを傷付けない程度に優秀であれば良いだけだ。姉は女のくせに優秀すぎたし、弟は男のくせに何もできなかった。

他の家族の巻き添えで理不尽な叱責や暴力を受けることはたびたびあったものの、雄二自身はうまくやっていた。進学を機に一人暮らしをすると言ったときも、「そうか、頑張れよ」と言われ、家賃は父親が負担することを約束してくれた。

雄二はこうして、父の支配する家から距離を置くことができた。

初めて友人のようなものもできた。ようなもの、というのは、大学で孤立すると留年などの不都合なことが起こりやすいし、アルバイトでも人間関係を築かないと続けていくことができない、という考えから仲良くしているだけだからだ。

友人から紹介された女性と付き合ったりもしたが、それもあくまで自分にとって得だと判断したからだ。大学生くらいの年齢は、男女ともにその手の話題が大好きだ。誰が好きだの嫌いだの、誰と誰がセックスをしたのなんの——自分がその手の話題の中心になるのは勘弁してほしいところだった。想像するだけでも煩わしい。交際している女がいて、そこそこ仲良くやっていれば、余計な口出しをされることもない。

自分は母に似ている、と雄二は思う。根本的に人に対して興味がないのだ。

同級生やバイト仲間に友情を感じたことなどないし、彼女にも愛情は湧かなかった。

雄二は『キャスト・アウェイ』を一人で観ている時間が一番好きだった。名優トム・ハンクスが主演の、無人島で四年間過ごした男の映画だ。恐らくこの映画の見所は主人公のサバイバルシーンや、孤独との戦いなのかもしれないが、そんなものはどうでもよかった。雄二は冒頭の、彼が飛行機から荒れ狂う海に投げ出され、必死に藻掻《もが》くシーンばかり繰り返し再生した。

いい子でいたら、これがもらえるのか。

そう思うと胸が高鳴った。いい子でいたら。いい子でいたら。いい子でいたら。そう、「いい子」だ。「いい子」が何かは分からない。しかし、雄二は自分が思う「いい子」であろうとした。

雄二にとって「いい子でいる」とは「都合のいい人間である」ことかもしれなかった。

頼まれれば断らない。自分のことより、他人のことを優先する。そんな人間を演じた。

そんな雄二をいいようにこき使う人間も少なくなかったが、雄二はそれを分かりながらも、反抗はしなかった。これで海をもらえるなら、安いものだ。

「雄二君って、私のこと好きだった？」

「好きだよ」

「即答かあ……」

一方的に別れを切り出され、既に関係が終わったかのような雰囲気で『好きだった？』と聞かれても、雄二は『好きだ』と答えるのが正解で、いい子のすることだと思っているから好きだよ、と答えた。それなのに、彼女は困ったように眉尻を下げて苦笑する。

「雄二君はさ、正解っぽいものを選んでるだけだよ」

「そんなことないよ」

「ほら、また、即答。私だってバカじゃないんだから分かるよ。全然考えてないでしょ。ただ、こう言ったらいいっていう答えを、リズムゲームみたいにちょうどいいところで口から出してるだけ。それでいい人もいるんだろうね。でもそんなの、私は嬉しくないよ」

彼女が立ち上がると、その拍子にポケットからイヤフォンが落ちた。雄二がそれを拾おうとすると、彼女は雄二の手を払いのけて自らの手で拾い上げる。

「雄二君って、ほんと、いい人だね。いいよもう、私がみじめだから」

雄二君は何も悪くないよ、と言って彼女は去って行った。彼女の言うことはすべて正しいと思った。しかし、正しいことと、心に響くことは、別のことだった。

大学時代は三年付き合ってきた彼女に振られる、というところで幕を閉じた。雄二は特に傷付くこともなく、新生活への準備を淡々と進めた。

雄二が就職したのは所謂《いわゆる》外資系の会社だった。雄二は昔から英語が得意で、資格もいくつか持っている。そこを見込まれて採用されたのだろう。

社員の何割かが外国人で、会議のときは必ず英語を使用するような職場にも、雄二はなんなく順応することができた。

入社して半年ほど経った時、雄二はあるプロジェクトのメンバーに選ばれた。

そこで出会ったのが勝浦《かつうら》クララだった。クララは目鼻立ちのはっきりとした背の高い女で、小学校三年までロンドンに住んでいたという。帰国子女というやつだ。

雄二より四歳年上の彼女だが、年齢以上に年上に見えたのはキャラクターのせいだろう。彼女は物怖じするということを知らない。相手がどんな人間だろうと自分の主張は必ず通すのだ。これで何もできなければただのワガママだが、クララの発案はいつも革新的だったし、それを実行するだけの能力もあった。

「私我慢はしないんです。でも我慢しないためには、やるべきことをやらなくては」

彼女はそんなことを言っていた。

父がクララのことを見たらなんと言うだろうか、雄二には分かる。『男みたいな女』だ。

クララは他人の意見をしばしば蔑《ないがし》ろにした。自分の意見が正しく、他の意見は間違っているのだとアピールするために人を見せしめのように吊るし上げることもよくあった。雄二はやはり、何をしたら彼女の標的になるかが分かったから、吊るし上げられる人間は迂闊だと思い、同情はできなかった。同時に、海のことを思い出した。海に翻弄され、もみくちゃになって消えていく人間は、彼女の標的になり、辞めて行った人間に似てはいないだろうか、と。だがすぐに思いなおす。彼女の暴力性には明確な目的と意志がある。海にはそういうものはない。

『確かに海は美しい』

顔もはっきりと覚えていない、あの人の声が頭に蘇《よみがえ》る。そういうものがないから美しいのだ、海は。

クララは何度かパワーハラスメントで問題になったが、それを上回る仕事の成果で許されていた。雄二は不快だとも、愉快だとも思わない。こういう女に初めて出会ったから、どう評価していいものか分からなかった。

しかしクララは雄二のことを気に入っていたようだった。元彼女には「リズムゲーム」と酷評された雄二の態度だったが、クララにとっては本心から賛同し、ちょうどいいタイミングでかけてほしい言葉をかけてくれる、というふうに映ったのだろう。

「馬場君、ちょっといいかな」

そう声をかけられたときから何となく予想はついていた。

「単刀直入に聞くけど、私のことどう思ってる？」

「素敵な女性だなと思います」

「私、あなたより年上だし、見た目もかなり老けてるって言われるけど」

「僕はそう思いません」

雄二はいつものように振る舞った。本当にいつものように、振る舞っているだけなのだ。

クララは満足そうにうなずいて「合格」と言った。

彼女の次の言葉はやはり雄二の予想した通りだった。いや、そのもう一段階先だったかもしれない。

「私と付き合って、一緒に住んでくれない？」

雄二は「付き合って、一緒に住む？」と聞き返した。クララは頷く。

「そう。勿論、結婚前提でね」

雄二はしばし悩んだ。交際を申し込まれることは想定済みで、それは受け入れるつもりだった。クララと交際することがマイナスになるとは思えない。気の強い女が好みなのだな、と思われはするだろうが。

しかし、結婚前提で同棲するというのはどうだろうか。

彼女は自分の思う通りにしないと気が済まない性格だ。職場だけなら耐えることができるし、その性格が仕事でいい方向に働くこともある。だが、家庭内でずっとあの態度を取られたら堪ったものではない。雄二はちょうどいい交際相手に適度に尽くして「いい子」を継続したいのであって、奴隷のように扱われたいわけではない。

雄二が無言でいるのに苛立ったのか、クララは「勘違いしないでね」と言った。

「私、別に馬場君のことを愛しているわけではないから」

「それでは、なぜ?」

クララは何回か深呼吸してから、

「親を安心させたいから」

と言った。

「安心、ですか? つまり、手ごろな結婚相手として僕はふさわしいと」

クララは頷いた。

「なるほど……でも、もし結婚前提ということなら、他にもっとふさわしい人がいるのでは。たとえば、エヴァンスさんとか」

エヴァンスというのはクララの同期入社の社員だ。ラテン系然とした威圧感のある容姿をしているが、ハンサムと言えないこともない。どうもクララのような気性の激しい女がタイプのようで、何度もアプローチをしているのを見かけたことがある。

「あの人は駄目、絶対に」

「ああ、生理的に……というやつですか」

「違うの」

クララは大きな溜息を吐き、手をうろうろとさ迷わせ、口を開いたり閉じたりする。何度もそれを繰り返すので、雄二が「もう行ってもいいですか」と言い出したらどうなるか、と思った瞬間、

「私ね、レズビアンなの」

雄二は何も言えなかった。偏見がないと言えば嘘になる。

「ええと、それなのになぜ」

「さっきも言ったでしょう。結婚をして、親を安心させたいの。それに、もし万が一、会社に知れたら」

「今時同性愛者なんて珍しくもない。スキャンダルにはなりえませんよ」

実際に、他部署の佐藤だか加藤だかという名前の男は、同性愛者であることを公言している。同期の花岡《はなおか》という髭面《ひげづら》の男は、彼からアプローチを受けたそうだ。花岡も、特に不快であるとか、同性愛者であることを理由に揶揄《からか》うといったふうではなく、世間話として話しただけだ。その場にいた人間も、そのままさらりと流した。つまり、そういった社風なのだ。

それに、クララは帰国子女だ。雄二がそう思っているだけかもしれないが、恐らく雄二の家とは違って、家庭内にそういった偏見を持つ者などいなかったに違いない。雄二の場合は父親に「男が恋愛対象」などと言った瞬間に絶縁されるに決まっている。

とにかく、彼女がそのようなことを気にして偽装結婚など持ち掛けてくるのは、とても奇妙なことのように感じられた。

「それは分かってるよ」

「じゃあ、なぜ?」

「あなた、本当に知らないの?」

クララは大きな目をさらに大きく見開いて、雄二を見つめた後、スマートフォンを取り出して画面を雄二に向けた。

そこには雄二でも知っている大手の取引先のＣＥＯが映っている。

「これ、私の叔父」

「なるほど……」

「偏見とか、そういうのが社内にないのは分かっている。でもね、正確に言うと、『ないことになっている』だと思う。スキャンダルにはならなくても、私のせいで少しでも煩わしいことになるのは避けたい。それに、子供だって欲しいし。エヴァンスさんがダメな理由はね、私に好意があるから。望まれても女の役なんてできないもの」

「それで、なぜ、僕ならいいと?」

「その、興味のなさ」

クララはうっすらと微笑んで言った。

「あなたって、本当に色々なことに興味がない。気遣いができないとか、気が利かないとかではないんだよね。むしろ、あなたよりホスピタリティのある人ってちょっと思いつかないくらい。どうしてそういうふうになったのかは少し気になるけど……しばらく観察してて気付いた。あなたって、正解を選んでいるよね」

少しだけ心がざわついたのは、クララが元彼女と全く同じことを言ったからだ。

「ごめん、何か気に障《さわ》った?」

「いえ……ただ、前も同じことを言われたな、と。自分では、あまり……」

「いいことだと思うよ。少なくとも、私は好き」

クララはもちろん人としてね、と付け加えて微笑んだ。「いいこと」という言葉が無性に嬉しかった。いいことをするのは、いい子に違いないからだ。

「交際の、件ですが……よろしくお願いします」

雄二は頼みを聞いてやった立場なわけで、頭を下げるのはおかしいかもしれないが、頭を下げて何が減るということもない。見上げると、クララは心底安心したような笑みを浮かべ、「本当にありがとう」と言った。

結婚式の日取りを決めるより先に、「妊活」が始まった。莫大な費用がかかる分、プライバシーの保護も確実に行ってくれるというレディースクリニックに通い、精子を採取される。真那月《まなつ》という名前の、クララの本物の恋人は別の日に卵子を採取されたようだ。体外で受精させ、受精卵を培養し、クララの子宮に入れ、胎内で育て、産む。

「二人の子供、そうでしょ」

クララは真那月のふっくらとした手を握って微笑んだ。真那月も熱を帯びた目でクララをじっと見ていた。雄二は黙っていた。雄二の精子と真那月の卵子で生まれた子供は、クララから生まれようとその辺の見知らぬ女から生まれようと、間違いなく雄二と真那月の子供であるはずだ。しかし、この二人にとってそのような言葉は正論ではなく意地の悪い攻撃になるだろう。

「それじゃあ」

雄二は軽く頭を下げて、その場を後にする。

こういうときはこうするのが正しい。

最初のうちは自分の部屋に行くだの外に行くだの映画を観てくるだの言っていたが、そんな言葉を発しても二人とも何一つ聞いていない。それであれば、黙って立ち去るのが正しい。

雄二のために用意された地下室のベッドに横たわり、目を瞑る。すぐに女二人の嬌声が聞こえてくるから、イヤフォンを耳に挿した。

女同士がどうやって交わるのか想像してみたこともあるが、すぐにどうでもよくなってしまった。男同士、女同士、異性が相手の行為、それらに何の差があると言うのか。

性器に刺激を与えれば射精はできる。雄二は実際、そうやって精子を採取したのだから。学生時代に付き合った女ともセックスはした、できていた。今も、「馬場君も全然、女の子と付き合っていいからね」と言われている。しかし、断言してもいい、絶対にそんなことはしない。一切したいと思わないのだ。

クララと真那月——その他大勢の普通の人間。雄二とその他が違うのであって、同性愛と異性愛が違うわけではない。

雄二にとっては、どちらも幕を隔てた向こう側の世界の出来事だった。

全てが他人事のように過ぎていく。

盛大な結婚式も、義実家との付き合いも、忙しい仕事も。

クララと結婚してから、会社内でも夫婦ということでセットのように扱われ、同じ仕事をすることが増えた。クララは家で真那月が待っている今の生活が余程幸福と見えて、ますます精力的に働くようになった。雄二が何もしなくても、そんなクララのおかげで仕事の評価が上がっていく。

良かったことはそれだけではない。雄二は勝浦家に婿入りした。それを父に伝えると激怒して、結婚式すら出ないと言うくらいだった。どうにかこうにか式にだけは出席してもらったが、その後は一切連絡もない。雄二にとってもう父は機嫌を伺う必要のなくなった他人だ。今後も付き合いを続けるのは面倒だったから、家族ごと縁を切れたような形になってむしろ嬉しかった。

この結婚は雄二にとっても十分メリットがあるものだった。

しかし、一つ大きな問題があった。それは子供のことだった。

結婚前から考えると、妊活を始めてもう一年経っているのに、一向に子供は生まれない。

そして、クララと真那月の間に、このことで溝ができてしまっているように思う。

二人の部屋から聞こえる行為の最中の音も最近は少ない気がする。リビングにいるときも、二人は曖昧に微笑んでいるだけで、以前のようにべたべたといちゃついていることもない。

「ごめんね、ごめんね」

「真那月は悪くないよ」

「ううん、私が悪いの……」

そんなやり取りを漏れ聞いたこともある。

正直な話、雄二にとっては二人が気まずくなろうと構わない。雄二は精子提供者でしかない。ただ、これが拗《こじ》れて、別れるだのなんだのして、この都合の良い立場から外されるのは嫌だった。

クララに当たられても敵わないから、雄二は度々外に出るようになった。

海を見に行く。言い表せない何かに警戒して近付かないようにしていた海だが、今ばかりは救いのようなものを求めている。

いつかもらえるかもしれない海を見て、どうにかならないものか、と思案を巡らせる。

子供さえ——男の子さえ生まれれば。

雨が降っている。水面を雨粒がごうごうと打ちつけて、波がいくつも立っている。

息子、血縁上はそういうことになる、息子が欲しい。そうすれば何の問題もなく、このまま——

「雄二」

目の前に広がる海の、その遠くに人影が見える。そして、大声を上げる。我慢の利かない子供のように騒ぐのは、いい子のすることではない。だからすぐにやめなくてはいけない。それでも、根源的恐怖が心を支配して、抑えることはできない。

「雄二」

暗い、全く凪いだ水の上に、人が立っている。

それが雄二に呼びかけている。

それはゆっくりゆっくり、しかし一度も止まらず、雄二に向かって近付いてくる。

「雄二」

あんなに遠くにいるのに、そして確実に近付いてきているというのに、なぜ、何も変わりがなく、ずっと同じ音量で、声が聞こえるのか。

自分の悲鳴がうるさい、それでも、その声が聞こえる。

声帯が絶え間なく震えて、自分の鼓膜が破れそうなくらい悲鳴が漏れ続けているのに、なぜか体はその場に縫い付けられたように動かない。

「雄二」

それが目の前にいた。そして、頬にひやりとしたものが触れた。手だった。

あの人だ。

どうしてすぐに気が付かなかったのか、全く分からなかった。

こんなに人間でないヒトは、見たことがないのだ、この人以外にいるわけがないのだ。

あの人だ、と分かった瞬間に、解き放たれたように全身の強張りがなくなる。雄二はその場に膝をつき、子供の頃と同じように彼を見上げた。

「あ、あ、あ」

色々な伝えたい言葉が交じり合って、雄二の口から喃語《なんご》が漏れた。

「雄二、どうですか。いい子でいますか」

彼はそう言ってからすぐに、眉間に深い皺を寄せた。

「駄目だ、駄目だ、いい子ではない」

「ど、し、て」

雄二は不平を言わなかった。強権的な父にも、愛情の薄い母にも、こちらを見ようともしない女たちにも。悪いことは一度もしていないし、仕事で大きなミスもしたことがないから、他人への迷惑も最小限だろう。

いい子にしてきた。それなのに。

このままでは海がもらえない。

雄二は焦りで舌をもつれさせながら、どうして、どうして、と繰り返した。

彼は人差し指を立てた。指先に付属する爪まで作り物のように整っている。そして、同じように整った形の唇に当てて、シー、と言った。弁明も許されない。悔しさで涙が溢れた。

すう、と息を吸ってからその人は、

「いい子は悩まない」

そう短く言う。

「雄二のことは分かります。雄二は自分ができることを自分なりにやったのでしょう。それは立派なことです。しかし、それによって余計な問題が発生して、悩んでいる。それはいい子とは言えない」

そんな。子供ができないのは自分の責任ではない。医師からも雄二には何の問題もなく、真那月の体質によるものだときちんと診断を受けている。それについて文句も言わないし、できるまで協力しようと思っている。これらのことを伝えたくても、シー、と言われては、もう何も言えなかった。

「雄二のことは分かる、と言ったでしょう。おまえが自分に責任がないと考えていることも分かる。実際にそうだ、雄二には責任がない」

彼は海のような深い色の瞳でじっと雄二を見た。海の上には夜空が広がっていて、その中に星が瞬いている。どこまでも美しい夜景を想起して、雄二も彼の瞳をじっと見つめ返した。

「どうしたら」

彼は頷く。そして、柔らかい声で、

「雄二、黄金の盃を用意しなさい」

「黄金の、さ、かずき……？」

雄二は何を言われているのか分からなかった。

「ええ、黄金の盃です」

「それは、盃って、あの、お酒を、入れたりする……どうやって」

「いい子は口を挟まない」

強い口調で言われ、雄二ははっと口を噤《つぐ》んだ。

「自分で作っても、人に作らせてもいい。大きさもなんだって構わない。大事なのは黄金であることと、そして盃であることだ」

雄二は余計なことを言ってしまわないよう、口を両手で塞ぎながら頷く。

彼はそれを満足げに見た後、

「息子が生まれたら、その盃を捧げると約束なさい」

雄二は戸惑った。

「約束なさい。今」

「は……」

「『息子が生まれたら黄金の盃を捧げます』と言うのです、子供の雄二にも言えるはず」

「む、む……息子が」

「どうしたのですか。声が震えています。もっとはっきりと言わないと。おまえの祈りなのだから」

「息子が生まれたら、黄金の盃を捧げます」

彼は満足そうに微笑んだ。瞳がきらきらと光り、嵐の海のように波立った。

「よろしい。これでおまえの祈りは届いた。おまえのところに男の赤ん坊が来るでしょう」

雄二は彼の次の言葉を待った。しかし、いつまで経っても彼は何も言わない。

それどころか、徐々に遠ざかっていく。

こちらに顔を向けたまま、来た時と同じようにゆっくりと、滑るように。

「ま、待って……」

かすれた声で懇願すると、彼は首を傾げた。

「どうしました。まだ、何か言いたいことがあるのですか」

「う、海を」

「ああ」

彼は首を少し傾けて言う。

「少しだけですよ」

雄二の目から涙が溢れた。確信したのだ。本当に、海をもらうことができるのだ、と。


「おめでとうございます」

産科医にそう言われたとき、クララは歓声を上げて雄二に抱き着いた。雄二も「良かった」と喜ぶ演技をした。いや、喜んでいたこと自体は演技ではない。本当に良かった、と思った。まだ生まれたわけではないが、これで大丈夫だ、という確信があった。そして、間違いなく性別は男だ。彼のやることに間違いがあるわけがないのだから。

息子ができたということは、黄金の盃を用意しなくてはならない。

検索したところ、金の価格は毎日変動するようだが、純金の小さな盃であれば、五十万円前後でも購入できるようだ。

「これを買おうと思うんですけれど構いませんか」

ある程度大きな値段の買い物をするときは、一応同じ屋根の下に暮らしている者として報告することにしている。

「お祝い事ですから。うちの家では、子供が生まれるといつも、これで祝っていたんです」

「そうなんだ、別にいいんじゃない?」

本当にどうでもいい、というようなさっぱりとした口調でクララが言った。

「あなたがあなたのお金で買うんでしょ。だったらどうでもいいよ。この程度の金額なら相談も、別にいらない」

浴室からクララを呼ぶ、真那月の声が聞こえる。下品なくらい甘ったるくて、媚びるような声だ。二人のことは雄二には関係がない。しかし、「無能で手のかかる人間は大嫌い」と公言して憚《はばか》らないクララが、真那月のような、まさに愛嬌だけで生きているような女を愛しているのは何度考えても不思議なことだった。

クララはもうさっさと話を終わらせて、真那月と二人きりで過ごしたいようだ。雄二も余計な雑談など望まない。

クララの腹が誰の目にも分かるほど大きくなると、彼女は産休を取った。

「お母さん、色々手伝ってあげるから、帰っていらっしゃいよ」

そう申し出た義母に、

「私はある程度自分の力でやってみたい。雄二君もいるしね。もしどうにもならなくなったら、その時は頼らせて」

当初そう言ってクララは里帰り出産を拒否した。

確かに「妊婦として面倒を見てもらう」部分に義母の手助けは必要ないだろう。真那月は仕事などしていないわけだから、雄二がいない間も何かと世話を焼くことができる。

しかし、勿論義母は真那月が一緒に暮らしていることなど知らない。

クララにも、雄二にも、連日何度も義母から里帰り出産を提案する電話があった。

終いには出産までこちらの家に泊まり込むなどと言い始めたので、クララは止む無く実家に帰ることになった。

「真那月のこと、よろしくね」

クララは口が酸っぱくなるまでそう言ったが、一体何をよろしくすればいいというのか。くだらないインフルエンサーの話や、自分の見た夢の話をしたりする真那月。彼女は雄二にとって少し鬱陶しい女で、生活をするうえで必要最低限の会話ならしてもよいが、それ以上は御免だった。

それに、真那月だって雄二のことは邪魔とは思わないまでも、いなくてもいいとは思っているだろう。クララがいない状態で彼女と過ごす最適解は、お互いをいないもののように扱うことだと雄二は思った。

クララが実家に帰って、二週間ほど経ったころだ。帰宅すると、

「ねえ」

真那月に声をかけられる。少し驚いた。

「ああ……」

真那月を「真那月」だの「真那月さん」だのと呼ぶことさえ躊躇する、そんな間柄だ。苗字も知らない。

真那月は分厚い唇を逆への字型にして微笑み、

「ね、届いてたよ」

そう言って小さな段ボール箱を渡してくる。

「ああ、ありがとう、ございます……なんだろう」

受け取って自室に戻ろうとすると、

「ここで開けたらいいじゃん」

そんなことを言われる。いや、と断る前に、

「だって、どうせ貯めたゴミ、纏めるの、一階なんだから」

いつも雄二は定期的に、ビニール袋に纏めた自室のゴミを、一階にある大きなゴミ箱に入れに行く。段ボールもその横に纏めるのだ。確かにここで開けたほうがその手間が省ける。

「そうですね」

雄二はそう言って梱包を解く。雄二が感想を漏らす前に、

「なんだあ、目の前で開けれるってコトは、普通の荷物だね。大人のおもちゃとか買ってるのかと思ったのにぃ」

「は？」

真那月はニヤニヤと笑っている。

「だって雄二君、ホモの人でしょ」

「違いますが」

「えっ、じゃあなんで、こんな生活してるワケ？」

彼女が目を見開くと、白目の部分に黒子があるのが分かった。クララから「あんなに可愛い子はいない」「その辺のアイドルよりずっと可愛い」と言って紹介された。確かに真那月の顔は整っている。今は化粧もしていないだろうから、余計に彼女の顔立ちの良さが分かる。

「なんで、と聞かれても、都合がいいので」

「えっ、意味分かんない、クララとおんなじくらいお金稼いでるでしょ」

「ええ、それが、何か」

「えっ、ほんとに分かんない、これ、偽装結婚じゃん、金目当てとか、よそで自由に遊びたい以外で、こんな生活、都合いいって、何？」

仕事のこと、親兄弟のこと、何より、いい子にしていたら海がもらえること——そのどれも、このような失礼で頭の悪そうな女に言っても理解することはなさそうだった。

「まあ、色々あるんですよ」

そう言って雄二は笑顔を作り、立ち上がって、今度こそ自室に帰ろうとする。しかし、真那月は待ってよ、と肩を摑んでくる。

「もうちょっとおしゃべりしようよ、退屈なの」

「分かりました、では」

「敬語やめて。多分、私のほうが年下でしょ」

「……分かった。じゃあ、荷物を置いてくるから、ちょっと待ってて」

「えっ、結局ここで開けないわけ?」

「『大人のおもちゃ』じゃないことが分かったんだから、興味はないだろ」

真那月はにやりと笑った後、「早く帰ってきてね」と言った。

自室に戻って深呼吸をする。

「めんどくせえ」

思ってもみないほど低い声が喉から漏れる。

「めんどくせえ」

隠すことのできない本心だった。

顔立ちが整っていることなど、何の価値もない。それだって大して価値はないが、まだ話を盛り上げることができる程度に頭が良かったりすればいいものを、期待できそうもない。「ホモの人」は「大人のおもちゃ」を買う、そんな頭の悪い偏見を持ち、恥ずかしげもなく開陳するような人間は、無神経で頭が悪い。弟だってここまで愚かではなかった。

無意識に拳を握り締め、机を殴る。そして、荷物のことを思い出す。

「ああ、そうだ、黄金の盃」

独り言が止まらない。ここまで苛立ったことは記憶の中にはなく、自分が苛立つとぶつぶつと独り言を言うタイプの人間であると、雄二は初めて知った。その自分の癖も鬱陶しく、ますます苛立った。

乱暴に緩衝材をはぎ取ると、思った通り、美しい黄金の盃が出てくる。

こんなもの、あの人に言われてさえいなければ絶対に要らない、そう思った過去の自分のことを恥じるくらい、真那月に対する苛立ちが一瞬頭から消えるくらい、美しいものだ。

傷一つなくぴかぴかと輝いているのに、決して下品ではない。雄二はしばし、その金の美しい光沢に見惚《みと》れた。

「ちょっと、何やってんの。すぐ来てねって言ったじゃん」

視線を盃から外すと、ドアを開けて真那月が顔を出していた。黄金の盃に見惚れていて、気が付かなかったのだ。

雄二が入ってくるなと言う間もなく、真那月はずかずかと侵入してくる。

「え、マジでなんもない、どうやって生活してんの」

真那月はベッドとソファー、それと簡素なデスクしか置いていない雄二の部屋を見て、「なんもない」と繰り返した。そして、さも当然のようにベッドにどかっと腰掛ける。

「結構広いのに、こんななんも置かないの、勿体なくない?」

「ううん、あんまり物欲がないから」

雄二は今すぐ真那月を蹴り飛ばし、追い出してしまいたいのを堪えて答える。

「あ、もしかして、他の人のとこに置いてる?　女の家とか」

「いや、そういうのは……一応、結婚してるからね」

作り笑顔が辛い。筋肉が引き攣《つ》れてひくひくと痛んだ。

「ふーん、別にいいと思うけどね。雄二君、かっこいいのに、勿体なぁい……あっ」

真那月は突然大声を出した。

雄二の脇から手を伸ばし、黄金の盃を取る。

「きれいだから、これ、ちょうだい」

「あ……」

「別にいいでしょ？　これくらい」

真那月は、目ざとく盃を見つけたのだった。

「うーん……」

「これから子供が生まれるんだよ？　お祝いってことでどう？」

なぜこのような素晴らしいものを真那月に与える必要があるのか。このような腹立たしい女には、飴玉一粒でさえくれてやりたくはない。そう考えてから、なぜ、と疑問が浮かんだ。なぜ、自分はこれほど真那月に苛ついているのだろう。雄二は特定の人間に好意にしろ悪意にしろここまで強い感情を抱いたことはない。

いい子にしていたら——いい子は、他人に執着しないからだ。執着はトラブルを生む。いい子はもめ事を起こさない。

真那月に苛立つのは不正解だ。

そう考えると、口から自然と、

「いいよ。そうだね、お祝いだ。おめでとう」

真那月はやったあ、ありがとぉ、と語尾を伸ばして言い、満足そうに微笑む。自分で言ってから驚いたが、言ってしまったのだから仕方がない。もう一度同じものを注文すれば良いだけだ。費用は掛かってしまうが――頼みごとを断らないのが、いい子だ。

雄二の部屋より美しい盃に興味が移ったのか、

「ありがと雄二君、これからもよろしくねえ」

真那月はそんなことを言ってさっさと部屋を出て行った。

ぱたぱたという足音が遠ざかるのを待って、「よろしくなんてするわけねえだろ」という言葉が出てしまい、反省する。

真那月のことを考えるのはやめた方がよさそうだ。いい子ではなくなってしまう。


もうすぐ生まれそうだ、という連絡を受け、会社を早退し、雄二が病院に着いたときには、もう既に子供は生まれ、クララの腕の中ですやすやと寝ていた。

「雄二君、遅いわよ」

義母がそう言った。すみません、と謝罪する。

息子だ。やはり男だった。

生まれたての、顔の赤い赤ん坊を見ても、疲れた様子のクララを見ても、雄二は何も感じなかった。

本当にこれは、あの動物のような女と、クララの子供であるのかもしれない。

子育てに協力することは求められなかった。

クララはすぐに復帰して、まったくブランクを感じさせない働きぶりだった。雄二も全く変わらず、一緒に働く。

衝動的に人のものを欲しがるような動物的な女のくせに――いや、動物だからこそ、母性本能なるものが強いのか、真那月は子育てをきちんとしていた。

一応、沐浴《もくよく》やおむつ替えなどの基本的なことはできるようにさせられたが、それは義両親や友人が訪問してきたときに全く何もできないと不自然だからであって、普段は触ることさえさせてもらえないし、雄二もそれを望まない。

真那月とクララは、まるで普通の新米夫婦のように子育てを楽しんでいるように見える。この空間に雄二の居場所はなかった。ここは二人の家だ。

雄二はまた、外出するようになった。

会社のある日でも必ず海を見に行く。黄金の盃を持って。

真那月に取られたものと全く同じものを購入したのだ。

息子が生まれたということは、黄金の盃を捧げなければならず、そのときにあの人が現れるわけで、海に行けば必ず会えると思った。

息子が生まれてひと月経って、その時は訪れた。

遊泳禁止の看板の向こうに、人影が見える。

「おうい」

彼の名前を知らないから、雄二はおうい、おうい、とあの人を呼んだ。

「嬉しいですね、おまえ、そんなに私と会うのを楽しみにしていたのですか」

彼はにっこりと微笑んで、雄二の頭を撫でた。

雄二が何も言わずに頷くと、彼は右手を前に出した。

「おまえの思っている通りですよ。黄金の盃を渡しなさい。そうすれば」

彼が言い終わらないうちに、雄二は黄金の盃を美しい右手に握らせた。

彼は一瞬、目を細めた。

「これで、海を」

「違う」

からん、と音がした。黄金の盃は彼の手を通り抜けて、コンクリートの上に転がっている。

「これではない」

凍てついた声だった。身が凍るような思いで、雄二は言葉を紡ぐ。

「これでは……だめなんです、か、でも、これ……金です、きちんと、証明書も……」

「そうではない」

そう言われて、すぐに脳裏に、あのことが浮かんだ。あれだ。あの女が当然のように持って行った黄金の盃。

「これは、同じものですよっ」

雄二は必死で言った。

「値段も同じです、同じものですっ」

「値段の問題ではない。おまえ、父がそのようなものを望まれると思いますか」

何の愛情も籠らない、冷徹な口調で言われ、雄二は意味も分からず涙を零した。

「泣かなくてもいい。泣く必要はない。ヒトには、分からないことなのかもしれないから」

彼は膝を屈《かが》めて、雄二の頬に手を添え、ゆっくりと撫でた。見た目と同じように、陶器のような冷たい質感。しかし、触れられた部分から全身に、じわりと温かさが広がっていく。

「いいですか、雄二、最初のものです。最初に生まれたものなのだから、最初のものを捧げる。分かりますか」

同じものを買っても駄目だった。なぜそれでいいと思ったのか。雄二は恥ずかしくてたまらなかった。そういう問題ではないのだ。

あの女が持っている、最初の黄金の盃でなくてはいけなかったのだ。

しかし、分かったところで、どうしたらよいのか、雄二には見当がつかなかった。あの女に返せなどと言って聞くわけがないし、もしかしてとっくに売り払っていて、今はないかもしれない。

途方に暮れて肩を落とすと、彼は柔らかく微笑んだ。

「連れてくればいい」

「えっ」

「その女を、私の前に、連れてくればいい」

「そうすれば……」

「ええ、そうすればいい」

雄二は頷いた。連れてくるだけならできそうだった。確か、今月末に、クララは赤ん坊を連れて実家に帰ると言っていた。クリスマスパーティーをするのだ、と。義母が「雄二君は来なくていいわよ」と言った。「来なくていい」というのは、「来るな」ということだ。雄二も行きたくはなかったから、そうすることにしたのだ。そうだ、その日に。

「あの、海を……」

「そうですね、いいでしょう。そのときに、海をあげますよ、少しだけ」

彼は遠ざかっていく。

海に近付かないで下さい、危険です。

海に近付かないで下さい、危険です。

海に近付かないで下さい、危険です。

聞こえる、脳の奥から、湧いてくる音だ。

真那月を連れ出すのは簡単だった。クリスマスだから街を見に行きませんか、とか、そんなふうに誘った。

「まあ、暇してたし。いいよ。でもご飯は奢ってね」

二つ返事で了承して、真那月はそのアイドルのような顔に丹念に化粧を施し、クララが買い与えたであろう高級な衣服を着ている。

「で、どこ行くの？　買い物？　映画？　それともイルミ？　私のこと見せびらかしたい感じ？」

うるせえなバカ女、そう言いたいのを堪えて雄二は「海だよ」と言った。

「え？　海？　私、寒いの無理なんだけど」

雄二は何も答えず車を走らせる。

真那月はしばらく嫌だのなんのと言っていたが、欲しいものを買ってやると告げると、すぐにおとなしくなった。

クリスマスだが、どんよりと曇っていて、今にも雨や雪が降りそうだった。

しばらくすると海が見えてくる。

遠くに寄る辺なく流されている木片が見えた。もしかして、流されたボートかもしれない。あれはこれから波に翻弄され、砕け、ばらばらと海の底へと消えていくのだ。

「ほら、やっぱ寒い。ストッキングって全然あったかくないんだよ？　知らないの？」

いつもの場所に停車してから、まだ不平を言っている真那月の腕を引いて、フェンスの破れた部分に体を押し入れ、真那月をそこから通してやり、その後ろに続く。

「最悪、ストッキング伝線した」

もう雄二の耳に、真那月の声は動物の鳴き声にしか聞こえなかった。ただ、あの人の声だけが聞きたかった。「海をあげますよ」という言葉を。

海に近付かないで下さい、危険です。

海に近付かないで下さい、危険です。

海に近付かないで下さい、危険です。


「なにっ、なんなの、これ、どこから聞こえて」

雄二は少し驚いた。これは雄二の脳内から湧いたものではないのか。この女にも聞こえているのか。

あの人がいた。

真那月は彼を指さし、震え、顔を引き攣らせて叫ぶ。

「あれ、何、何！　怖いっ、何あれっ」

雄二は思い切り真那月の頬を叩いた。

「痛いっ！　なにすんの！　どういうこと？　何なの？　痛い、何？」

「黙れ」

短く言うと、ヒッと小さな悲鳴が真那月の口から洩れる。真那月はそのまま下を向いて、がたがたと肩を震わせた。

海の方を確認しようとすると、もう目の前に彼はいた。

ヒーッと悲鳴が聞こえる。絞められた鶏のようだ。

彼に促される前に雄二は言った。

「息子が生まれたら、黄金の盃を捧げます」

彼は満面に笑みを浮かべる。淡い色の口腔。白い牙が光る。

「投げ入れなさい」

彼の口から発されたものか、それともそれ以外のものか、分からない。

目の前の肉塊は、髪を振り乱し、腕を振り回して、必死に喚いて抵抗している。

「すべての罪は、海に投げ入れられる」

雄二は肉塊を摑み、縊《くび》り、海に投げ入れた。それは藻搔いて、しかしそのまま、消えていく。それが沈んで、名残りのような水泡さえ消えた時、ふと、雨が降ってきた。そして、からり、と黄金の盃が地面に転がっている。

雄二はそれを拾い上げ、彼の手にしっかりと握らせた。彼の手は濡れていない。今度は、すり抜けなかった。

雄二は期待を込めて、彼の顔をじっと見る。しかし彼の顔からは、笑みが消え去っていた。

そして何も言わず、遠ざかっていこうとする。

「ま、待ってください、待って！」

雄二は必死で叫んだ。喉が破れそうなくらいの声で。

「どうしたのですか」

「う、海！」

雄二は幼い頃に戻ったように騒いだ。あのときのように、言ってほしい。いい子にしていたと。いい子にしていたから、海を。

「海を、くれるって……」

ははは、と笑い声が聞こえた。彼の口からではなく、それは、荒れる海から聞こえたような気がした。

「もうあげたではないか。少し、ね」

心底不思議そうな顔で彼は言った。

「も、もらってない……」

雨粒が雄二だけに激しく降り注ぐ。彼は雄二をじっと見つめて、

「新しい天と地を知っていますか」

静かにそう尋ねる。

雄二は質問の意味さえ分からず、首を横に振ることしかできない。

「父の家があり、父はヒトと共にいて、ヒトの涙をぬぐい去ります。そこに先の天も先の地もなく、海もないのです。死もなく、痛みも、悲しみもない、それは海が過ぎ去ったから」

「海、じゃあ、海、というのは……」

「海というのは、罪のことかもしれません。正確に言うと、罪が集まったものです。あなたに罪を少しだけ、あげました。返したと言った方が正しい」

「返した……？　どういうこと……？」

雄二は子供のような口調で尋ねた。必死だった。急激に、なぜか、そんな感情は今までなかったはずなのに、猛烈に恐ろしくなった。

今、一体自分は何をしたのか。

何を海に投げ入れたのか。

そもそも、なぜ、息子が生まれたら——

何も分からない。目の前の美しい人が眩《まばゆ》い光ではなく、バケモノに見えてきた。そのことがどうしてか分からず、止めどなく両の目から涙が溢れる。

「雄二」

その人の声は蟲《むし》だった。鼓膜を突き破り、蝸牛《かぎゅう》を食い破る。

「雄二、思い出しなさい、おまえが小さい頃、何故海にいたのか」

彼に触れられ、その熱の残っている頬から、何かが溢れ出してくるようで、雄二は手で押さえる。

なぜ、頬が、熱いのか。

頬を強く打《ぶ》たれたからだ。

そうだ、酔った父に、強く頬を打たれたのだ。

二匹も三匹もガキはいらないと母に怒鳴っていた。

母は雄二を車に乗せて——雨の日だった。

荒れ狂う海を覚えている。桟橋に、置き去りにされた。

「戻ってきたらいかんよ」

母はそう言った。

ずっと、アナウンスが流れていた。

海に近付かないで下さい、危険です。

海に近付かないで下さい、危険です。

海に近付かないで下さい、危険です。

「雄二の母は、罪を投げ入れに来た」

彼は静かな声で言った。

「そして雄二は、きれいになった。それなのに、また罪を欲しがった。不思議な子供だ。生まれながらに、持っていたものなのに。誰もがいらないものだったはずなのに」

星のような瞳が光る。これは人間の瞳ではない。ただ、こちらを見ている。

「母が恨めしいですか?」

雄二は首を横に振った。

「私のことが恨めしい?」

雄二はまた、首を横に振った。

「父のことが恨めしい?」

雄二は何も答えない。首を横に振るだけだ。ただ、海が何なのか、分かったのだ。

「海は美しい。しかし、新しい天と新しい地にはいらないものです。今はまだ、はるか遠い。おまえ一人でどうなるものでもありません」

彼は少し憐れむような顔をした後、また何も言わず、遠ざかって行こうとする。

雄二はただ、無性に悲しくて、人生のすべてが失われたような気がして、遠ざかるそれに大声で怒鳴った。

「俺は、いい子でしたか?」

いい子でしたよ、と遠くから声が聞こえる。

「いい子にしていれば、また……」

いい子には、いいことが起こりますよ、そう聞こえた気がした。願望かもしれない。


一体どうやって帰ったのか、家に辿り着いて、びしょ濡れのまま玄関に入る。

部屋は真っ暗で、凍えるように寒かった。しばらく玄関で立ち尽くした後、雄二は風呂に入った。湯を張るまで待つ余裕がなかったから、外国人のようにシャワーヘッドを持ちながら湯船に入り、その中で全身を洗い、溺れるように湯につかった。

体温を取り戻して真っ先にしたことは、ドライブレコーダーの記録を消去することだった。カーナビも初期化する。クララは年越しも実家で済ませて元日の夜に帰宅するらしい。それまでに、全てをどうにかするしかない。

「いい子」に拘《こだわ》っていたことが信じられなかった。いや、拘っていたことではない。自分は明確に間違っていたのだ。

真那月は我儘で愚かで図々しい女だったが、悪人ではなかった。普通の人間がすべきことは話し合いだったのだ。言葉で交渉すればよかったのだ。ただ頼めばよかった。「盃を返してくれ」と。

そもそも、誰だ。あの男は。

「誰」ですらないかもしれない。

「何」だ。

人間とは思えない。バケモノだ。

水の上を歩く恐ろしいバケモノの言う通りに操られていた、なぜ。

いや。操られたのではない。

雄二は、そうしたかったから、そうした。

真那月を、殺した。

そうだ、海に突き落として、一人の女を殺した。

殺人罪だ。なんの理由もなく殺した。狂った所業だ。法律がなくとも、明確な悪だ。

めきめきと音がして、口内に違和感を覚える。

唾と共に薄汚れた白いものが吐き出された。

雄二はそれを握り締めて、明かりもつけずにベッドに入った。

眠ったのか、眠らなかったのかも分からない。朝になって、雄二はそれを握り締めたまま近所の大学病院に行った。

散々待たされてレントゲンを撮り、さらに待たされてから歯科医師の前に座る。

詰め物がとれた、と書いてある問診票を見て歯科医師が、

「ああ、これね、詰め物じゃないですよ。歯です。一番奥の歯のカケラ。虫歯が広がっていて、ほとんど残ってないし、もう抜き時だったから、大丈夫です。親知らずですからね、まっすぐ生えてるし——今から、残りも取っちゃいましょう」

麻酔をし、ピンセットのようなものを差し入れて揺らすだけで、残りとやらはころりと落ちた。雄二が握り締めていたものと同じ色をしていて、ゴミのように小さかった。

歯科医師という第三者と話してほんの少しだけ冷静になったからか、雄二はクララに電話をかけた。

「なあに」

クララの声はほんの少しだけ柔らかくなっている。

「昨日から、真那月さんが帰って来ないんだけど」

ひゅう、と息を強く吸い込む音が聞こえた。しばらくして、

「……そう」

クララはそう言った。恐ろしいほど冷たい声だった。

「連絡してくれてありがと。あなたはそのまま過ごしてていいよ。戸締りは、忘れないで」

分かった、と雄二が答える前に電話は切れた。

クララが帰ってくるまでの数日、雄二の考えは何度もぐるぐると同じ場所を廻った。日が出ているうちは、前向きになる。バレても構わない。警察が来ても構わない。死体は海の底だ。見付からない。そう思う。しかし日が沈むと打って変わって悪い予想が止まらなくなる。日本の警察は優秀だ。海の底から死体を掬《すく》い上げて来て、殺人がバレる。それと同時に、雄二とクララの異常な夫婦関係もバレる。事件は大々的に報道され、死刑を免れたところで生きてはいけない。自殺するしかない。

クララが帰ってくる予定の日は、朝から居ても立ってもいられなかった。何度時計を見ても、十分も経っていない。それを気が遠くなるほど繰り返して、インターフォンが鳴った。

ここ数日は何度もモニターを確認した。警察ではないかどうか。しかし、宅配便かセールスだっ

たし、今回は、クララだった。

鍵を開けると、クララは赤ん坊を体にくくりつけ、両手に荷物を抱えていた。実家から持たされた料理や、菓子の類だろう。

「ただいま……」

「おかえりなさい……」

クララの声は浮かない。

はあ、と大げさな溜息が聞こえる。

「あのさあ、もう、分かってるって、思うけどさ」

心臓が跳ねる。次に何を言われるのか想像するだけで嘔吐してしまいそうだった。

「やっぱ真那月、浮気、してるよね」

はえ？　だの、ほえ？　だのという、間抜けな声が雄二の口から漏れる。クララは苛立ったように舌打ちをした。

「いや、あのさ、真面目に言ってるんだよ」

「あ、はい……」

「どう思うの？」

「いや……」

「いや、じゃないだろ。クリスマスに出かけて、浮気してないってことはないだろ」

前から怪しんでいたのだ、とクララは言った。買い与えた覚えのない洋服や宝飾品が増え、性交を誘っても断られることが増えた、そんなことを、何故か雄二を責めるようにクララは捲《まく》し立《た》てた。

一通りヒステリックに喚いた後、子供が泣いていることにやっと気付いたのか、クララは「もう寝る」と短く言った。

「あの……」

「何？　あんたは余計なことしなくていいから」

クララにそう吐き捨てられて、「失踪したということは考えられませんか」などと言わなくて良かった、と思う。いや、良くなかったかもしれない。むしろ自ら警察に通報するくらいが、普通の反応かもしれない。いや――

雄二には何も分からなかった。

急に正解が分からなくなった。

今まで選んでいたのが正解かどうかも怪しいものだった。


真那月を殺して一か月ほど経ってから、雄二はある辞令に飛びついた。

シンガポール支社への転勤だ。

本来は自由に動ける単身者のみ募っていたものだが、雄二はどうしても行きたい、と強く頼み込んだ。

理由は明白だ。罪を咎められる前に、逃げるためだ。

今はまだクララは、真那月が別の男、あるいは女と一緒に逃げたのだという考えに囚われていて、興信所を使うことはあっても警察に頼るという発想には至らなそうだ。しかし、真那月の親類はどうだろう。

真那月の親の話は聞いたことがない。もし全く心配されないような関係性だったとしても、真那月の友人は？　いずれにせよ、どこかに誰か一人でも彼女のことを気に掛ける存在がいて、捜査が入ったら、雄二は破滅する。

海外に行ってどうなるものでもないが、日本にいるよりはましだろう。

バレる、バレないはともかく、もう雄二は何か環境ががらりと変わるようなことでもなければ前に進めない気がしていた。

シンガポール行きはあっさりと許可された。元々雄二には何か新しい仕事を任せてみたかったのだと言われたが、クララがシンガポール行きを強く推したことが大きいだろう。

雄二が家を出るとき、「まあ、頑張って」とクララは軽く言った。雄二は頭を下げて、「行ってきます」と言った。

雄二はもう、海を欲しがることはない。

海に翻弄されたいとも思わない。

もう持っているものだ。

雄二は――いや、ヒトは、今いるヒトは、天と地と海と共に消え去るものだ。

なぜ、それなのに、ここまで苦しまなくてはいけないのか。とてつもない後悔と、罪悪感が押し寄せる。一度もらったものを、もういらないと返すことはできない。

どこからでも海が視界に入るこの国で、あの人を時折探してしまう。

海に近付かないで下さい、危険です。

間違っている。海は誰でも持っているものだ。

次、もし次、彼と会えて、もし彼がなにか下さるというのなら、全てを忘れさせてもらいたい。

そう思う。


信仰の薄い者よ、なぜ疑ったのか。

（マタイ 14:31）

天賦の才

小塚応太郎《こづかおうたろう》。

検索窓にそう打ち込むと、トップに出てくるのは自著に対する感想だ。

『紙に刻む』というタイトルのそれは、十数年前に刊行されたものだが、細々と版を重ね、絶版にならずにいる。さらにひと月ほど前、人気ミステリー作家の武田真央《たけだまお》がテレビで紹介したため、三日前にまた重版がかかった。

自著への感想は嬉しい。武田真央のおかげか、若い人たちが読んでくれているようなのも。

しかし、私が気になっているのは『紙に刻む』の感想ではない。

私は、よせばいいのに、キーワードを追加する。

小塚応太郎　一花、と。


一花マジの天才。こんなん描けへんやん普通。これクレヨンとかありえんやん。頭おかしなるて。師匠？の小塚応太郎って人がすごいんかもしれん。マジ出会わせてくれて感謝や。ありがとう小塚応太郎

武田真央さんが紹介してた本読んだら、一花の師匠の人のエッセイらしい。小塚応太郎って人。なんか感動。一花マジ好きだから

私が愛してる一花とコラボした名古屋トレスコの玄関〜〜いい匂いするまである。こんな愛し

てるけど経歴とかは知らんかった。小塚応太郎、調べたらこっちも好きな感じだった。美術の教科書載ってるの見たことあるかも

スマートフォンを床に放り投げる。硬いもの同士がぶつかる音がした。おそらくガラスカバーのひびが増えていることだろう。二日前もこうして床に投げ捨てたわけだから、学習しないことだ。一花。

彼女のことが憎い。

私は今でこそ一流の画家のように扱われているが、滑り出しから順調だったわけではない。せっかく美大を出してもらったが、学生時代にパトロンが得られたわけでもなく、また、就職したり、自分で何か会社を興すような能力があったわけではなかったから、同じような仲間とともに、狭い部屋を借りて、その日暮らしの生活を送っていた。

似顔絵を描いたり、映画の看板の修繕などをしたが、そんなものでは到底暮らしてはいけない。もっぱら、仲間内の実家が裕福な道楽息子にタカって生きていたわけである。

そんなふうに過ごしていたある年、「五十四年会」というグループ展が開催された。なんのことはない、文字通り、昭和五十四年に生まれた芸術家が集ったものだ。

メンバーのうちの一人が同級生で、浅見《あさみ》圭吾《けいご》といった。浅見は海外で高く評価され、既に新進気鋭とか、現代彫刻の旗手とか言われていた男だったが、なぜか私の作品が強烈に印象に残っていたとのことで、誘ってくれたのだ。

彼曰く、五十四年会のメンバーはそれぞれ作風もジャンルも違ってはいたが、同年代を生きた者としての感覚が似ているということだった。

グループ展の会場は大手百貨店の画廊にした。

せっかくいろいろな分野の人間が集まっているのだから――と、既存の展覧会にはない、互いに協力し、融合させるような趣向は好評で、それから毎年開催されるようになった。美術商やコレクターといった外部の人間にとって、というよりも、私たちにとって有意義な会だったかもしれない。少なくとも私は、貧しい生活の合間合間に内に籠って孤独な製作を続けていたら学べなかったであろう多くのことを彼らから学んだ。

五十四年会に目をつけた美術商たちが、彼らお抱えの芸術家を連れて、五十四年会のような多くの美術展を開催した。勿論、私や五十四年会のメンバーも駆り出され、来る日も来る日も製作と開催を絶え間なく繰り返した。

そうこうしているうちに、私を含む五十四年会の数人は、いつの間にか流行作家のように扱われることとなった。

私の周りには急激に人が増え、賑やかになった。悪い人はいなかった。しかし、ほとんどの人間は私を理解しなかった。

私が、徹底的に陰鬱で、常に他人を妬み、心に深い闇を抱えていると、理解しなかったのだ。

私は目を瞑ると、今でも瞼の裏に思い浮かぶ母の姿がある。

蝦蟇《がま》だ。

母は蝦蟇だった。

明日食うに困るような極貧の中にあって、母は体を売っていた。

母は上野だかどこだかの、鄙《ひな》びたスナックのホステスだったと聞く。あまり容姿が良くなく、陰気な女だったから、寝ることで客を取っていた。そのうち身籠ったのが私である。

頼れる縁者もいなかったようで、母は私を産み落としてすぐ、市営住宅の一室である我が家で売春を始めた。

私は物心ついた時から、母が客を取るのを間近で見ていた。股を開き、組み敷かれる母は蝦蟇のようだった。

私にとって、母とは蝦蟇だったのだ。

客たちのことは嫌いではなかった。母は私と二人の時、話などせず、食事はすかすかと空気の入ったコッペパンを一日に一回、それとごくたまに駄菓子の類を手渡すくらいだった。しかし、客の中には子供に優しい男がたまにいて、事が終わると一緒に遊んでくれたり、食事を奢ってくれたりもした。思うまま、どんなものでも食べることができるようになった今でも、客の男が町の食堂でご馳走してくれたかつ丼の味は忘れられない。

一応小学校に通っていたが、給食のためだけに行っていたものだから、勉強にはまるで身が入らなかった。運動もからきしだったのだが、私は持って生まれた険しい顔立ちと、頭一つ大きな身長のおかげで、いじめの被害には遭わずに済んだ。ただただ、孤独に過ごしていた。

こうした日々を送っていたある日、母が突如、

「あたし、行くから」

と言った。

「どこに行くんだ」

そう聞いても母は答えなかった。私は母の後ろ姿を見送るだけだった。

一日経ち、二日経ち、三日経ってもドアが開くことはなかった。水道水だけでしのいでいたが、ひもじくて、辛くて、家を飛び出し徘徊した。

あてどもなくさ迷い、私は八百屋の店先に、つややかな赤い玉を見た。手を伸ばし、一口齧り、喉を潰すような甘さに感激し、さてもう一口、と口を開けたところで、太った中年女に張り手を食

らった。

私はそのまま警察署だか、児童相談所だかに連れて行かれ、当然の質問を受けた。

お母さんは。お父さんは。

しかし私は、どちらも答えられなかった。そんなことを聞かれても、無いものが生えてくることはないからだ。

私は常に栄養失調気味であったのに、上背だけはあったから、不貞腐れた不良少年に見えたことだろう。当たり前のことだが、やはり親に連絡はつかなかった。

結局、学校に連絡が行ったようで、教頭先生がやってきた。

私は教頭先生のことはほとんど知らず、朝礼のとき、背筋のピンと伸びた人がいるな、と思った記憶がある程度だった。

教頭先生は周りの大人たちに挨拶したあと、

「応太郎くん、うちの子になりますか」

そう言った。

何の迷いもなく頷いた。もうひもじい思いはしたくなかったからだ。

私はこうして、教頭先生である小塚誠二《せいじ》の養子となった。

小塚誠二が愛情深い人であったかと問われると、間違いなくそうだろう。ただ、当時の私はそれを理解できるほど、大人ではなかった。誠二は学校の他の生徒と私とを区別していないように見えたからだ。

小塚応太郎になってからも学校生活は続いていき、孤立しながらぼんやりと授業を聞いた。前ほど給食を美味いと感じなくなった。小塚家はそれなりに裕福だった。私ではない、本当の息子は数年前家を出て行ったそうで、暇を持て余した誠二の妻がいつも手の込んだ料理を作ってくれた。

誠二は寡黙な人で、私のやることに口を出したことはなかった。ただ、「本を読みなさい」「勉強をしなさい」くらいの、大人なら誰でも言うだろうことをたまに思いついたように言うのみだった。

私の画家としての目覚めがあったのもその頃だった。

あるとき、図工の時間に、二人一組になって、お互いの顔を描くという課題があった。

私は餓鬼大将の少年とペアになったのだが、彼に向かって「右を向いてくれ」と言った。彼は同級生にそのような言い方をされたことがないらしく、「俺に命令するな」と凄んで見せた。しかし私は、「いいから右を向いてくれ」と再び言った。

根負けしたのか、あるいは他の感情からか、餓鬼大将は最終的には私の言う通り、右を向いたり、左を向いたり、立ち上がって見せたりしてくれた。

どうも、そこから私は一目置かれたようだ。今でも当時の同級生とは細々と交流を続けている。

その話は図工の若い教師から誠二の耳にも入ったようだった。誠二は帰宅すると、

「どうして右を向けと言ったりしたんですか」

と尋ねてきた。

「だって人を描くのだから。人は厚みがあるし、影もあるから」

私はそんな風に言ったのだと、のちに地方紙のインタビューで誠二は答えていた。

『この子には光るものが見える。私は絶対にその光を絶やしてはならないと思いました。それが、教育者として、また、父親としての責務でした』

美しい答えだ。私はこれを初めて読んだ時、感動で胸が苦しくなった。今その記事を見ると、別の意味で胸が苦しくなる。私に光などない。私は父が思うような人間ではない。

とにかくそれから、餓鬼大将の人物画を見た教師は、私に積極的に絵を描くよう勧めるようになった。

誠二もまた、その分かりにくい優しさでもって、私を野山だとか花畑だとか、景色の良い所へ連れて行くようになった。

私は褒められた経験が少なかったため、とにかくうれしくて、期待されるがままに絵を描き続けた。苗字が小塚になってからの小学校三年間で、私は二回、文部大臣賞を取った。

私が大人の交じる美術展で特選を取ったことにより、画家の大津留武《おおつるたけし》に絵を見てもらい始めたのは中学二年生の時である。

大津留は応ちゃん応ちゃんと言って、私のことをペットのように可愛がってくれたが、絵のことに関しては誰よりも厳しかった。私はついぞ、彼から絵を褒められたことはない。しかし、彼は間違いなく、私を絵のうまい少年としてではなく、一人の芸術家として扱ってくれていた。

大津留はよく私を上野の西洋美術館に連れて行ってくれ、「何事もよく見ることです」と言った。私は初めて見た本物の、西洋人が描いた西洋画がひどく怖かった。私は根っからの日本人であるというのに、何故か西洋画の方が、描いた人物の苦悩や、神への畏敬が直接伝わってくるようだった。聖母被昇天を観て、涙したことがある。感動からではなく、人間よりずっと上位の存在から何か語りかけられたような気がして、涙でも流さないと気が狂いそうだったからだ。

その話を誠二にしたところ、何をどう解釈したのか、私に聖書を渡してきた。私は内容を読まなかった——いや、実際のところ、難しくて読めなかったのだが、もし仮に理解できるくらいの知能を持ち合わせていたとしても、読まなかっただろう。理由はやはり、怖いからだ。聖書を読み、西洋画のテーマを理解することが、得体の知れない大いなるものへの恐怖感を払拭することに繋がるとは思えない。知ることも、知らないことも、恐ろしいことだ。見ることと、知ることは違う。私は関わらない。見るだけだ。

私は中学・高校と学校生活を疎《おろそ》かにしながら、大津留の家にせっせと通った。新聞に数回載り、天才少年ということになっていた私を責める者はおらず、大津留の「素描力だけは抜群にある」という口利きもあって、美大に進学することができた。

美大での生活は一言でいえば絶望だった。

「天才少年」というメッキはすっかり剝がれ落ち、玉石の石の方だと悟った。

貧困家庭から、親切な紳士に拾われ、美大にまで進学する。当時の私はそういった、幸運としか言いようのない境遇を自覚できず、ただ同級生たちの華やかさを妬んだ。

私が輝けないのは私の実力ではなく、経験の差だ。同級生たちはとみに裕福な家庭の者が多く、私の何十倍も色々な経験をしている。油彩の代わりにクレヨンを使うなどという惨めな体験もしたことがないだろう。だから――

と、真剣に思っていたのである。

そんな中でも唯一、文句なしに評価された作品がある。ほかでもない、浅見が強烈に印象に残ったと言っているのもその作品だ。三年次、前期の課題で母の姿を描いた。

私は、半ばやけくそだった。同級生への嫉妬を込めたように、これでもかというほど醜い蝦蟇のひっくりかえったのを描いた。鉛筆だけで、ぐりぐりと力を込めて描いた。どういう意図でこれを描いたのかと聞かれ、「母です」とだけ答えた。

担当教授の勧めもあって百貨店の画廊に飾ってもらい、物好きが十万円で買っていったそれは、今では教科書に載っている。

私にとってこの絵が評価されたことは驚きだった。

この蝦蟇が母だと思うのは私だけで、他人から見ればただの死にかけの蝦蟇に見えるはずである。しかしこの絵は少なくない人になんらかのショックを与えたのだ。私はここで初めて、絵の持つ力というものを思い知ったかもしれない。

結局、私の生活を引き上げてくれたのも、この蝦蟇の絵だったわけだ。

私は蝦蟇の絵のおかげで浅見に誘われ、五十四年会にするりと入り込み、人気作家ということになった。

こうなってくると、ただ絵を描いていればよいというものではなくなってくる。

五十四年会のほとんどのメンバーは私などとは違い玉石の玉の方ではあったが、段々と人数が減っていき、何故か浅見と私が中心メンバーのようになってしまった。そこで『実は彼らは石で、私が玉なのではないか』などと仄暗い優越感を抱いたことは否定しない。しかし、そうではないのだ。皆、芸術ばかりに全力を注ぐわけにはいかないだけなのだ。生活と芸術、どちらも疎かにしないでいられるのは浅見のような真の天才だけであり、ほとんどの場合誰もが生活を優先せざるを得なくなる。私だって、浅見が特別に目をかけてくれたりしなければ露と消えていたはずの人間だ。

人数が減ってくると、当然ひとりの責任も重くなってくる。

手探りで展覧会の運営をやり、片手間に自分の製作をするような状態でも、ありがたいことに絵は売れ続けた。

浅見は私よりずっとスマートな男だったから、運営も製作も意欲的にこなし、結婚し子をもうけて、合間にお偉方に顔を売る余裕もあった。人数は減っても、浅見の尽力のおかげで五十四年会はますます勢いを増したのである。

浅見が彫刻の人間で本当に良かった。浅見が私と同じ分野の人間であったら、酒に毒でも入れて殺していたに違いない。

いや、実を言うと、殺そうとしたことがある。

浅見は本当にいい男で、私の恩人であり、実力も人柄も兼ね備えている。しかも、それを少しも鼻にかけなかった。そういうところが、私は堪らなく妬ましく、彼と一緒に過ごすと狂い死にしそうだった。

ある懇親会の後、浅見は人がはけた会場のカウンターの上に突っ伏して寝ていた。無口な私の代わりに、社交の類はすべて引き受けてくれていたから、体力的にも限界だったのだろう。

「浅見、今日はありがとう」

そう声をかけても返答はない。完全に眠っている。

眠る浅見の整った顔を見て、私の心に突如、殺意が芽生えた。ずっと劣等感と嫉妬心は持っていたが、「殺そう」と思ったのは突如としか言いようがない。もし目の前にちびた鉛筆でもあったなら、それを取って、殺意を込めてあの蝦蟇のような絵を描けた。しかし、その時床に落ちていたのはワインの空き瓶だった。

軽く肩を叩いても、起きる気配がない。

今しかない、と思った。

私がワインの空き瓶を振り上げたとき、

「小塚先生」

背後から透き通った声が聞こえた。振り向くと、すらりとしたシルエットがあった。

「久根君……」

美術商の久根ニコライだ。たしか、会の途中で、抜けて行ったはずだが。

「ああ、久根君、さっき、帰ったと思っていたんだが」

「すみません、忘れ物です。それ……」

「ああ、これはね、床に落ちていたもんだから。それで、浅見も寝ているのに気が付いて、だから」

私の口は何の意味もない言葉を矢継ぎ早に漏らした。久根に何かを言われるのが恐ろしかった。

もし、私のしようとしていたことを指摘されてしまったらどうしたらよいのだろう。誰にも言わないでくれと懇願するか、あるいは、久根も――

「小塚先生、それは、私の私物なのです。忘れ物とは、それのことですよ」

久根は全く声の調子を変えず、そう言ってワインの空き瓶を私の手から取り上げた。

何も言えなかった。このゴミが彼の私物かどうかなどどうでもいい。私は気付いてしまった。久根は見抜いている。私の悍《おぞ》ましい嫉妬心を。浅見を――いや、浅見だけではなく、自分より圧倒的に優れた人間を、激しく憎悪していることに。

膝が笑って立てなくなる。私は久根の前に跪《ひざまず》いていた。

「久根君、許してほしい。どうか、許してほしい」

久根は膝立ちになり、私と目線を合わせた。

「小塚先生、神に愛された人間とはどのような人間だと思われますか？」

「それは当然浅見のような人間だ」

私は間髪を容れずに答えた。

「浅見の作品は素人にも玄人にも愛される。彼の人柄と同じだ。いつもフラットで、決して誰も傷付けない。大らかで優しく、余裕がある。仕事も私生活も完璧なのに、それを微塵も鼻にかけない。私のような人間にまで優しい。彼は……彼は」

「私はそうは思いません」

久根は私の手を握った。

「浅見先生は確かに素晴らしい芸術家です。作品は数千万で取引される。誰が見てもハンサムでオシャレですし、ユーモアもある。気さくで華やかで、浅見先生といるととても楽しい気持ちになります。しかし、彼は足りすぎている」

「足りすぎる……？」

「ええ。要は、なんでもできてしまうのです。なんでもできる人間は、なんでもやらなくてはいけない。実際浅見先生は、毎日忙しく動き回っておられますよね。このように、殺されかけても気付かないほど熟睡してしまうくらいに。どうですか。そのようになんでもできて、なんでもやらなくてはいけない人間は、神に愛されていると思いますか」

私はしばらく考え込んでから、

「君の言うことはよく分からない」

と言った。心臓が不規則に脈打って、非常に不愉快だった。

「先生は、知ることを怖がっておいでです」

久根はそう言って笑った。

その後、久根は何も言ってこなかった。あの日久根の言ったことは何も分からなかった。しかし、何故か彼が、私が浅見を嫉妬から殺そうとしたことを、咎めることも、人に言いふらすこともないと確信した。彼は、そういった次元で生きている人間ではないのかもしれない。私は久根のことが妙に気になって、何かあれば必ず久根を呼ぶようになった。

久根も私のことが嫌いではないようで、必ず応えてくれた。

だからあのときのことも、嫉妬から来る憎悪も、浅見は全く知らないわけで、その後も浅見はなにかと私の世話を焼いてくれた。彼が一番心配していたのは、私の孤独感だ。

何度も私に女性を紹介してこようとしたが、断った。浅見にも、女性にも全く問題はなかった。私には人を愛するという機能が備わっていなかったのだ。愛の対象に、老若男女の別はない。人とはただ上か下かで、慈愛の念も、劣情すらも湧かない。私は勃起をしたことがないのだ。

犯罪心理学者などが私をプロファイリングしたら、「幼い頃の母子関係がトラウマになっている」

とでも言うだろうか。そうかもしれないし、そうではないかもしれない。いずれにせよ、こうなってしまった。

総理大臣が私と握手をしたり、最高位の芸術文化勲章《コマンドゥール》を受章し、フランスの大統領と食事会をしたときでさえ、私の隣には誰もいなかった。一人きりで、自分に拍手を贈った。

浅見の髪にも私の髪にも白いものが増えてきたとき、私たちはとうとう、国が開催している展覧会の審査員に任ぜられることになる。浅見は楽しみであると言っていたが、私は違った。私は自分の審美眼が他の審査員とずれていたらどうしよう、という恐怖に支配されていた。それに私は浅見よりずっと、酷評や無視に晒されてきた人間である。他人が何か月、あるいは何年もかけて完成させたものを、これは良し、これは悪し、と判断していいものとは思えなかった。

しかし不思議なもので、作品が目の前にやってくると、私はすぐに良いものを見分けることができた。そこには迷いは全くなかったのだ。良いものは、光って見える。

ここで一花の話に戻る。

ある日、久根――その時はもう、久根は私のマネージャーのような役割をするようになっていた――が、こどものための美術展なるものの審査員をしないか、と持ち掛けてきた。これはかつて私が文部大臣賞を取った展覧会とは違うものだが、似たようなものだった。私は一も二もなく了承した。子供の絵は大人の絵にはない輝きがあり、それをたくさん見られると思うと嬉しかった。

順位のつく美術展の仕組みというのは、まず応募作品が目の前に運び込まれてきて、審査主任が「挙手」といい、良いと思ったら手を挙げる。

子供の絵だからといって侮ってはいけない。最近の子供はどうしてか、全体的にレベルが高い気がする。さらに大人の展覧会と違って、どれもそれなりに光って見えた。もしかして、私が良い作品に見ていた光とは、希望なのかもしれない――などと思いながら、手を挙げたり、挙げなかったりしているときだった。

私はその作品が運び込まれたとき、思わず「うわ」と大声を出した。全身がどくどくと脈打ち、机の端を摑まないと椅子から転げ落ちてしまいそうだった。

黒い紙に赤い実が描いてあるように見える。しかし、黒い紙だと思っていたのは白い画用紙を黒い油性クレヨンで塗りつぶしたものであり、その上に何層も重ねた複雑な赤色で柘榴《ざくろ》が描いてあるのだ。

頭が割れそうだった。いや、割られる、という生命の危機を感じた。

今思えば、上野の西洋美術館で聖母被昇天を観た時と全く同じ感覚だった。何か大いなるものと対峙しており、そのものの意向次第で簡単に脳天を叩き割られ、死んでしまう。そのような感覚だった。

何度も深呼吸をしてからやっと少し落ち着いて周りの様子を窺うと、他の審査員も息を吞んでいた。どこからともなく拍手が聞こえた。私も合わせて拍手をする。

その絵は特選となった。

私はこの絵を描いた子供にどうしても会ってみたいと思った。

たまにあることだが、子供の展覧会の場合、指導した教師や両親などが、手直しの範疇を越えて手を加えていて、もはや子供の作品ではなくなってしまっていることがある。

他の審査員もしばらくしてからその可能性を口にした。素描力といい、構図といい、何もかも素人の域を超越していたし、口には出さないが、規定さえ守れば一般の部門でも選ばれただろう、と皆思っていた。

しかし私はそれでもよかった。子供であろうと大人であろうと、この恐ろしい絵が描ける人間に会わなくてはならないと感じた。

宮原《みやはら》一花、小学二年生。

私は久根に、この少女のことを調べ、是非にでも会う約束を取り付けてくれと言った。授賞式に出てくるかもしれないが、それまで待つことはできなかったのだ。

久根は私が依頼した三日後に、

「宮原一花さんとお話しすることは難しいかと思います」

そう言った。

「なんだ、やはり親か教師の他筆なのか。それならそれでいい。その他筆をした人物と会いたい」

「いいえ、先生。そういうことではありません。宮原一花さんは、他者と交流することができないのです」

「どういうことだ」

久根はローテーブルに紅茶を置いて続けた。

「先生は、サヴァン症候群という名前は聞いたことがあるでしょうか」

「ああ。何か特定のことには神がかり的な実力を発揮するが、その他のことはできない、ような」

「ええ。その解釈で概ね正しいでしょう。一花さんはまさにそのような女の子だそうですよ」

私も以前、サヴァン症候群の画家というのをテレビで見たことがあった。アメリカ人の青年で、ニューヨークの夜景を本物と寸分たがわぬ様子で描いていた。彼は才能を見出されるまでストリートで暮らしていて、当然一切教育など受けていない。知能指数は小学校低学年程度で、一人でシャワーを浴びるのが難しいほど体の制御ができないのだ、と紹介されていた。インタビューで作品について尋ねられても、その青年は質問の意味が分からないらしく、何一つ語らなかった。

話はできなくても会ってみたい、と私が言おうとするのを見越していたかのように久根は、

「それにね、少し複雑な——はっきり言って、ひどい生い立ちです」

「久根君は知っているだろう。私の素性もひどいものだ。下町の立ちんぼの息子、父無し子、乞食小僧と呼ばれていたよ」

「宮原一花さんは先生のものとはまた違った試練を受けました。一花さんの父親はある日突然人が変わったように暴れ、妻子に暴力を振るい、実際に母子は殺されかけました。父親は逮捕され、現在は医療刑務所に入っています。母親は母親で、コミュニケーションの取れない一花さんと関係を築くことを諦め、彼女を捨てて出奔しました。母親の両親、つまり一花さんにとっての祖父母も面倒を見られないということで、現在は児童養護施設で暮らしています」

「なるほど。では私が養父になろう」

自分の口から出てきた言葉が信じられず、自分が言い出したにも拘わらず、激しく動揺してしまう。私は久根の顔を思わずじっと見た。

久根は「どうして」「何を言っているんですか」とは言わず、目を潤ませて、私の手を握った。

「そうなると良いと思っていました」

「なぜだ」

「美しい花は花畑に咲いているものでしょう。土が大切なのですよ」

久根なりの、「類は友を呼ぶ」を改変したような、誉め言葉と受け取った。彼の言うことはいつも風変わりで、相変わらずよく分からなかった。

なんとかアポイントをとりつけてもらって、私は、一花の入所している児童養護施設を訪問した。職員に手を引かれて出てきたのは、目鼻立ちのはっきりした少女だった。肌が抜けるように白い。年齢にしても小柄で、頬がふっくらとしている。成長すれば女優のような美女になりそうではあるが、現時点ではほんの子供だ。それなのに私は一目見た瞬間、なんだか分からない恐怖に包まれて、それを隠すように歪んだ笑顔を口元に張り付けた。

「宮原一花さん、こんにちは」

そう声をかけると、少女は顔を上げて、私を指さした。

「らーな」

また背筋がぞわぞわとした。

私の引きつった笑みを見て、職員が取り繕うように言う。

「この子、いつもこうなんです。一花ちゃん語っていうのかな……自分では、意味のあることを喋っているつもりみたいなんですけど、私たちには分からなくて」

「らーな　ぷーえ」

「一花ちゃん、小塚応太郎先生よ。こ・づ・か・せ・ん・せ・い」

一花は職員の顔を見て、

「こ・づ・か・せ・ん・せ・い」

と言った。

「そう。小塚先生。一花ちゃんの絵を、褒めてくださったの」

「こ・づ・か・せ・ん・せ・い、ありがと」

一花はありがと、だけ滑らかに言った。恐らく、何度も教えられたのだろう。

彼女はにこにこと、子供らしい笑みを浮かべている。久根は交流ができないと言ったが、それは少し違うだろう。彼女はきちんと会話の内容を理解している。ただ、彼女が造った独自の言語でしか話せないだけだ。

私は新聞社の人間に言われるまま一花と握手をし、一花は自分の描いた柘榴の絵を掲げてカメラに向かって微笑んだ。撤収していく記者たちの後ろ姿を見ながら、果たして一花は記事でどのように扱われるのだろうと思う。サヴァン症候群という点がクローズアップされるのか、はたまた美少女という点がクローズアップされるのか。何度も取材を受けているから分かるが、純粋に絵の評価だけ、という記事は少ない。私の場合不幸な生い立ちが過剰に取り沙汰され、抗議文を出したこともある。エッセイを書いたのも、勝手なことを言われたくなかったためだ。女性作家の場合、少しでも容姿に優れたところがあればそこに焦点があてられる。仕方がないこととはいえ、不快に思う人もいるだろうなと思わせられる。

その後私は、急なことで申し訳ないが、一花のことをもっとよく知りたいと言った。いずれ、私の弟子にしたいのだと正直に伝えた。すると、職員に付いてこいと案内され、部屋の前でこんなことを言われた。

「ここ、一花ちゃんの部屋になっちゃったんです」

どういうことかと尋ねると、

「見れば分かります。ちょっと怖くて、他の子供が泣いちゃうので」

その部屋の引き戸を職員が開けたとき、瞬時に彼女の言うことを理解した。

壁一面が悍ましいまでに花で埋め尽くされている。すべてクレヨンで描いたのだろう。しかし、甘い花の香りでむせ返るような思いがして、眩暈《めまい》がした。

「らちるすどらとすぱえおーにゃ。たらくさくむ、えりあんとす。ろーさ、いーりすまぁるむ」

一花が私の脇を走り抜けて、花を指さしながら高らかに言う。

「ちょっと、一花ちゃん!」

「大丈夫です。恐らく、絵の解説をしてくれているんでしょう」

「らーな、らなんきゅらす」

一花はサーモンピンクの花弁を持つ花と、私を交互に指さした。

「さっき私のことをらーなと言っていたね。この花に似ているってことかな」

一花はふふふ、と楽しそうに笑った。

横ですすり泣きのような声が聞こえる。見ると、職員が涙を流していた。

「どうしたんです」

「嬉しくて」

職員はしゃくりあげながら、

「一花ちゃんのこと、分かってあげられる人がいたんだなって。一花ちゃん、ずうっと絵ばかり描いているんですけど、独りぼっちだから、やっぱり寂しそうに見えて……」

そんなことはないと思いますよ、という言葉を私は飲み込んだ。

「やっぱり、天才同士だからですかね……私たちみたいな凡人には理解できないけど、小塚先生は」

「やめてください」

思った以上に大きな声が出て、私は慌てて謝った。しかし、どうしても否定したかった。私は天才などではない。よくいる、本来なら芥《あくた》として消えて行ったはずの木っ端芸術家である。天才とは一花のようなものを指すのだ。全くの素人が見れば同じに見えるのかもしれないが、何よりも私はこのときから、痛いほどそれが分かっていた。

女児を未婚の男性が養子にするのは一般的に大変困難とされる。

しかし、久根はそれをなんなく可能にした。大々的にメディアに宣伝したのである。

当代きっての天才画家、天才少女を見出すとか、そういった下らない報道が何度もあって、その度に私は尤《もっと》もらしいことを言った。どんなに一花の作品が素晴らしいか、どこどこの国のなになにという作家のような手法であり、しかしその独自性は天から授かったとしか言いようのない——とかなんとか。だが、何も覚えていない。そんなものは私の言葉ではないからだ。世間的には、極貧家庭から教頭先生に拾われた私の生い立ちと照らし合わせて、一花を育てることにしたのだろうというペイフォワードのような感動話まで作り上げられたし、それは書籍化ののち、舞台化までされた。しかし、小塚誠二と私の関係性と、私と一花の関係性は百八十度違う。私はひたすら、一花の絵の発する異様な光に脳を侵され、譫言《うわごと》を漏らしていたにすぎない。

一花は想像通り、瞬く間に評価された。日本でアウトサイダーアート、つまり正規に絵の教育を受けていない芸術家たちの展覧会が開催され、人気を博したのも彼女の話題性を後押ししたかもしれない。

一花が十六歳となった今では作品には数千万の価値が付き、コラボレーションを申し入れるファッションブランドも後を絶たなかった。

「完全に私はオマケだな」

私は久根にそう言った。

「なんですか」

「とぼけなくていい。私は、一花の添え物だと言ったんだよ」

久根は眉間に深い皺を寄せた。

「なぜそんなことを言うのですか。私は長年先生の作品を扱っています。僭越ながら先生の作品のことも、先生自身のことも、よく存じ上げているつもりです」

確かに久根は、二十年来の付き合いで、唯一の理解者と言ってもいい。

「先生は自己評価が大変低いのも存じ上げております。先生の中に燻《くす》ぶる嫉妬心も、悍ましいまでの世界への憎悪も。その上で申し上げます。先生には十分に才能があります。先生がどれほど大勢の他人と自分を比べたところで、先生が美術界の至宝だということに何の疑いもありません。先生の作品は素晴らしい。人間の到達しうる最高峰と言っていいでしょう」

私は、ありがとうと言って久根の手を握った。久根の手はいつも冷たく、石のような手触りだ。しかし、心中は、煮えくり返るような怒りで一杯だった。それは久根が帰ってからも全く変わらない。

久根は、私のことを「十分に才能があります」と言った。「人間の到達しうる最高峰」と言った。久根は私のことをよく知っていると言った。同時に、私も久根のことをよく知っているのだ。奴は、一度も一花と比べて素晴らしいと言わなかった。人間の到達しうる、と言った。十分というのは、限界があるものに使う言葉だ。

浅見の時とは全く違う。

私では、彼女の比較対象にすらならないのだ。

久根は言外に、私より一花が圧倒的に優れていると言っている。所詮私は人間レベルで、それを越える一花とは比べても仕方がないと、そう言っているのだ。

獣のような咆哮《ほうこう》が私の口から迸《ほとばし》った。冷めた紅茶の入ったティーカップを払い落とし、ローテーブルも叩き割る。百五十号のキャンバスをナイフで切り刻み、死ね、死ね、死ね、と何度も怒鳴った。久根に対する怒り、一花に対する憎悪、自分自身への、自分という生き物を産み落とした蝦蟇に対する感情全てを込めて、私は暴れた。

「こづかせんせい」

いつの間にか、一花が私の側に来て、じっと見つめている。

「こづかせんせい、いうらーとぅす」

一花が話し終わるか終わらないかのうちに、私は彼女の頰を張り飛ばした。華奢な体は面白いように飛んで、窓にぶつかった。

「黙れ」

一花は泣きも喚きもしないで、しばらくするとよろよろと立ち上がった。

「とらーくし、いまじねむ。らーなぷーえ」

「黙れと言っただろう!」

私は再び一花に手を上げる。何度も、何度もだ。整った顔が涙と鼻水でぐちゃぐちゃに乱れれば、少しは激情も収まるものを、一花は声一つ上げない。

私は一花を放り出して、彼女の部屋にずかずかと踏み入る。目についた作品をびりびりに破き、アメリカの富豪が依頼したという、完成間近の大輪の薔薇の絵に赤で大きくバツを描き入れる。

「らーなぷーえ」

一花は私の左腕をそっと摑み、一枚の紙を握らせた。

黒一色でひっくり返った蝦蟇が描いてある。

「あああああああ」

声にならない声を上げて、絵を破り捨てる。そして手当たり次第に、画材をゴミ袋に突っ込み、全て窓から捨てた。マンションの高層階だから、下に居る者に当たったり、事故が起きているかもしれない。構わない。今すぐ消えてなくなってほしい。一花に。一花の作る、全てのものに。

散々暴れて喚いて、私は眠りに落ちてしまったらしい。

肩を叩かれて目が覚める。

「先生、随分派手になさいましたね。部屋がめちゃくちゃです」

「久根君……どうして」

「今日は一花さんがニューヨークに行く日ですよ」

私は体を起こす。頭からつま先まで、鈍く痛む。朝日が目に沁みる。私が這うようにしてソファーまで進もうとすると、久根が手を差し伸べてきた。久根はそのまま私の体を支え、ソファーに腰掛けさせた。

「ロックフェラーセンターのクリスマス用の内装を一花さんの絵が飾る、そこでライブペインティングが行われる——そのお話が来たのは、確か先生経由だったと思うのですが」

「すまない。支度は」

「大丈夫です。私の方でやっておきました。今、午後の二時ですよ」

私が朝日だと思っていたのは、とっくに登りきった太陽だったというわけか。

自分の手に付いた細かい切り傷を見て、深い後悔に襲われる。

「久根君、私を通報してくれ」

久根は首を傾げた。私をじっと見ている。

「もう知っているんだろう。分かっているんだろう。私が、一花に」

「ああ、確かに一花さんの顔には大きな痣《あざ》がありましたね。右足も腫れていました」

「頼む。通報してくれ。そうでもないと」

「一花さんが望んだことですか？」

久根は顔を動かさずにそう言った。

「分かるわけがないだろう、天才のことなど」

床に座っていた久根は立ち上がり、私の隣に体を寄せた。

「分からないでしょう。実際に一花さんは飛行機が来るまでの間、ずっと紙切れに鉛筆を走らせていましたね。恐らく飛行機に乗っても、向こうについても変わらないでしょう。先生が何をしても、一花さんには影響はないのです。一花さんは思うままに描かれるでしょうね」

そうだ。そんなことは分かっている。私が何をしても、一花には何も影響がない。そんなことは、西洋美術館に行った時から理解している。

人間が苦しみ、悲しみ、どんなにそれを伝えようとしても、大いなる何かには何も関係がない。ただ存在しているだけだ。だから恐ろしいのだ。どうしたらいいか分からないのだ。

「久根君、私は……どうしたらいいのか」

「描き続けるしかないでしょう。何度も言いますが、先生の作品は十分に素晴らしい。比較は無意味というものです。私はこれからも先生の作品を」

久根はまた、私を慰める言葉を吐いている。しかし、正しくても、私にはどうしようもない。その正しい言葉を受け入れても、私は一生、一花を憎み続けてしまうのだから。

久根の言葉を耳の端で聞きながら私は考える。そして、一つのことに思い至る。

一花の絵は、花だ。

一花の作品は花が必ず登場する。そこが重要なのではない。要は、ごくたまに動物も描くものの、ほぼ植物ばかりなのだ。私はずぶの素人たちの誰もが気付いていることに今更気付いた。一花は人間を描かない。

描けないということは恐らくないだろう。彼女のデッサンは完璧だ。だから、意図的に描かないのが、彼女の中の拘《こだわ》りかもしれない。

そこだ。私が彼女に勝ることがあるとすれば――

私も実を言うと人物画を描くことは少ない。習作や、講師をするときなどはよく描くし、作品に登場させることもある。しかし、自ら人物を中心に描いたことは一度もない。忌々しいことに、これが原因でSNS上では「一花と小塚応太郎は作風もそっくり」などと言われたのだろう。

ともかく、私は一花と違って、拘りを持って人物を描かないわけではないのだ。

「久根君」

未だ話し続ける久根を遮って私は言った。

「一花がニューヨークにいるのはどれくらいだ」

「一か月ですよ」

「お願いがある」

私は久根に頭を下げた。

「その間だけでいい。久根君を描かせてくれないか」

私は顔を上げる。当然そこには笑顔の久根がいて、いつものように「いいですよ」と二つ返事で了承してくれるものと思っていた。

しかし現実は違う。久根は何の感情も籠らない瞳で私を見ている。

「お勧めしない」

久根は大きく溜息を吐いた。

「どうしてだ。勿論作品は沢山描く。君の望むだけ、できる範囲で金も払う。だからっ」

「そもそもなぜ、そんなことを言い出したのか」

私が言い淀んでいると、

「大体想像はつきます。人を描きたい、そうお思いになったのでしょう。それは素晴らしい試みです。だからこそ、私を描くのはお勧めしない。お金の問題ではありません」

「お願いだ」

私は必死に食い下がった。

「久根君、君は美しい。色々なモデルを見たことがあるが、君には到底及ばない。久根君が一番魅力的だ。どうして今まで君を描かなかったのか不思議なくらいだ。しかしそれも今なら分かる。君の美しさを描ききる自信がなかったのだ。今ならできるかもしれない。君の美しさを作品にしたい。翻訳して、世界中に届けたい。お願いだ」

陳腐な言葉を並べ立てた。しかし、陳腐ながら本心だ。

久根ニコライは美しい。

私は色々な人間と付き合いがある。色々な人間と付き合いがあるということは、当然一般人とは一線を画す美しい人間たちとも、男女問わず交流があるのだ。

しかし、食事会に招待してきた大富豪の美しい妻も、私の絵を求めるハリウッドのスター女優も、何故か彼には敵わない。顔立ちという点でなら、当然彼女たちの方が優れているだろう。しかし、彼の瞳だ。彼の瞳は何色とも言い切れない不思議な色をしていて、瞳の中にいくつも星屑のように何かが散っている。それが昼でも夜でも輝いて、夢のように美しい。

彼は出会った頃、二十代前半の若者だった。正確な年齢は知らないが、今は四十代になっていると思う。それでも、彼の見た目は一切変わらない。シミも皺も白髪もない。陶器のように滑らかな肌と煌々と輝く瞳は、「永遠」というものに姿があれば彼だろうと思わせる。

頬をつるりとした感触が撫でていく。久根は私の頬に手を添えて、ゆっくりと上下に動かした。

「分かりました。お断りする選択肢は私にはないのです。私は、あなたがたのためにあるのですから」

久根は間抜けな表情の私の顔をしばらく撫でた後、立ち上がり、窓の前に立って大きく手を広げた。

「それでは、どうすればいいでしょうか。右を向きましょうか。左を向きましょうか。服は邪魔ですか？」

逆光で、久根の顔は真っ黒に塗りつぶされている。ただ光る瞳が、私を照らしている。

それから私は、寝食を忘れて製作に取り掛かった。文字通り、人間的なことは一切やらず、昼も夜もない。久根もまた、一糸纏わぬ姿で、私の要求に応え続けた。

結論から言おう。

私は笑っていた。一花の作品を越えたという満足感からではない。

出来上がったそれは確かに、私の過去の作品を消し飛ばすほど、よくできた。どこへ出しても誰もが評価するだろう。

しかしそこに久根はいない。

一見すると赤い重弁花に見えるそれには、近くで見ると花弁らしき部分の一枚一枚に怨念のように人の手が描き込まれている。高層階から見る夜景を背景にしたはずで、スケッチを忠実に起こしたはずだった。しかしどう見ても眼だ。何千、何万の黒い瞳が、その異形の花を見守っている。

どこかで筆を止めるタイミングがあったはずなのだ。自分の描いているものが分からない人間などどこにもいないだろう。私はこのような絵を描いているのを、きちんと自覚していたのだ。

私は笑うしかなかった。

このような絵は、一花のものだ。

一花を越えたのではない。

私は全身全霊をかけて、一花に追いついたのだ。

「素晴らしい」

久根は微笑んだ。尖った犬歯が覗く。

「なんて素晴らしい。あなたへの評価を訂正します。あなたは途轍もない。こんなヒトがいるとは思わなかった」

久根の滑らかな腹が私の額に当たる。肉食獣のような美しい下半身から命を感じる。私は母に縋りつく子供のように、久根の大殿筋に手を回した。

「らーなぷーえ。こづかせんせい。てりりびりみ、いんじぇーに」

いつの間にか一花が久根の横に立って、私を褒め称えている。

「そうだね。そのとおりだ」

何日も風呂に入っていない、悪臭を放つ私の体を持ち上げて、久根はラグマットの上に私を寝かせ、覆いかぶさるように見つめてくる。

「ともすればあなたも、ミエルヒトだったのかもしれない」

「のんくれでぃでぃてぃーび」

一花が久根の脇から顔を出してにやにやと笑う。

「まったく、ひどいことを言う」

私は彼らのはしゃぐ声を焼き切れた頭で聞いた。

「しかし小塚先生。あなたは、年を取りすぎています」

久根は心底残念そうに声を震わせた。

「ここにいる一花もそうです。完全には至らないでしょう。一花はそれでもまだ――いえ、先生には関係のない話です。いずれにせよ、先生の才能を先生が使えるのは、ここまでのようです」

私の右側には、久根が寝ている。捩《ねじ》れた腹斜筋ひとつにも、翻弄されるような色気を感じる。筋肉の起伏は蠱惑《こわく》的で、これ以上見つめていてはいけないと思うのだが――このようなものをどうしてああ描いたのか分からない。

私の左側には、一花が寝ている。薄い腹、泡のような乳房の上に、薄桃色の乳輪が確かに主張している。成長しきっていない、蕾《つぼみ》の綻《ほころ》ぶような美しさだ。これが、若さだ。

私は頷いた。彼の言うことは十全に正しく、何も間違いがない。

「私は、どうすればいい」

「先生の才能は終わったわけではありません」

久根は歌うように言った。

「次に引き継ぎましょう。素晴らしいことです。父が望んだことです。あなたの素晴らしい才能は永遠に失われません」

「こいとす」

一花もそう言っている。

「ああ、そうだよ一花、一花のものだ」

久根も頷いた。

「父は地上に男と女を作りました。男のあばら骨から、女を。地に満ちよ、と言いました」

そうだ。私の才能は、別の誰かが受け継げばよい。そうして、人は、父に近付いていくのだ。

私は久根と一花と、同じように服を脱いだ。

久根は一花を抱き上げるようにして彼女の両足を大きく開いた。小さな木の実のような赤いものに、縦の筋がきっちりと引かれている。

久根の顔を見上げる。久根は目を潤ませて、「さあ」と言った。

生まれてこの方一度もなかったことだ。血液が体の中心に集まっているのを感じる。

久根は微笑んでいる。一花もまた、同じ表情をしている。私を迎え入れる一花の姿を見る。

一花は蝦蟇ではない。


汝が播《ま》くところの種《もの》は死なざれば生きず。

（コリント前書 15:36）

無欠の人

甥っ子殺しの女、その心の深い闇

「大人しくて真面目、人の悪口も言わない人。彼女を知っている人は、皆驚いていると思う」

容疑者が働いていたという会社の事務員の女性は驚きを隠せない様子でそう言った。

【写真】学生時代の桜子容疑者、殺害現場など

千葉県習志野警察署は4月23日、同県習志野市に住む会社員の青島桜子容疑者（47）を、容疑者の義甥にあたる青島宗助くん（7）を刃物で刺し、殺害した容疑で現行犯逮捕した。

「義理の両親と談笑している最中に突然外に飛び出していき、道路にいた登校中の宗助くんを襲った。宗助くんの悲鳴に気が付いた義理の両親が止めに入ったが、警察がかけつけるまで刃物を捨てなかった。警察は事件の詳しい経緯などについて捜査中です」（全国紙社会部記者）

警察の取り調べに対して、青島容疑者は、

「間違いありません」

と素直に容疑を認めているという。いったいなぜ、こんな悲惨な結末になったのか。

青島容疑者は神奈川県横浜市で生まれた。

大人しくていい子。きょうだいの中で一番優秀。学校では生徒会長を務めていた

「父親は豪快な、昭和の企業戦士。母親は教師をしていたが、桜子ちゃんが生まれたことをきっかけに辞めて家庭に入ったそうです。桜子ちゃんが一番上で、その下に三兄弟。桜子ちゃんは大人しくていい子。典型的なお姉さんタイプという感じです。学校の成績はいつもトップクラスで、生徒会長もしていました。あそこの家は女の子が一番優秀だねって評判でしたよ」（近所の住民）

高校卒業後、東京の大手広告代理店に就職。経理部だった。

「お父さんが古いタイプの人間で、女は勉強ができても意味がないといつも言っていたらしい。大学には行かせてもらえないから、高校を卒業したら最大限いい条件で就職して家を出る、そのために勉強を頑張っている、といつも話していました」（容疑者の高校時代のクラスメイト）

青島容疑者は東京で一人暮らしを始め、36歳のとき、読書会で出会った会社員の男性と結婚する。

「彼は穏やかで理性的な人。悩み事を聞いたり、揉め事の仲裁をするのが上手だった。上司には可愛がられ、部下からは慕われていた」（容疑者の夫の元同僚男性）

穏やかな性格の二人は幸せな結婚生活を送った。不妊治療を乗り越え、待望の第一子・裕也くんを授かったのは、容疑者が39歳のときだ。

「とにかくすごく可愛がっていた。お父さんの方も母親教室に付いてくるなどして、とても協力的でした」（容疑者の知人女性）

ところが、そんな幸せな家族を悲劇が襲う。

裕也くんの通う保育園に暴走車が突っ込み、幼い命は犠牲になった。運転手は当時36歳の女で、子供が三人いた。事件当日は、息子の送迎の途中だった。

【記事】「死刑にしてください、極刑を望みます」すみだ幼稚園暴走車死傷事故　死亡した男児の母親の公判陳述詳報

記事には、当時の青島容疑者の悲しみが詳細に綴られている。

記述にある通り、青島容疑者は裕也くんを亡くしてから働けなくなってしまった。家にこもりがちの生活を続け、しばらくしてから、心療内科に通うようになった。重度のうつ病だったという。
「(来院する患者様にはそういう方もおられるが、容疑者は)怒鳴ったり暴力を振るったりとかいうことはなかった。何回か通院するうち、表情も明るくなったように見えた」(容疑者が通院していたクリニックの受付)
その後容疑者は夫の献身的なサポートと、適切な治療によって、寛解したかに見えた。予備校、会計事務所で働くなど社会復帰も果たしている。
「私が妊娠の報告をしたときもお祝いをくれた。裕也くんのことは知らなかったので、後で知った時無神経なことをしてしまったと後悔しました。もしかして内心では、深く恨まれていたのかもしれないですね」(容疑者の元上司の女性)
青島容疑者は辛い状況にあってもその気持ちを押し殺し、気遣いのできる女性だったことがうかがえる。
しばらくして青島容疑者は、建築板金業を営んでいた千葉県にある夫の実家に、夫婦で勤務することになり、経理担当として夫を支えた。
「あそこ(夫の両親が経営している板金会社)の一家は親切で有名。地元の不良も雇ってもらい、何人も更生した。この辺りの人間は皆、一家を尊敬していますよ。お兄さん(容疑者の夫)のお嫁さんは、大人しそうな印象だったけれど、無愛想ではない。きちんと挨拶もできる、しっかり者という印象。家族関係は良好に見えました」(近所の住人)
地元で尊敬される、問題のない一家。なぜ容疑者はそのような環境の中で、暴挙に出たのか。
容疑者は連行される直前、急に泣き出し、土下座する一幕もあった。
しかし、容疑者が担当医に向けて書いたと思われるメモには、こう記されていた。

〈どうして私だけ。幸せなんて偽物。あの子が優しいのは、結局まだ、子供がいるからだ。私を見下しているから。三人もいるのはどうして。私にはもう一人もいないのに。恵まれているじゃない。〉

「(不遇な過去が)宗助と何の関係があるのか。私にはまったく理解できません。兄と一緒に、精神的に不安定なところのあるお義姉さんを皆で支えて行こうねといつも話していた。恩をあだで返されたような気分です。子供を理不尽に奪われた経験をしながら、何故同じことができてしまうのか。とても許せるものではない」

宗助くんの母親は怒りをあらわにした。

大人しくて真面目でしっかり者。周囲の人間が口をそろえてそう評価した青島桜子容疑者。彼女の人生の歯車は最愛の我が子を失ったことから狂ってしまったのかもしれない。

真面目な性格ゆえに、思いつめ、嫉妬や憎悪の感情を、医師にすら吐き出せず、心の内でふつふつと滾《たぎ》らせていたのではないだろうか。

それが彼女の息子の命を奪った加害者に向かうのではなく、献身的にサポートをしてくれた身内に向かったというのがやりきれない。

(取材・文/田中伸晃)

「デイリー新朝」二〇XX年X月X日配信

差し押さえ苦にして一家心中か

4日、横浜港新港ふ頭8号岸壁から軽ワゴン車が海に転落した。一家で無理心中を図ったものとみられ、2人が死亡した。

神奈川県横浜水上警察署によると、事故が起きたのは4日の午後10時ごろ。散歩中の近隣住民から「クルマが岸壁から海に飛び込んだ」との通報が寄せられた。

通報を受けた同署員や地元消防が救助活動を開始。運転していた31歳の男性および7歳の長男は自力で車外に脱出して保護されたが、男性の妻（29）と次男（3）は収容先の病院で死亡が確認されている。

クルマを運転していた男性は飲食店経営の馬場雄三さん。馬場さんは一年前に実業家セミナー団体・笹井指導館を襲撃し、放火未遂、建造物損壊等複数の容疑で起訴され、有罪が確定。現在は執行猶予期間中だった。笹井指導館は経営コンサルタントを謳い不正な勧誘を行ったり、事実とは異なる契約を結ばせ、法外なコンサルタント料を巻き上げる等、特定商取引法違反の容疑で社員が逮捕されている。また、団体自体も、特定商取引法の規定に反したとして取引を停止するよう消費者庁から命じられている。

馬場さんは飲食店経営の一環として軽食の移動販売もしていた。しかし、先月30日、市税を滞納したことで移動販売車を差し押さえられるなど、資金繰りに常に悩んでいた。警察ではこれを苦にしての無理心中の可能性が高いとして、馬場さんの回復を待って事情を聴取する予定。

「毎夕新聞」二〇XX年X月X日

ただいまご紹介いただきました、四方病院院長の、四方幸之助《こうのすけ》と申します。よろしくお願いいたします。

丸橋薫先生、戸田芽衣子先生、ありがとうございました。お二人の研究テーマはクオリアということで、私自身大変興味深く聞かせていただきました。というのも、クオリアというのは脳科学分野の先生方が使用される概念で、脳の働き、という点ではかなり近いように感じられるでしょうが、我々医師にはほとんど馴染みのないものなのです。

今回ゲスト講演、ということですが、スケートで言えばエキシビションのようなものですから、どうか肩ひじ張らずにお聞きください。

私はこれから「クオリア」にまつわる――かもしれない、私の体験を実際の症例と共にお話ししたいと思います。

「精神障害」「犯罪」が大きく絡んでくる体験ですから、講演の前に、私が司法精神医療を専門とする医師として、常に気を付けていることをお話しさせていただきたいと思います。講演の内容とは直接関係がありませんが、とても重要なことです。

重大犯罪による逮捕者に精神科受診歴があると報道されるたびに、「精神障害者は危険」「精神障害者は家や病院から出すな」など様々な偏見に基づく中傷が社会全体に広がっていくのは事実であります。

勿論こうした差別は断固あってはならないことです。そして差別を生み出すのは、無知です。人々を無知にしているのは、過剰なまでのタブー視ではないかと思われます。

皆さまの中にはドクターもいらっしゃいますね。先生方もご経験がおありかとは思いますが、昨今では「精神障害」と「犯罪」という二つの単語を並べること自体を躊躇するほどです。研究、ともすれば数値のあるデータ自体を、差別という言葉を使って批判する風潮もあります。

しかし、研究し、知っていくことは決して差別ではありません。周知されることで、偏見がなくなり、誤解に基づく差別をなくしていきたいという気持ちは、精神医療従事者の何よりの願いなのです。

犯罪を起こしてしまった精神障害者は、社会からも家族からも見放され、自分自身を制御することもできず、大変に困難な人生を生きています。今回は実際にあったケースや、事件を起こした人物を例に挙げ、話すことになります。私共が彼らと向き合い、どのように対応しているのか。その現状を知っていただき、より広い視点を以て考えることの手助けになれば幸いです。

それでは、お話を進めて行きたいと思います。

統合失調症は、100人に1人の割合でかかる頻度の高い病気です。地域、環境に拘わらず同じ頻度でございます。そのため、精神科医が治療することの最も多い病気とも言えます。司法精神医療の現場でも、統合失調症の方に遭遇することは多いです。幻覚幻聴妄想、また、思考が混乱し、考え方に一貫性がなくなる思考障害等に強く影響され、しばしば暴力的な状態になることがある病気ゆえに、それが不幸にも犯罪につながるケースがございます。

それではお手元の資料をご覧ください。こちらは個人情報が多分に含まれている都合上、人数分しかございません。お持ち帰りにならず、必ず出口の方で返却していただくようお願いいたします。

こちらの四十代の男性は4月に東日本成人矯正医療センター、医療刑務所ですね、そちらに入所しました。私が精神鑑定を担当いたしまして、統合失調症と診断しました。

念のため、精神鑑定についてもお話しいたします。刑事事件の被疑者・被告人に精神障害がある、また、精神障害のために責任能力に問題があると疑われる場合、検察官・裁判官は、刑事訴訟法に基づき、専門家である精神科医に精神鑑定を委嘱・命令し、責任能力を判断します。責任能力の判断は、責任能力の生物学的要素、つまり、犯行時に精神障害があったか、あったとしてどの程度だったのか、それを判断します。そしてあった場合、それが犯行に影響したのか、影響したとしてどの程度だったのか、それも評価いたします。影響なし、影響はあったが軽度、大きく影響、支配されていた、の四段階ですね。そしてこれらをまとめて鑑定書を作成し、検察官・裁判官に報告いたします。そこからは私共の手を離れて、これらの結果を元に、検察官・裁判官が責任能力の心理学的要素、つまり、犯行時の弁識能力の有無、制御能力があったかどうかを検討し、責任能力の最終的な判断をするのです。

私共が鑑定を受託する場合、一件に対して非常に長い時間をかけることになります。捜査資料、公判資料などを集め、全て読み込み、起こった事実、被疑者・被告人の現病歴、生活歴、供述も全てです。場合によっては周囲の第三者の情報も把握します。それを踏まえた上で、勾留されている被疑者・被告人と面接することになります。

話を戻しましょう、あるきょうだいの話です。

といっても、私の担当患者は一人の男性ですから、結局中心は彼の話になってしまうわけですが。私は今お話しした手順を経て、彼と話すことになったのです。

はい、皆様、彼のことはよくご存知かと思います。

彼が刑務所に入るに至った罪状としましては、暴行罪及び傷害罪、ということになります。

職場での様子は特に変わりがなかったようですが、家庭内で「このままでは何もなせず、進まない」などと言って、たびたび妻子を殴る蹴る、ものに当たる等の暴力行為がありました。彼の妻が騙すような形で近隣の精神科にて受診させ、統合失調症と診断されて服薬を開始しました。しかし彼は「自分は精神病ではない」と服薬を拒否し、通院することもありませんでした。徐々に眠ることもなくなり、突然興奮して奇声を発したり、かと思えば無表情でソファーに一日中座っていたりということになりました。これは医学的には緊張病症候群と言われるものです。緊張病は、興奮・昏迷を基本としており、同じ姿勢を固持する姿勢保持、彼の場合は一日中座っている、が当てはまりますね、そして相手の言葉をオウム返ししたり、相手と全く同じ動作をしたりといった反響言語・反響動作、あるいは何度も同じ動作を繰り返す常同症等、特徴的な症状の出る症候群のことですね。

妻はふたたび受診するように説得するなど、努力したようですが、結局その努力が実ることはありませんでした。それまでもたびたび暴力行為はあったのですが、彼が現行犯逮捕された犯行当日の話をしましょう。

犯行当日、彼は突然娘の頭を鷲摑みにして、床に叩きつけました。その後倒れた状態の娘を足で何度も蹴りつけました。止めに入った妻も怒鳴りつけ、拳で顔や頭を殴ったそうです。妻が悲鳴を上げたので、近隣住民からの通報があり、傷害の現行犯逮捕となりました。警察がかけつけたとき、妻は意識不明の重体でした。

意識不明の重体、というのは医学用語ではありません。よくニュースなどで耳にしますよね。具体的にどういう怪我の状態だったか、詳細に言ってしまうと、万人にとって気持ちの良いものではありませんから。彼の妻は脳や内臓が傷付けられ、呼びかけても反応することはなく、まさに生死の境をさ迷っていたわけです。

彼と面談をしたとき――つまり精神鑑定時、彼は何度も「あれは娘ではなく、ミエルだ」と述べました。これは典型的なカプグラ症候群ですね。カプグラ症候群とは、身近な人物が、外見が瓜二つの別人に入れ替わってしまったと確信する妄想のことです。

ミエルとは一体何なのか――それは現時点では判明しておりません。

さて、彼のことを皆様がご存知なのはこの事件によってではないと思われます。

彼の姉にあたる女はちょうど一年前、刃物で義甥を殺害し現行犯逮捕、現在公判中でございます。彼女は大うつ病性障害により、精神科への通院歴がありました。また、半年前になりますが、彼の弟は、一家無理心中を図り、本人は生き残りましたが妻と次男が死亡。当時弟は、とある団体の施設を襲撃したことで起訴されていました。

こうなってしまっては、人々の耳目を集めるのも無理からぬこととは思います。

犯罪原因を遺伝的な要因に求めたのはロンブロゾですね。ロンブロゾはイタリアの精神科医です。彼は当時最先端の人類遺伝学を導入したことから、近代刑事学の祖、と呼ぶ人もあります。彼は、犯罪者の大部分が生まれつきの犯罪者であると考え、「生来性犯罪者」と呼びました。

しかしですよ、これはもう百年以上も前の話なわけです。

犯罪白書から引用したデータを見てみましょう。これを見ても分かる通り、現在明らかなことは、常習的な犯罪者に遺伝負因が比較的濃い、という程度のことで「生来性犯罪者」などというのは暴論に過ぎません。

ゲノム医療の研究者などは、ゲノム解析で以て、遺伝的な検査を受けられる、つまり、そもそも不幸な犯罪者を生み出さない研究を進めておられるそうです。最初に申した通り、研究し、解明することと、それは差別ではありません。しかし、ロンブロゾ的な生来性犯罪者、犯罪の遺伝、という考え方は通俗的に用いられています。最早日本中の人々がハンセン病や結核を遺伝病でないと知っているというのに、なぜ精神障害については正しく理解されていないのでしょうか。

専門的には「遺伝負因」と呼ばれるものがあります。これは、一般的に、精神障害の家族歴を示す言葉です。これは私の考えですが、そもそもこの「負因」という言葉が、ネガティブな印象を助長しているのではないでしょうか。高血圧の家系の人間には、負因という言葉は使わないわけですから。すみません、話が逸れました。

私がことさら主張したいのは、罪を犯すのは異常者だからである、と断じてしまうのは、時代遅れの誤った主張である、ということです。

四十代男性の件は、口さがないマスコミに歪んだ形で報道され、精神障害者への謂《いわ》れなき差別を助長することが懸念されたため、私どもの方で強く要請致しまして、結果、警察組織とマスコミは報道協定を結び、なんとか報道を差し止めることができました。しかし一部モラルのないメディア等により、残念ながら医療関係者・報道関係者の間では広く知られる事態になってしまいました。法的介入の限界があるネットでは、数多くの差別的な書き込みが目立ち、非常に遺憾に思います。

精神障害者による犯罪が起こりますと、何でも「心の闇」などと表現し、衆人の恐怖心を煽り立てるように「精神障害者は何をするか分からない恐ろしい存在」として扱おうとします。しかし、「心の闇」とは治療が必要な状態であり、犯罪者であっても我々医療従事者にとっては患者、つまり孤独の中、苦しんでいる弱者、ひとりの人間なのです。

精神障害者を犯罪に向かわせないためには、彼らの実態を知り、対話し、理解すること。彼らに寄り添い支援する仕組みを整えることが重要です。

私は、活動の一端として、彼と書簡を交わすことにいたしました。彼は私と話すときなどは非常に落ち着いており、そのため統合失調症ではあるものの、責任能力無しとは判断されませんでした。し、一般の刑事施設で暮らしていけるだろうと思いました。しかし彼は一般施設にて受刑が開始された後、施設内でたびたび床や壁に強く頭を打ち付けるなどの自傷行動がありました。さらに落ち着いているように見えるときも、「ミエル」等の話を他の受刑者に繰り返し、話を聞いた受刑者もその話に影響され問題行動を起こし、結果的に著しく生活環境を乱している、というような相談を施設側から受けました。そういう経緯があって、彼は医療刑務所で過ごすことになったのです。

本来ならば他の家族とも面接の必要がありますが、彼の姉は公判中であり、別のドクターが対応しています。彼の弟も同様です。現状、彼と面接を何度も行い、書簡を交わすことが、私が行っている全てです。

彼は「ミエル」以外にもう一つ、よく話題にするものがあります。

それは「彼」の話です。彼、彼、と紛らわしくて申し訳ありません。

つまり、ある男性の話をするのです。

瘦せ型で長身。物腰が柔らかく、口調は穏やかだそうです。特徴的なのが尖った犬歯と美しい瞳だそうで。容姿が美しいという話は何度もしますが、特に瞳が星のようで美しいのだとか。

彼にとってこの美青年は誘惑者のようでした。常に彼を誘い、行動を促します。

はい、恐らくこのフロアにいる皆さまほぼ全員が思ったことでしょう。この美青年は彼の妄想の産物である、と。

確かに、架空の親しい人物の話をする、ということはよくございます。イマジナリーフレンドといって、二歳から七歳の子供ではよくあることです。その子供に何か問題があるわけではなく、したがって治療の必要もありません。

ところがこれが高校生、大学生、社会人になっても続いてしまったらどうか。

その場合、本人を取り巻く環境にまず間違いなく問題があると考えていいでしょう。カウンセリングなど、医療の連携が必要な状態です。

ともかく、私は当初、彼の妄想か、或いは私の関心を惹くための作り話、と考えていました。

しかし、どうもその美青年が実在するのではないか、と考えるべき事態が起こりました。

私は彼の姉と弟の担当ドクターと連絡を取り合っていたわけですが、なんと二人の話にもその美青年は登場すると言うのです。

瘦せ型、長身、尖った犬歯、星のような瞳。

不思議なことに、全員が彼の名前を口に出しません。もし名前があれば、実在のアイドルやらアニメキャラを妄想に組み込んだのかと思いましたが——

その美青年は、私の患者にとっては誘惑者でした。

彼の姉にとっては、与える人でした。青年は、彼女に死んだ子供を生き返らせると言って、怪しげな壺を与え、しかし最後にはそれを取り上げたそうです。

彼の弟にとっては、試す人でした。弟が一番記憶が曖昧だったのですが、とにかく何かを選択させられ、それに失敗したと言っていました。

皆さんは、マンデラ・エフェクトをご存知でしょうか。

これは学術用語ではありません。インターネットスラングです。

南アフリカの指導者、ネルソン・マンデラに由来する名前です。

彼の没年は２０１３年ですが、何故か多くの人が「ネルソン・マンデラは１９８０年代に獄中死した」という誤った記憶を持っていました。

なぜ、個人のものに過ぎない、誤った記憶が、多数の人の間で共有されているのでしょうか。

なぜ、このようなことが起こるのでしょうか。

心理学者の研究によると、この現象は人間の脳の仕組みに起因しているそうです。人間は個人個人が持っている、所謂《いわゆる》常識と言われるものでもって、本当にあった事実の空白部分を補塡し、最終的に事実とは違ったことを記憶してしまうことがあります。これを認知バイアスと言いますが、これがより広範囲に起こることが、マンデラ・エフェクトの起因なのではないか、と言われているのです。興味深い話ですよね。

しかし私は、この記憶は集団が——いえ、このきょうだいが共有している虚偽記憶だとはどうしても思えないのです。

理由は沢山ありますが、最大の理由としては、具体性です。何度聞いても、同じように、同じことを言うのです。青年に関するエピソードには、僅かなブレもありません。

先ほど先生方が講演してくださったクオリアの話。私の感じる赤と、皆さまの感じる赤は違う色かもしれない――門外漢である私なりの解釈ですが、個人の感覚体験から作り出された固有の感覚ということになるでしょうか。これは確かに、自然科学的に数量化するのは難しいと思われます。それでも研究していらっしゃるドクターもいるようですが、私はやろうとは思えません。

ただ、クオリアのお話を聞いた時、真っ先に、犯罪者となってしまったきょうだいが話す、共通の人物のことを思い出しました。

三人のクオリアは、少なくとも三人の中では可視化されているのではないでしょうか。

私はこれからも、彼らの話を聞き、ケアをしながら、より深く人間の脳を解明していきたいと思います。

それでは、何か質問がありましたら、よろしくお願いいたします。

フロア：今回のテーマとは関係がないのですが、司法のプロフェッショナルでもある先生にお伺いします。精神鑑定で「責任能力が」という言葉をニュースでよく耳にするようになりましたが、精神鑑定の件数が増えているのでしょうか？

はい。ありがとうございます。実際に、件数は増えております。しかしこれは、精神障害を疑われるような犯罪者が増えた、というわけではなく、裁判員制度の影響でしょう。精神鑑定の依頼の件数が増えているのです。裁判員裁判が始まる前は、当然ですが裁判に関わるのは私どもを含め、専門家ばかりです。しかし、裁判員というのは、国民からランダムで抽出された方々で、その方たちは一般の方なのです。裁判員裁判のときは、事前に一時間弱時間が設けてありまして、パワーポイントを使って「この人の病気はナントカで、ナントカとはこういう病気です」または「病気はナントカですがそれは事件に関係していません」等と説明していきます。裁判員の方に我々が何か月もかけて処理した鑑定書を読んでいただくわけにはいきませんので……私は正直、制度が始まる前、一般の方にはそもそも理解していただくことは無理なのではないかと思いました。責任能力が問われる事件は、裁判員裁判の対象からは外した方が良い、と助言もさせていただきました。しかし、いざ始まってみると、裁判員六名の中に、必ず一名はものすごく理解力の高い方がいらっしゃるので、その方が意見を取りまとめるような形になりますね。とにかく、裁判員裁判の時に紛糾したら困るということなのか、どう考えても責任能力がある方のことまで、検察庁が精神鑑定を依頼してくるようになったのです。

フロア：先程の話で気になったことがあります。先生は、彼や、彼のきょうだいの話すことを信憑《しんぴょう》性《せい》がある、とご判断したようですが、私は、三人で作為的に創造したイマジナリーフレンドではないかな、と思いました。きょうだいでしたら、なんらかの方法で話を合わせることも容易かと思います。先生は、どうして信憑性があるとご判断されたのでしょうか。

ご質問ありがとうございます。

結論から申しまして、私は詐病の類は、ほぼ見抜けると思います。

犯罪者の中で、詐病、つまり精神障害者だと偽るものは、そうすることで刑が軽くなることを狙っているわけですから、頻《しき》りに病気であることをアピールします。本当の病気の方はそんなことはしません。まず自覚のない方が大半ですし、通院歴などある方も隠したりします。ですから、面談のとき「幻覚と幻聴がある」とか「私は統合失調症で心神喪失状態でした」とか言ってくる人は、「あなたは間違いなく精神障害者ではありません」と言うことができます。

そして、このようなあからさまなアピールがない場合でもですね、何度も同じ質問を、表現を変えてすることで、その一貫性を見ます。さらに、入院してもらい、看護師の方に24時間様子を見てもらうこともあります。一時的に病気のように振る舞うことはできても、24時間そのような状態でいるのは難しいものです。ですから、やはりほとんどの場合、詐病は見抜ける、と言えますね。

三人には私と、担当の先生方が何度も何度も同じ質問を繰り返しました。彼らは驚くほどの精度で同じ話を再現しました。ですから、彼らの話す青年は、実在する、と判断いたしました。

フロア：プライバシーの問題でお答えしにくければ結構ですが、この資料の男性はサイコパス、ということは考えられないでしょうか。私は医師免許を持っていませんから分かりませんが、サイコパスは他人をコントロールするのが上手で、自分の中にある何かしらの合理性に基づいて行動し、罪悪感も抱かないと聞きます。

お時間の都合上、このご質問を最後の質問にさせていただきたいと思います。

サイコパスについてですね。サイコパスというのは、近年名称のみが独り歩きして有名になり、正しい理解のされていない言葉です。

サイコパスとは、精神病質、サイコパシーを持つ人、という意味で、長年研究・分析され、現在ではＰＣＬ－Ｒという評点がありますが、正確に評点するには資格を取る必要があります。

現在の診断基準にみられる類似疾患として、ＤＳＭ、精神障害の診断と統計マニュアルのことですね、こちらでは反社会性パーソナリティ障害、ＩＣＤ、疾病及び関連保健問題の国際統計分類のことです、こちらでは非社会性パーソナリティ障害が挙げられます。

サイコパスという言葉の概念と、実際の診断名である反社会性・非社会性パーソナリティ障害の間には決定的な違いがあるとされています。

サイコパスは、行動として外に現れる問題だけではなく、内面的な問題にも基準が設けられていますが、反社会性・非社会性パーソナリティ障害では、外に現れる問題行動のみを評価対象としています。そのため、刑務所などに収容されている問題行動がある者は、ほとんどが反社会性・非社会性パーソナリティ障害の概念に当てはまってしまう傾向があります。ですから、あなたが彼のことを『サイコパスではないか』と考えたのも、無理からぬことなのです。しかし、医学的なアプローチとしては不適切なため、現在もサイコパスについて研究が進められている段階です。

確かに彼との面談では、なんらかの基準に当てはまる部分もあります、でも当てはまらない部分も多いのです。彼がサイコパスかどうかというのは「分かりません」と言わせてください。

サイコパス、という概念、そう、概念ですね。イメージの問題です。『羊たちの沈黙』のハンニバル・レクター博士のような人間だというイメージを持っている方が多いのではないでしょうか。高知能、魅力的、他者をコントロールする、凶悪、罪悪感がない——しかし、レクター博士のようなサイコパスは、恐らくそんなに多くないと思います。ごく普通に生きていて、ごく普通の生活を送っていることがほとんどです。他者の気持ちを考えることなく、ただ利己的に生きている人間は皆さんの周りにもいるでしょう。それがエスカレートして犯罪に至って初めて、大勢から認識され、サイコパス、などと言われるのかもしれません。

ご清聴ありがとうございました。以上で私の話を終わりにいたします。


（日本情報大学主催　脳科学学会　特別講演より）

四方先生、本当にお世話になりました。四方先生が私の正気を疑い、狂人だと判断してくださいましたから、私は今ここにいて、手紙を送ることができています。ありがとうございます。しかし、私が正気であり、全く本当のことを言っているというのは、事実なわけです。恨んでおりません。書いてある通りです。私は、四方先生には感謝以外の感情が湧きません。あなたのおかげで、まさに今、彼の心のままになっております。これはお礼状です。四方先生にお話ししたいことは沢山あります。実を言いますと、私は誰かに話したくて仕方がなかったのです。しかし、ご存じの通り、私が手紙を出すことを許されているのは四方先生しかいないのです。私に興味を持つ記者だかライターだかは多くいて、そういった人たちと文通しようかと思いましたが——面白いことに、ほとんど全て黒く塗りつぶされてしまう。そうなると、意味がないわけですよ。その点、四方先生とのやり取りは、枚数の制限はありますが、ほぼノーチェックですね。だってこれは、医療行為の一環なわけでしょう？　嬉しいことです。「お前で我慢してやる」というふうに感じられたら申し訳ないことです。違います。私は気が付きました。四方先生のような、真面目で、決して人のことを馬鹿にしない、素晴らしいお医者様にこそ、私の話を聞いていただくべきです。その辺の無知で、野次馬根性ばかりある人たちでは意味がない。ですからこのような環境になって、やはりよかったと思うべきでしょう。私が今いるここは、医療刑務所と呼ばれるところですが、ここにはただ、穏やかさだけがあります。守るだとか、慈しむだとか、そういう穏やかさではありません。終わっていくだけの者、それを見ているだけの者の穏やかさです。病人である前に私は受刑者ですから、当然灰色の野暮ったい服を着せられて、常に監視下に置かれてはいます。日当たりが良く、いつもふんわりと芳香剤の香りがするのですが、よく見ると窓には鉄格子が嵌っていますし、食事も、娯楽も、制限された場所です。しかし、ここの人々は、外の人たちよりずっと親切ですよ。職業倫理というものを感じます。四方先生もそういう方ですね。ともかく、私は元気なのです。冷静です。自分の置かれている状況がはっきりと分かっています。今は少しだけ頭が痛いですが、それは地面に打ち付けたからですね。私は一生ここを出ないでしょう。私は毎日暴れます。枚数の制限がありますから今日はここまでにします。文章にすると、お話よりも正確に伝わる気がしますね。次回から、私の聞いて欲しいことを、書いていきたいと思います。四方先生も、お体には気を付けて。

＊　＊　＊

四方先生、こんにちは。四方先生は私に仰いましたね。『君と同じように、私にも娘がいるんだ』と。その上でお聞きしますが、娘さんの乗るブランコを押してやったことはありますか。子供はまず、勢いをつけてやらないと、ブランコをこげませんよね。押したら、戻ってくる。もう一度押して、また戻ってくる。そう、必ず、戻ってくるんです。美咲には悪いことをしたと思っています。美咲のことまで殴るつもりはありませんでした。でもね、母は娘を守りますから、やむなく。不思議ですね。あんなに煩わしそうにしていたのに、これが母の無償の愛というやつなんでしょうか。私にはさっぱり分からないことです。そもそもですよ。そもそも、私の母が死んだのが予想外でした。ショックとかはないです。私が愛しているのはたった一人だけなので、親兄弟妻子供、それら全員がいなくなっても、別に――いや、子供は、困りますね。そうそう、母の話ですね。母もね、多分、私のこと、愛していなかったと思いますよ。というか、誰のことも愛していなかったんじゃないかな。

横暴な夫に翻弄される哀れな妻、みたいなものを、演じていたんじゃないでしょうかね。人間にはそれぞれ、天から与えられた役割があるみたいで、私もそうなのですが、母は不自然でしたね。それだけ、真面目に役を演じていたということなのかもしれませんが。母は、嫁をいびる姑という、典型的なイケズの役もやっていましたから、美咲は大変だったと思います。美咲は演技ではなく、本当に苦しんでいましたからね。母の死は、美咲の救いになったんじゃないかな。ただ、やっぱり、困るんですよ。母がいないと。美咲が落ち着いてしまうので。美咲が落ち着くと、娘が幸せになってしまいますからね。そうすると、ダメなんです。だから、私は、今まで一度も暴力など振るったことはありませんが、意を決して、頑張ったわけです。全て、彼の為ですよ。そういうふうにして、身を挺して庇っていたというのにですね、私がいなくなった途端、美咲が娘を捨ててどこかへ出て行ったというのは未だに信じられません。言葉が通じないから育てられなかったということみたいですが、あれは全てこちらのことは理解していますよ。ただミエルなのであちらの言葉を話しています。彼の話ではそれもいずれ改善されるということでしたし、それまで待てばいいのに。私の言葉を相手が分かっている、それで十分ではないですかね。まあ、美咲にはずいぶん苦労をかけましたから文句を言ってはいけないですよね。美咲は今どうしているんでしょうか。元気にやっていればいいと思います。四方先生もお元気で。

＊　＊　＊

四方先生、こんにちは。私が例えばここを出たとして引き取り手はいないというのは代理人の方から聞きました。一生出ないので考えても無意味ですが、嫉妬を覚えます。嫉妬というのは、彼に目をかけられていたのがどうも私だけではなかったということへの嫉妬ですね。私だけでは力不足でしょうから、これも仕方がないことですが。まず雄二ですね。

弟です。あいつは昔から馬鹿みたいに背が高かったんですけど、おどおどしていてね、実際これといって取柄もなくて、起業するなんて言い出した時は驚いたもんですが。親父は色々言っておいて、弟のことが可愛かったのかな。月に数十万円くらい出資していて。焼け石に水ですが。親父が死んで、そのせいで実家を売り払って、それで母を引き取ることになったんですよ。やっぱり、あれも彼がやったことだと思うな。私の前に現れてくれればよかったのに。所詮私に彼のことを理解するのは無理ですけど。ともかく私が彼を見ることは少なくても、声は頻繁に聞きます。今でもです。四方先生に私のお話を聞いてもらうというのも彼の提案ですよ。相手は四方先生にしろとは言われませんでしたけどね。他にも、姉ですね。姉は旦那さんの家に暮らしてました。子供が亡くなったり、悲しいことが随分あったみたいで心が疲れていたようですね。でも向こうの人は優しい人ということでしたから、やっぱりああいうことになるのは予想外でしたね。勘違いしないでほしいのは、彼は絶対に人を殺すとかそういうことはしないということです。基本的に人類全部彼にとっては可愛いお子様なんですよ。悔しいな。皆そうだということが。私だけだったらいいのにと思います。無理なんですけど。もう一人の弟はまともというか、元々なんだか薄い存在というか一歩引いたところで全員を冷めた目で見ているようなところがありましたから。今も海外にいるとか。もう一生話すこともないんだろうなあ。日本だと後ろ指さされると思いますけどまあ海外なら大丈夫かな。迷惑はかけていると思いますけどね。とにかく私も雄三も姉も全員犯罪者ということですからね。四方先生だけでなく犯罪者に関わる精神科医の方々は皆さん興味を持ったんじゃないでしょうか。マスコミみたいな人たちも興味を持ったから色々調べられたんですけどね。そうなるとやはり逃亡した美咲は賢かったのかな。娘も私のものでも美咲のものでもない苗字に変わっていますし、うん。美咲は娘のことを愛しているがゆえに、なのかもしれませんね。良い女ですね。重ね重ね悪いことをしたなと思います。寒くなってきましたが体調にお気をつけて。

＊　＊　＊

四方先生こんにちは。これから何回か昔話をしようと思います。博学な四方先生にとっては聞いたことのある話で退屈かもしれませんがぜひ聞いていただきたいと思います。大切なことです。私の母方の親族のルーツは愛媛県の今治《いまばり》のあたりにあるそうです。だから、そちらの話だと思います。あのあたりには重茂山《じゅうもさん》という山があります。十文字山と呼ばれています。重茂城という城がありました。天正のころ、中国地方を征服した豊臣秀吉は、小早川隆景《こばやかわたかかげ》を総大将として土佐の長曾我部元親《ちょうそかべもとちか》が統一する四国の征伐を始め、伊予に攻め込みました。三万余の軍勢を率いた小早川は、越智《おち》郡のいたる所の城を攻撃し、西へ侵攻して、ついに河野氏は本拠地湯築城《ゆづきじょう》を明け渡したのです。重茂城の城主は岡部十郎という、河野氏の武将でした。落城の際、城主の息女、若き姫と乳母は共に村に落ち延びました。しかし、村の老婆に密告され、衣笠あたりで敵兵に見つかり、とうとう自害してしまいました。一説によると、岡部と姫は「でうす」を信奉していたそうです。姫の墓は十字の形をしているのですよ。だから、十文字山と呼ばれているのでしょうね。「でうす」というのはつまり、例の、父ですよ。彼が父と呼ぶ。しかし、それはどうでもいいことです。私には。私がしたいのは父だとか、姫の話ではありません。密告した老婆の話です。老婆の子孫はミエルになるという伝説があるのです。先生はミエルという言葉をご存じでしょうか。ミエルというのは、分かりやすく言うと障碍者のことですよ。まともに話せず、コミュニケーションは取れません。こういう症状の患者を診たことはありますか？あるとすれば診断名はなんですか？ミエルという言葉の元になるような名前でしたら是非教えて欲しいのです。私の親族には一代に必ず一人ミエルが生まれました。私の代は従妹ですね。顔の綺麗な女でした。その次があれですよ。一花ですよ。一花が一番近いという話です。しかし完成には程遠いのではないでしょうか。分かりませんけど。彼の言うことによると我我ヒトの考える範疇の素晴らしいというのではないみたいですから。私は男ですしやっぱりミエルではないみたいで、でもミエルを生み出す一助にはなれたみたいです。繰り返しますが彼は私にそうしろと言ったことはなく、ただ私が彼のために働きたいと強く思ったということなんですね。彼と話したのは数回ですよ。数えるほど。もう忘れられているかも。いや、覚えているけど、大勢のうちの一人。悲しいです。すみませんこんな話。四方先生も分かっていても悲しい気持ちになることがありますか。

＊　＊　＊

一花が世界的アーティストというのは本当ですか。時代も変わりましたね。例えば伯母なんかは、従妹のことを「禁治産者」と呼びまして、今は差別用語かもしれませんが、施設に通わせて、あとはずっと自宅に閉じ込めていましたけど。虐待ではないですよ。本人は何も感じていないんです。ミエルはねえ、対話しているんですよ。我々には分かるわけがないですよ。ミエルが羨ましい。私もミエルだったらよかったのに。四方先生、でも、絶対に言わないで下さい。彼に申し訳がない。彼の目的は分かってはいけないんですから。昔話ですそう昔話です。四方先生、三、という数字の持つ意味はご存知ですか。三位一体、父と子と聖霊、三宝、仏法僧を大切にせよ、信号の赤青黄色、ええ、大体のものは三で構成されておりますね。彼もまた三という数字に拘っています。三つの質問、三つの試練。父なる神が、その子が、荒野でされたのもそれですね。雄三は、一番下の弟です、三つの試練を受けました。成功か失敗かでいえばヒトの基準ですと勿論失敗なのでしょうが、彼と彼の父の基準は違いますので分かりません。少なくとも、ミエルには一歩近づいたわけです。それにね私には選択の一つも与えられなかったわけですから。不満はありませんよ。私はなるようになっただけです。それにきっとこれも、自分で選ぶという私自身の選択を赦された結果なのでしょう。そうですね、そうでした。三つの選択の話です。選択とはつまり、一つを選ぶことです。しかし、逆に言えば、一つを捨てることです。捨てたもののことは忘れなくてはいけません。忘れることがまさに、選択なのです。しかしどうでしょう、人間にそれができるでしょうか。たとえ悪いことが起こらなかったとしても、こうすればもっとよかったはずだ、と思うのが人間なのではないでしょうか。つまりですよ、先生、雄三は人殺しになったことで、初めて選択ができたということにならないでしょうか。死んでしまえば、こうすればよかったもああすればよかったもないですからね。人殺しは絶対的な悪です。絶対的悪でしか父なる者から逃れられる術がないということです。恐ろしいですか？私は恐ろしいとは思いません。私は逃げようとは思いませんので。「もしおまえが神の子であるなら、この石に、パンになれと命じてみよ」「これらの国々の権威と栄華とを皆おまえにあげよう。もしおまえがひざまずくなら、これを全ておまえのものにしよう」「もしおまえが神の子であるなら、ここから下へ飛びおりてみよ」そうです。試してはならない。父を試してはならない。試すのは父の役目です。

*　*　*

四方先生、お変わりないですか。ニュースでは暖冬と言っていますが、とても寒い日が続きます。この施設はボロだからでしょうか。床下から寒さが這いあがってきて、靴下を履いていても足がかじかんでしまいます。クレプトマニアだという老人は、寒さで死んだようです。枯れ木のような死体を想像すると悲しい気持ちになります。冬とはまさに試練ですね。

そう、試練の話です。私は彼の目的について考えたことも、若い時はあったのです。何故彼は、私たちに近付いてくるのか。最初はミエルのことだと思いました。ミエルをミエルとして完成させるために、試練を与えようと、彼が父と呼ぶ存在の使者として、やってくるのかと。実際に聞いたこともあります。彼の答えは「あなたがそうであると思うのなら」でした。私は浅はかでした。全く浅はかで彼を愛する資格がありませんでした。彼はもっと美しい存在なのです。意図だとか、近付いてくるとか、そう考えること自体が許されないほどの侮辱なのです。彼の存在は尊いものです。言葉通りですよ。「あなたがそうであると思うのなら」そうです。彼は、私が、私たちが、望むまま、思うままの方なのです。もし悪人だと思えば悪人のように、善人だと思えば善人のように見えるし、実際にそうであるのです。なんと尊く、気高く、私たちのために存在してくださっているのか。思えば誰に対してでも、望んだものを望んだように与える方でした。私が彼に望んだことは、彼が私を愛することですが、しかし、それよりも強く望んだのは、彼を愛することです。ずっと、愛することです。彼のために生きることです。その通りになりました。彼のために生きているという幸せが、どんなに大きいことか。彼が私の世界にいるということが、どれほどの喜びか。四方先生。先生には大切な方がいますか。親子の情、兄弟の情、友愛、性愛、そのようなもので括れるものではなく、です。どんなことがあっても、何を措いても、大切な方です。その方がいるということが、まさに自分が存在しているということであると、そう言い切れる方です。よく考えてみてください。ほとんどの人間はそんな方には出会えない。私は幸福です。罪を犯し、法で裁かれ、世間から[redacted]と揶揄され、見下され、最低の人でなしとして存在する。ここにいる医療スタッフや、四方先生とて、私を人間として扱うのは建前でしょう。それでも断言できます。四方先生のような地位も名誉も財産も手に入れたハイクラスの方々よりもなお幸福なのが私です。世界中の誰よりもです。先生、不快になりましたでしょうか。しかしこれは私にとって事実なのです。体調にお気をつけて。

＊　＊　＊

四方先生、申し訳ありません。しばらく昔話をしませんでしたので今回はしますね。四方先生、お正月――いえ、年の瀬には、お客様がやってきますよね。どこからともなくやってくる、不思議なお客様がいると思います。我々の言葉では、「まれびと」と言います。秋田のナマハゲ、甑島《こしきじま》のトシドン、そう、来るのです。どうして年の瀬にやってくると思いますか。年の瀬には太陽が陰っていることが多いですよね。太陽というのは生です。そうです。生の気が薄く、死の気と交じり合うのです。そうですよ。お客様は、死の世界から来るのです。死というと、お医者様である四方先生は、悪い印象を持たれるかもしれませんね。しかし、死の世界から来たからと言って、悪いものとは限らないのですよ。お客様は必ずお土産を持ってやってきます。昔からこんな話が言い伝えられています。ある年の瀬のこと。意地悪な姑にいびられている女がいました。夜、火種を持ってくるように言われるのですが、急には用意できません。ほとほと困り果てていると、戸を叩く音がします。開けると男が数人立っていて、「旅の道中で仲間が一人死んでしまったが、先を急ぐので供養もしてやれず困っている。必ず戻るから、火種をやる代わりにそれまで死体を預かってくれ」と言うのです。男たちを不審に思いはしたものの、火種欲しさに受け入れると、男たちは礼を言いながら行ってしまいました。女は姑に火種を届けたあと、死体を布団にくるみ、置いておきました。一晩経って布団を見ると、なんだか入れた時より大きくなっています。急いで布団を剝がすと、なんと死体が黄金に変わっていたのです。どうですか四方先生。お客様は良いものを運んできてくださいましたよ。そう、頑張っている人には、必ず良いことが起こるものです。

ですから、石が母に変わっていた時も何の驚きもありませんでした。美咲は頑張っていましたからね。しかしどうでしょう。美咲にとっていいことは私にとっていいことではありませんでした。それだけの話です。言ったでしょう。良いとか悪いとかヒトの判断でしかないのです。そうそう、年末に来る大切なお客様と言えば、四方先生は思い出すものが他にもあるんじゃないでしょうか。陽気で明るい音楽。きらきらの町。笑顔の人々。ええ、その中に訪れるお客様です。四方先生にはお嬢さんがいらっしゃいましたね。お嬢さんに何をあげるのか、毎年奥様と一緒に悩まれたんじゃないですか。幸せ、陽気、そういったものの印象が強いですが、まさしくそれは死の世界から来たものですよ。どう思いますか。冷静で賢い四方先生は納得してくださることでしょう。偏見もないことでしょう。どうかそのままで。

＊　＊　＊

四方先生。昔、神世より伝わってきた玉を奉りましょうか。馬を奉ろうとしますと、馬がつまずきでもするといけません。牛を奉ろうとしますと、角を立てて暴れるかもしれません。奴を奉ろうとしますと、奴が言い背きでもすると困ります。ものも言わぬ大倭《おおやまと》の国の石村の市の市守が腰につけている麗しい宝の大袋を、口紐を広々とひろげ、口を大きく開けて、その中にある瑞の御宝を奉りましょうと申します。さすれば吾妹子《わぎもこ》の寝屋の上に霞が一十百千万と数限りなく、はらはらとふるように、御宝がふることでしょう。それを拾いなされませ。驚きましたか。そうです。彼はこうして、大きな白い袋に、素晴らしいものを詰めてやってくるのです。ですから、私は彼を迎えました。当然四方先生もそうしているでしょう。いえ、四方先生は迎えるというより、彼の役をなさっていたのかもしれないですね。役と言っても、ほんの一部ですが。一部でも、大変立派なことです。私は彼の役を一部でも担うことはできませんでしたから。私のことを恥ずかしい父親だと皆が言うでしょう。恥ずかしい人間だと。ですから美咲も私と一花の縁を切ったのでしょう。この話、四方先生はどなたかにされていますか。一花が世界的アーティストだという話が本当でしたら、スキャンダルになりますね。美咲の苦労がなかったことになりますからやめてほしい、と言うべきなのでしょうが、私はどうしたらいいか分からないのです。何が正しいか、間違っているか、分からないのです。分からないことが分かってしまった、と言った方が良いかもしれません。四方先生も分かるはずがありません。何が正しくて何がそうでないかを決めるのは我々ではありません。母が最初の罪を犯した時、父はお怒りになり、彼は悲しんだそうです。しかし、母を罰するものはありません。母は、外れてしまっただけです。母の罪とはなんだったのでしょう。母が死んだとき彼が来ていました。遠くに星が光って見えました。私は話すことは叶いませんでした。彼は笑っていましたが、どのように考えていたのでしょう。母の罪をどのように考えていたのでしょう。せぷてむ・ぺっかーた・もるたーりあ。七つの罪源をご存知ですか。傲慢強欲嫉妬憤怒色欲暴食怠惰。これらが人間を罪へと導く感情だそうですが、どうですか。この七つのない人間などおりますでしょうか。いたとしてそれは喋ることのできる死体ですよ。つまり、ヒトは生きているだけで罪深く、罪は誰もが持っているものなのです。そうです。母を罰するものはありません。罪を持つヒトが、どうやって母を罰するというのでしょう。ヒトを罰するのは神だけです。お分かりですか。

＊　＊　＊

四方先生。私はクイズを出しているんですから、答えていただかないと困ります。四方先生が書いてくださっている言葉が、医療者として健全な、エンパワメント的な言葉だということは理解できますが、私にはそのようなものは必要ございません。私はあれにどう思われているかも、世間にどう思われているかも、自分が今後どのようになるかさえ興味がなく、それは決して投げやりとか、自暴自棄ではないのですから。興味がないのです。そうですね、ある意味では、私は彼がどう感じるかさえ、興味がないのかもしれません。散々申しました通り、私のやっていることは自己満足なのです。彼がこうしたら喜んでくれるかもしれない、とそう考えて、そのためだけに行動した結果が今の私です。彼は私には一言だって何をしろとかするなとか言いませんでした。いえ、一回だけ、一回だけ、冬場に、一花の服を脱がして、縛り上げて、風呂場に放り込んだときに、彼は言いましたね。あなたはそれを正しいと思うのですか、と。綺麗だったなあ。目がね、瞳が、きらきらしているんですよ。どんなものよりも綺麗です。私は何も答えませんでした。「父は口に出す前からあなたの心の中を知っている」と言ったのは彼ですよ。だから、私の考えは、全て彼に伝わっているはずでした。

彼はね、その、宝石のような瞳から、きらきらと零れるように涙を流して、「主よどうしたら」と短く言いました。そして、その腕には一花が抱かれていました。不思議なことですが、彼に不可能はありませんから。先生。彼が悲しんでも、私がしたことは巡り巡って彼の為になったと思うんです。先生は、どうやったら素晴らしいものになれると思いますか。私は、苦痛と破壊を以てしか、素晴らしいものにはなれないと思うわけです。どうして宗教者が、もっと分かりやすい例で言えば武術家が、厳しい修行をするのでしょう。肉体的に、精神的に、自らを追いつめるのでしょう。彼らは間違っているでしょうか。父なる者が目をかけているのはミエルなのですから、ミエルを素晴らしいものにすればいい。父なる者の望みが叶えば彼にとって喜ばしいことなはずです。彼がどう考えていようとも。私は間違っているでしょうか。あのときから彼はしばしば私の前に姿を現しました。あるときは療養の先生、あるときは近所に住む大学生、あるときは警察官でした。どんなに愛していると言いたかったか。彼が私を諌めるとき、私の手から一花を守るとき、私を見て欲しいと言いたかったか。私は言いませんでした。これが私の愛でした。先生、先生なら分かるはずです。彼の正体です。早く当ててください。これはクイズです。よろしくお願いいたします。

＊　＊　＊

先生。正直申しまして、失望しております。まず美咲に連絡を取ったことです。美咲には構わないでほしいのです。彼は美咲のことを大切に思っているのです。そして次に、美咲が言ったことをそのまま私に書いてよこしたことです。「一花さんはあなたの本当の子供ではなく、あなたの父親が美咲さんを強姦してできた子供である、と美咲さんは仰った。そうすると、あなたの言う『ミエル』とやらは、あなたのお母様の家系から生まれるということだから一花さんには当てはまらないのではないか」なぜ私のことを信じないで美咲のことを信じるのですか。先生は私の話を知りたいのではないのですか。どうかしています。美咲がどう考えていようとも、一花は私の種ですよ。私の父がどうしようもない男で、美咲に欲情し、何度も体の関係を持ったのは知っています。知っていましたが、そう、前回の修行の話です。それで思ったのです、ひょっとするとそういうストレスの中で、美咲は素晴らしいものになれ、ミエルができるのではないかと。そうなったじゃないですか。やはり私は間違っていないのです。義之は思ったように動いてくれる愚かな男です。そう、そしてやはり、ミエルであることが、何よりも、あれが血縁上は私の子供であることの証明ですよ。今後二度とそのようなことを言わないでいただきたい。どうしても疑うのであれば一花と連絡を取り、親子の鑑定でもなんでもすればいい。不愉快です。しかし、ありがたいと思ったこともあります。やはりミエルという言葉に心当たりはないのですね。世の中には私の全く知らない、医学者でない者からするとふざけているとしか思えない病名がいくつもありますからね、もしミエルに近い病名があったら、私は彼を疑っていたかもしれません。ミエルという病名がないということを教えてくださってありがとうございます。そして、クイズの答えは「分からない」ですか。困ります。四方先生の役目は博学であることです。なんでも理解できることです。それが役割なのではないですか。しかし、四方先生はお医者様です。もしかしたら、医学以外には、ご興味がなかったのかもしれませんね。そういう方なのでしたら、いくら優秀な頭脳であっても、分からないかもしれませんね。それでは、ほんの少し前に歩き始めたような赤子でも知っている、そういうヒントを出せば、彼が何者なのか、正解を出すことができると思います。失礼ですか?でも、先生が先に私に失礼をしたのですから、これくらいの言いざまは笑顔で受け入れてくださるのが道理ではないですか。彼は外からやってきたものです。人にものを与えます。特に子供に慈しみを持っています。四方先生。

* * *

四方先生。私の言葉を罪の告白と受け取っているでしょう。この長い文章から必死に、私がどのような傾向を持ち、症状を持ち、どう考え、罪を犯すに至ったのか読み取ろう。強権的な父親を持ち、裕福ではあるが幸せとは言えない家庭で育ち、結婚しても温かな家庭は得られず、それだから、そんなふうに、無意味な憶測ばかりを、狭い机の上でこねまわしている。先生が権威ある素晴らしい医師だということは理解していても、所詮同じレベルですね。私と同じです。[redacted]と一緒にされて腹が立ちますか?でもね、同じなんです。理由のないことに理由を見出そうとするのは人間だけです。先生は父なる神ではなく、パードレですらないのですから、先生に罪の告白をするわけがないということ、ご理解いただけますでしょうか。イエスは、「父よ。彼らをお赦しください。彼らは、何をしているのか自分でわからないのです」と祈られました。分かりますか。罪と思った時に、それは罪になるのであって、罪と思わなければ、それは罪ではないのです。私は、私の行いは、罪だとは思いません。

人を傷付け、不幸にしたかもしれませんが、それはヒトの罪というだけです。一花が両親ともに揃った幸せな家庭で一身に愛情を受け、育っていたらどうでしょうか。私は罪を犯しているとは思いません。私の血族がミエルを匿《しな》み育てていたのはまったく正しかった。ミエルにヒトなど必要がない。素晴らしいものになるでしょう。ミエルには父も母も友人も全て必要がない。美しい花ですよ。ああ、花と言えば、彼の象徴たる、美しく白い花についてお話ししましょうか。ヘレボルスニゲルといいます。彼の肌と同じく、一点の曇りもない純白の花。しかし、ヘレボルスとは食べると死ぬ、という意味です。ニゲルとは、死を齎《もたら》す黒という意味だそうで。この花は、何も与えるものを持たない少女のために、聖母が咲かせた花だそうです。この美しい白い花は、水を介して数多の兵士を地獄に送りましたよ。子を胎から出ないうちに天国に送りましたよ。先生。やはりこれはね、世の中には、完全な黒も、完全な悪も、ないということなのでしょうかね。まだ分かりませんか。彼は遍在します。どこにでもいます。私たちが望むように存在してくださっています。彼は自らを僕と呼びますがならば私は彼の僕《しもべ》になろうと思いました。僕というのは時に主人に命じられていないこともするものです。自ら考え動くものです。私が私の行いを彼の責任にしている、などとはどうか考えないで下さいね。先生はもう私を怒らせないで下さい。先生とは長くお話をしていたいものです。さて、どうですか。まだ分かりませんか。先生、簡単なことですよ。誰もが彼を知っているのですよ。

＊　＊　＊

四方先生。どうして関係のないことばかり。答えになっていない。それとも本当に分からなかったのですか。仕方ない、答えを書きます。彼はね、ミラのニコライですよ。ミラ・リキヤの大主教奇蹟者聖ニコライと言った方が正確ですか。まさか分からないなんて言わないでしょうね。そうです。私たちは、ずっと昔から彼をサンタクロースと呼んできたじゃないですか。赤い服を着てトナカイに牽かせたソリに乗ったヒゲのおじいさん、なぜそのようなイメージになったのか、一説によるとコカ・コーラ社の広告によるものだそうですが。彼を一目でも見たら決してそうはならないはずですよ。彼の容貌は父の恩寵に満たされています。私が彼の見た目についてあれこれと褒め称えるのはもしかしたら良くないことなのかもしれませんが、レアとラケルの姉妹のように人の美醜に差があることは父だってご存知でしょう。それに対して人がどういう感情を持つのかも。そうですね、私は、父なる方は、意外にも、ユーモラスというか、そういう方なんじゃないかと思っています。だって、名前がね。久根というのは、クネヒト・ループレヒトのことでしょう。サンタクロースの同伴者であり、悪い子に罰を与えるという。彼はどちらなのでしょうか。いいえ、どちらも、です、先生。ともかく、そういう名前を彼に与えて、名乗らせていた。ダジャレみたいなネーミングセンスですから、ユーモラスな方だと思います。厳しい方ということですが、慈悲のある方でもあり、私は信じないまでも、素晴らしいことだとは思います。いずれにせよ、聖ニコライは、人の前に、人として姿を現したのです。それが、彼です。ああ、いつも彼は人でした。娘を売春させなければならなくなった商人の家に金貨を投げ込んだ時も、船で暴風を鎮めた時も、肉屋に殺された子供を蘇らせた時も。彼は人として、人と共にあったのです。先生は「君はクリスチャンなのか」とお聞きになりましたが、全く違います。クリスチャンとは父なる神、三位一体、聖書を信じる人々のことでしょう。全く違います。私はニコライを愛し、敬っています。私の人生と言っていいでしょう。キリスト教では聖母マリアさえ崇拝することは許さず、崇敬、つまり敬うだけにしなさいという考え方だそうですが、どうでしょう、私は大きく違反していると思いませんか。私はニコライを愛し、敬い、信じ、彼だけのために生きています。彼の言うところの父が何を行い、何を考え、ミエルを作ったのか、どうしようとしているのか、知りません。知った事ではありません。四方先生、ニコライに会いたいですか。もし会いたいなら、向こうから来ると思いますよ。

＊　＊　＊

　四方先生、久根ニコライは先生と親しい間柄になりましたか？彼は本当に現れたでしょう。近くにいるのですよ。ニコライは先生のご友人？恋人？性的な関係を結ぶこともできるでしょう。だとしても責めはしません。ニコライは美しいから仕方がない。ただ嫉妬はしますよ。もしそのような間柄になっても、報告はしないで下さい。先生を[redacted]てしまうと思います。先生は私の話を馬鹿にしないで聞いてくださった善い人ですから、先生を[redacted]たくはないのです。先生が私のことについて書いた書類を職員の方から見せていただきました。『彼は統合失調症ではない。神の作ったものは人間が分類できるはずがない。ＤＳＭもＩＣＤも間違っている。神は作っていない。彼がどういう人間だと私が決めつけることはできない。私はたかが精神科医だ』これは困ります。どういうことですか。私が正常などと今更どういうことですか。そんなことをされては意味がない。困ります。お前、いい加減にしろ。なんでそう思ったんだ。何度も書いただろうが、ふざけるなよ。俺はここから出ない。どういうつもりだ。好きだの嫌いだの、下らない基準で動いてないんだよこっちは。ニコライのしていることを邪魔するな。俺はニコライの助けになるように生きてると言っただろうが、お前は関係ないんだよ。せいぜい[redacted]扱いしとけ、お前。お前がパウェルなんておかしいだろうが。お前に回心なんてないんだよ。「四方先生は君の更生を信じてこんな報告までしてくれたんだ。君ももう自殺未遂なんて馬鹿なことはやめなさい」こんなことを言われた、職員が意外とバカで助かったけど、二度とこんなことを書くな。俺はこれでいい、これ以上望んでいない、[redacted]でいい、ふざけるな。二度と余計なことを言うな。やっと気付いても遅い。大体、急になんでそんなこと言い出したんだ。ニコライに何か言われたのか。腹が立つ。ニコライが、あの美しい瞳でお前を見て、あの美しい口でお前に囁いたのかと思うと、それだけでお前を■■たくなる。ニコライを見た目を■■■って、ニコライの声を聞いた耳を■■■■ってやりたい。なんでお前にそんな権利がある。そうだ、お前もよく分かってるだろう。たかが精神科医風情が。先生、分かりましたか。先生のお役目は、私が異常者であると、報告することです。その無駄に蓄えた膨大な知識を以て、いつまでも私と何の意味もない対話を続けることです。邪魔をするな。久根ニコライに馬場雄一のことも報告するな。ニコライは私のことを知っているのだから既に知っているのだから二度と話すな。分かりましたね。

あなたには、すべてができること、あなたは、どんな計画も成し遂げられることを私は知りました。

（ヨブ記　42:2）